Asimetría

Lisa Halliday

Asimetría

Traducción de Berta Monturiol

ALFAGUARA

Título original: *Asymmetry*
Primera edición en castellano: septiembre de 2018

© 2018, Lisa Halliday
© 2018, Penguin Random House Grupo Editorial, S. A. U.
Travessera de Gràcia, 47-49. 08021 Barcelona
© 2018, de Berta Monturiol, por la traducción

© Diseño: Penguin Random House Grupo Editorial, inspirado en un diseño original de Enric Satué

Printed in Spain – Impreso en España

ISBN: 978-84-204-3322-6
Depósito legal: B-10832-2018

Compuesto en MT Color & Diseño, S. L.
Impreso en EGEDSA, Sabadell (Barcelona)

AL33226

Penguin
Random House
Grupo Editorial

A Theo.

I

Insensatez

*Todos vivimos unas vidas bufonescas bajo
una inexplicable condena a muerte...*
MARTIN GARDNER, *Alicia anotada*

Alice empezaba a hartarse de estar sentada sola sin nada que hacer. De vez en cuando intentaba volver a leer el libro que tenía sobre el regazo, pero casi todos los párrafos eran largos, no había comillas ni guiones de diálogo y ella se preguntaba qué sentido tenía un libro sin comillas ni guiones de diálogo. Se estaba planteando (un tanto en vano, porque no se le daba bien terminar las cosas) si podría llegar a escribir un libro, cuando un hombre con rizos del color de la ceniza y un helado de cucurucho del Mister Softee de la esquina se sentó a su lado.

—¿Qué estás leyendo?

Alice se lo enseñó.

—¿Es el de las sandías?

Alice aún no había leído nada sobre sandías, pero de todos modos asintió.

—¿Qué más lees?

—Cosas viejas.

Se quedaron sentados en silencio, el hombre comiéndose su helado y Alice fingiendo que leía. Dos corredores, uno detrás del otro, se les quedaron mirando al pasar. Alice sabía quién era aquel hombre, lo supo en cuanto se sentó, por eso se le pusieron las mejillas del color de la sandía, pero estaba tan asombrada que solo podía seguir mirando fijamente, como si fuera un aplicado enanito de jardín, las infranqueables páginas del libro abierto sobre su regazo. Era como si estuvieran hechas de hormigón.

—Dime, ¿cómo te llamas? —dijo el hombre, levantándose.

—Alice.

—Alice, a la que le gustan las cosas viejas. Nos vemos.

El domingo siguiente estaba sentada en el mismo lugar, intentando leer otro libro, esta vez acerca de un volcán colérico y un rey flatulento.

—Tú —dijo él.

—Alice.

—Alice. ¿Por qué estás leyendo eso? Pensé que querías ser escritora.

—¿Quién ha dicho eso?

—¿No fuiste tú?

Le tembló un poco la mano al partir una onza de chocolate y ofrecérsela.

—Gracias —dijo Alice.

—No se meguecen—contestó él.

Alice mordió el chocolate y lo miró perpleja.

—¿No conoces el chiste? Dos hombres van en avión por primera vez a Francia y uno le dice al otro: «Perdone, ¿cómo lo pronunciaría usted? ¿París o Paguís?». «Paguís», responde el otro pasajero. «Gracias», dice el primero, y el otro le contesta: «No se meguecen».

Alice, que seguía masticando, se rio.

—¿Es un chiste judío?

El escritor cruzó las piernas y juntó las manos sobre el regazo.

—¿Tú qué crees?

El tercer domingo, el hombre compró dos cucuruchos en Mister Softee y le ofreció uno. Alice lo aceptó, como había hecho con el chocolate, porque estaba empezando a gotear y porque, de todos modos, no es que los ganadores de varios premios Pulitzer vayan por ahí envenenando a la gente.

Se tomaron los helados y observaron a un par de palomas que picoteaban una pajita. Alice, cuyas sandalias azules hacían juego con los zigzags de su vestido, flexionó distraídamente un pie bajo el sol.

—¿Y bien, señorita Alice? ¿Te atreves?

Ella lo miró.

Él la miró.

Alice se rio.

—¿Te atreves? —repitió.

Alice le dio otro lametón al helado.

—Bueno, supongo que no hay ninguna razón para no hacerlo.

El escritor se levantó a tirar la servilleta y volvió a su lado.

—Hay un montón de razones para no hacerlo.

Alice lo miró con los ojos entornados y sonrió.

—¿Qué edad tienes?

—Veinticinco.

—¿Novio?

Ella negó con la cabeza.

—¿Trabajo?

—Asistente editorial. En Gryphon.

Él, con las manos metidas en los bolsillos, levantó un poco la barbilla y llegó a la conclusión de que aquello tenía sentido.

—Muy bien. ¿Damos un paseo el sábado que viene?

Alice asintió.

—¿Aquí a las cuatro?

Ella asintió de nuevo.

—Deberías darme tu número, por si surgiera algo.

Alice anotó su número de teléfono en el marcapáginas, mientras otro corredor reducía la velocidad para mirarlo a él.

—Has perdido la página —dijo el escritor.

—No importa —dijo Alice.

El sábado llovía. Alice estaba sentada en el suelo a cuadros del baño, tratando de atornillar bien el asiento del inodoro con un cuchillo de untar, cuando sonó el móvil: NÚMERO OCULTO.

—¿Hola, Alice? Soy Mister Softee. ¿Dónde estás?

—En casa.

—¿Dónde vives?

—En la Ochenta y cinco con Broadway.

—Anda, a la vuelta de la esquina. Podríamos comunicarnos con un par de latas unidas por un cordel.

Alice se imaginó que entre ellos había un cordel, arqueado como una comba gigante por encima de la avenida de Amsterdam, que temblaba cada vez que hablaban.

—Entonces, señorita Alice, ¿qué vamos a hacer? ¿Te gustaría venir y charlar un rato? ¿O prefieres que demos un paseo otro día?

—Voy.

—Vienes. Muy bien. ¿A las cuatro y media?

Alice anotó la dirección en un trozo de papel de propaganda. Se tapó la boca con la mano y esperó.

—La verdad, mejor a las cinco. ¿Nos vemos a las cinco?

La lluvia inundaba los pasos de peatones y le empapaba los pies. Los taxis, que salpicaban agua al subir por la avenida de Ámsterdam, parecían ir mucho más rápido que cuando la calzada estaba seca. El portero se colocó contra la pared en posición cruciforme a fin de hacerle sitio para que pasara y Alice entró resuelta, dando largas zancadas, resoplando y sacudiendo el paraguas. El ascensor estaba recubierto de arriba abajo de latón alabeado. O bien los pisos eran muy altos o bien el ascensor se movía con mucha lentitud, porque tuvo tiempo de sobra para ponerle mala cara a esos infinitos reflejos, como de espejos de feria, y de preocuparse no poco por lo que iba a pasar.

Cuando las puertas del ascensor se abrieron, vio un pasillo con otras seis puertas grises. Estaba a punto de llamar a la primera cuando, al otro lado del ascensor, se entreabrió otra puerta y tras ella apareció una mano sosteniendo un vaso.

Alice aceptó el vaso, que estaba lleno de agua.

La puerta se cerró.

Alice dio un sorbo.

La vez siguiente la puerta pareció abrirse por sí sola, suavemente. Alice titubeó antes de avanzar con el vaso de agua por un pasillo corto que daba a una luminosa habitación blanca donde había, entre otras cosas, una mesa de dibujante y una cama de un tamaño fuera de lo normal.

—Enséñame el bolso —dijo él, tras ella.

Eso hizo.

—Ahora ábrelo, por favor. Cuestiones de seguridad.

Alice posó el bolso en la mesita de cristal que estaba entre ellos y lo abrió. Sacó su cartera, una cartera de hombre de cuero marrón, muy desgastada y rota. Una tarjeta de rasca y gana que le había costado un dólar, canjeable por la misma cantidad. Un protector labial. Un peine. Un llavero. Una horquilla para el pelo. Un portaminas. Unas monedas sueltas y, por último, tres tampones que sostuvo en la palma de la mano como si fuesen balas. Pelusa. Mugre.

—¿No tienes móvil?

—Lo he dejado en casa.

Él levantó la cartera y tiró de un pespunte que se había soltado.

—Esto es una vergüenza, Alice.

—Lo sé.

Él abrió la cartera y sacó una tarjeta de débito, otra de crédito, una tarjeta de regalo de Dunkin' Donuts caducada, el permiso de conducir, el carné universitario y veintitrés dólares en billetes. Con una de las tarjetas en la mano, leyó:

—*Mary-Alice.*

Ella arrugó la nariz.

—Lo de Mary no te gusta.

—¿A ti sí?

Él miraba primero a la joven y luego la tarjeta, como intentando decidir qué versión de ella prefería. Luego asintió, dio unos golpecitos a las tarjetas para alinearlas, con una goma elástica de su escritorio sujetó las tarjetas y billetes y metió el taco en el bolso. Lanzó la cartera a una papelera de malla metálica que ya estaba forrada de un cono blanco de hojas mecanografiadas que había desechado. Durante un momento pareció irritarle lo que vio.

—Entonces, Mary-Alice... —Se sentó e hizo un gesto, invitándola a hacer lo mismo. El asiento de su sillón de lectura era de cuero negro y bajo hasta el suelo, como el de un Porsche—. ¿Qué más puedo hacer por ti?

Alice miró a su alrededor. Sobre la mesa de dibujo, un manuscrito nuevo esperaba a que él le prestara atención. Más allá, una puerta corredera de vidrio daba a un pequeño balcón resguardado de la lluvia por el del piso superior. Detrás de ella estaba la enorme cama, hecha con mucho esmero, como para guardar las apariencias.

—¿Quieres salir fuera?

—Vale.

—Nadie tira a nadie, ¿vale?

Alice sonrió y, todavía a metro y medio de él, le tendió la mano. El escritor bajó los ojos para mirarle la mano un momento largo e incierto, como si en la palma de la joven estuvieran detallados los pros y los contras de todos los apretones de manos que él hubiera dado.

—Pensándolo mejor —dijo entonces—, ven aquí.

Tenía la piel arrugada y fría.

Los labios eran suaves... pero luego, detrás, venían los dientes.

En la pared del vestíbulo de la oficina de Alice había no menos de tres certificados del Premio Nacional del Libro a nombre de él.

La segunda vez, cuando llamó a la puerta, pasaron unos cuantos segundos sin que nadie respondiese.

—Soy yo —le dijo Alice a la puerta.

La puerta se entreabrió y apareció una mano sosteniendo una caja.

Alice la cogió.

La puerta se cerró.

Lincoln, artículos de papelería, decía en la caja, con elegantes letras doradas. Dentro, bajo una sola hoja de papel de seda blanco, había una cartera de color burdeos con monedero y cierre.

—¡Dios mío! —dijo Alice—. Qué bonita es. Gracias.

—No se meguecen —dijo la puerta.

De nuevo, le dio un vaso de agua.

De nuevo, hicieron lo que hicieron sin deshacer la cama.

Él le puso una mano en cada seno por encima del jersey, como para silenciarla.

—Este es más grande.

—Vaya —dijo Alice, bajando los ojos con tristeza.

—No, no, no es una imperfección. No existen dos iguales.

—¿Como los copos de nieve? —sugirió Alice.

—Como los copos de nieve —convino él.

Desde su estómago hasta su esternón se extendía como una cremallera una cicatriz rosa. Otra cicatriz le bisecaba una pierna desde la ingle al tobillo. Por encima de la cadera otras dos formaban un acento circunflejo apenas visible. Y eso era solo por delante.

—¿Quién te hizo esto?

—Norman Mailer.

Mientras ella se ponía las medias, él se levantó para encender la tele y ver el partido de los Yankees.

—Me encanta el béisbol —dijo Alice.

—¿De verdad? ¿De qué equipo eres?

—De los Red Sox. Cuando era pequeña, mi abuela me llevaba todos los años al Fenway.

—¿Sigue viva tu abuela?

—Sí. ¿Quieres que te dé su número? Sois más o menos de la misma edad.

—Llevamos muy poco tiempo de relación como para que me ridiculices, Mary-Alice.

—Lo sé —se rio ella—. Perdona.

Vieron a Jason Giambi batear la sexta bola hacia el centro izquierda.

—Ah —dijo el escritor mientras se levantaba—. Casi se me olvidaba. Te he comprado una galleta.

Cuando se sentaban y se miraban el uno al otro, ante la mesita de comedor de cristal o ella en la cama y él en su sillón, Alice notaba que a él le latían las sienes muy levemente, como siguiendo el pulso del corazón.

Había pasado por tres operaciones de columna, lo que significaba que había cosas que podían hacer y otras que no podían hacer. Que no deberían hacer.

—No quiero que te hagas daño —le dijo Alice con el ceño fruncido.

—Es un poco tarde para eso.

Ahora usaban la cama. El colchón era de un material ortopédico especial que a ella le producía la sensación de estar hundiéndose lentamente en un trozo gigante de dulce de leche. Si volvía la cabeza, veía a través de unas ventanas de doble altura la silueta de los edificios del centro de la ciudad, abigarrados y solemnes bajo la lluvia.

—Ay, Dios. Ay, Jesús. Ay, Cristo bendito. Ay, por el amor de Cristo. ¿Qué estás haciendo? ¿Sabes... lo que... estás... haciendo?

Luego, mientras ella se comía otra galleta:

—¿Eso quién te lo ha enseñado, Mary-Alice? ¿Tú con quién has estado?

—Nadie. —Recogió una miga del regazo y se la comió—. Me imagino qué puede resultar agradable y lo hago.

—Desde luego, tienes mucha imaginación.

Él la llamaba *sirena*. Ella no sabía por qué.

Al lado del teclado había un papel blanco doblado en forma de tienda de campaña en el que había escrito:

Durante mucho tiempo eres un recipiente vacío, entonces crece algo que no quieres, algo se infiltra, algo que en realidad no eres capaz de hacer. El dios del azar crea en nosotros... Los empeños artísticos requieren mucha paciencia.

Y debajo de eso:

Creo que un artista no es más que una memoria poderosa que puede moverse a voluntad mediante ciertas experiencias laterales...

Cuando abrió el frigorífico, la medalla de oro de la Casa Blanca de él, colgada del tirador, hizo un ruido metálico al chocar contra la puerta. Alice volvió a la cama.

—No puedo ponerme un condón, cariño —dijo él—. Nadie puede.

—Está bien.

—¿Qué vamos a hacer entonces con las enfermedades?

—Bueno, confío en ti, si tú...

—No deberías confiar en nadie. ¿Y si te quedas embarazada?

—Por eso no te preocupes. Abortaría.

Más tarde, mientras ella se lavaba en el baño, él le acercó una copa de vino blanco.

Las galletas se llamaban Blackout y eran de la pastelería Columbus, por la que el escritor pasaba a diario durante su paseo. Él procuraba no comerlas. Tampoco bebía; había uno de los medicamentos que tomaba con el que no podía mezclar alcohol. Sin embargo, para Alice compraba botellas de Sancerre o de Puilly-Fuissé y, tras servirle lo que ella quería, volvía a ponerle el corcho a la botella y la botella la ponía en el suelo, junto a la puerta, para que ella se la llevara a casa.

Una noche, después de darle algún mordisco a la galleta, Alice bebió un sorbo e hizo una delicada mueca de desagrado.

—¿Qué?

—Lo siento —dijo ella—. No quiero parecer una desagradecida. Pero es que, bueno, estas dos cosas no pegan mucho.

Él se quedó pensando un momento y entonces se levantó, fue a la cocina a por un vaso y una botella de Knob Creek.

—Prueba esto.

La miró con ansias mientras daba un bocado, luego un sorbo. El bourbon bajó por su garganta como una llamarada.

Alice tosió.

—Esto es el paraíso —dijo.

Otros regalos:

Un reloj de un precio muy razonable, analógico, sumergible.

Eau de parfum Allure de Chanel.

Una hoja de sellos de treinta y dos centavos de la serie *Leyendas de la música norteamericana*, en conmemoración de Harold Arlen, Johnny Mercer, Dorothy Fields y Hoagy Carmichael.

Una portada del *New York Post* de marzo de 1992, con el titular «Inusitado acto sexual en la zona de calentamiento del estadio (Última edición)».

La octava vez, mientras estaban haciendo una de las cosas que se suponía que él no debía hacer, dijo:

—Te quiero. Te quiero por esto.

Luego, mientras ella se comía una galleta sentada a la mesa, él la contempló en silencio.

A la mañana siguiente:

NÚMERO OCULTO.

—Solo quería decirte que te habrá resultado extraño oírme decir eso, debes de haberte sentido confundida. Con-*fun-di*-da, no com-*pun-gi*-da, que tampoco es una mala palabra. Lo que te quiero decir es que te hablaba en serio en ese momento, pero eso no significa que tenga que cambiar nada. No quiero que cambie nada. Tú haz lo que quieras y yo haré lo mismo.

—Por supuesto.

—Buena chica.

Cuando Alice colgó, estaba sonriendo.

Entonces lo pensó mejor y frunció el ceño.

Estaba leyendo las instrucciones que venían con el reloj cuando llamó su padre para informarle, por segunda vez aquella semana, de que ni un solo judío había ido a trabajar a las torres gemelas el día que se vinieron abajo. Pero pasaron muchos días sin que el escritor la llamara. Alice dormía con el móvil al lado de la almohada y, cuando no estaba en la cama, lo llevaba consigo a todas partes: a la cocina cuando se servía una copa, al baño cuando iba al baño. Lo que también la sacaba de quicio era el asiento del inodoro, la manera en que se deslizaba hacia un lado cada vez que se sentaba.

Pensó en volver a su banco del parque, pero, en vez de eso, decidió dar un paseo. Era el Día de los Caídos y habían cerrado Broadway para poner una feria callejera. A las once de la mañana el barrio ya estaba lleno de humo y el aire chisporroteante de falafel, fajitas, patatas fritas, sándwiches de carne picada, mazorcas de maíz, salchichas al hinojo, buñuelos y masa frita del diámetro de un *frisbee*. Limonada helada. Exámenes gratuitos de columna. Nosotros, el Pueblo: administración de documentos jurídicos (divorcios, 399 dólares; quiebras, 199). En uno de los tenderetes de ropa bohemia de ninguna marca había un bonito vestido sin mangas de color amapola mecido por la brisa. Costaba solo diez dólares. El vendedor indio lo descolgó para que Alice se lo probase en la parte de atrás de la furgoneta, donde un pastor alemán de ojos húmedos la observaba con el morro sobre las patas.

Aquella noche, cuando ya se había puesto el pijama: NÚMERO OCULTO.

—¿Diga?

—Hola, Mary-Alice. ¿Has visto el partido?

—¿Qué partido?

—El de los Red Sox contra los Yankees. Los Red Sox han ganado catorce a cinco.

—No tengo televisor. ¿Quién lanzaba?

—Quién lanzaba. Todo el mundo lanzaba. Hasta tu abuela lanzó unas cuantas entradas. ¿Qué estás haciendo?

—Nada.

—¿Quieres venir?

Alice se quitó el pijama y se puso el vestido nuevo. Ya le había tenido que cortar un hilo con los dientes.

Cuando llegó al piso, solo estaba encendida la lámpara de la mesilla de noche y él estaba recostado en la cama con un libro y un vaso de leche de soja con chocolate.

—¡Es primavera! —exclamó Alice, quitándose el vestido por la cabeza.

—Es primavera —dijo él con un suspiro cansado.

Ella gateó como un lince hacia él por encima del edredón blanco como la nieve.

—Mary-Alice, a veces parece que tienes dieciséis años.

—Asaltacunas.

—Asaltatumbas. Cuidado con mi espalda.

A veces era como jugar a Operación, como si su nariz fuese a encenderse y su circuito a zumbar si ella no acertaba a extraer limpiamente el hueso del codo.

—Ay, Mary-Alice, estás loca, ¿lo sabes? Estás loca y lo sabes y por eso te quiero.

Alice sonrió.

Cuando volvió a su casa, solo había pasado una hora y cuarenta minutos desde que salió y todo estaba tal como lo había dejado, pero de algún modo el dormitorio le parecía demasiado luminoso y desconocido, como si perteneciera a otra persona.

NÚMERO OCULTO.

NÚMERO OCULTO.

NÚMERO OCULTO.

Le había dejado un mensaje:

«¿Quién disfruta más llevando al otro por el mal camino?»

Otro mensaje:

«¿No nota nadie el olor a sirena?»

NÚMERO OCULTO.

—¿Mary-Alice?

—¿Sí?

—¿Eres tú?

—Sí.

—¿Cómo estás?

—Bien.

—¿Qué haces?

—Leer.

—¿Qué lees?

—Nada interesante.

—¿Tienes aire acondicionado?

—No.

—Tendrás calor.

—Sí.

—Este fin de semana va a hacer todavía más calor.

—Lo sé.

—¿Y qué vas a hacer?

—No lo sé. Derretirme.

—Vuelvo a la ciudad el sábado. ¿Te gustaría verme entonces?

—Sí.

—¿A las seis?

—Sip.

—Perdona. ¿A las seis y media?

—Está bien.

—Puede que hasta te haga la cena.

—Eso estaría bien.

Se olvidó de la cena, o tal vez decidió no hacerla. En vez de eso, cuando llegó Alice la sentó al borde de la cama y le regaló dos bolsas grandes de Barnes & Noble llenas hasta arriba de libros. *Huckleberry Finn. Suave es la noche. Viaje al fin de la noche. Diario del ladrón. La gente de July. Trópico de Cáncer. El castillo de Axel. Jardín del Edén. La broma. El amante. Muerte en Venecia y otros relatos. Primer amor y otros relatos. Enemigos, una historia de amor...* Alice cogió uno de un escritor cuyo nombre había visto pero jamás oído.

—¡Ah, Camus! —exclamó, rimándolo con «champús».

A lo que siguió un rato largo durante el que el escritor no dijo nada y Alice leyó el texto de la contracubierta de *El primer hombre*. Cuando ella le miró, él aún tenía una expresión de leve asombro.

—Se pronuncia *Camí*, cariño. Es francés. *Camí*.

El apartamento de Alice estaba en el último piso de un edificio viejo de piedra rojiza, donde daba el sol y se acumulaba el calor. En su planta solo había otra inquilina, una señora mayor que se llamaba Anna, para quien subir cuatro tramos de escalera tan empinados suponía una dura prueba que le llevaba veinte minutos. Peldaño, descanso. Peldaño, descanso. Una vez, Alice se cruzó con ella cuando iba a comprar *bagels* al H&H y cuando volvió la pobre mujer todavía estaba subiendo. A juzgar por las bolsas de la compra que llevaba, se diría que desayunaba bolas de la bolera.

—¿La ayudo, Anna?

—No, no, querida. Llevo haciendo esto cincuenta años. Me mantiene viva.

Peldaño, descanso.

—¿Está segura?

—Ay, sí. Qué chica tan guapa. Dime, ¿tú tienes novio?

—Ahora mismo no.

—Pues no esperes mucho, querida.

—No lo haré —se rio Alice y subió corriendo la escalera.

—¡*Capitana*!*

El portero del edificio la trataba ya con toda confianza. Avisó al escritor para que bajara y les hizo una reverencia cuando salieron a dar un paseo. Mientras balanceaba

---

* En castellano en el original.

una bolsa de ciruelas de la frutería Zingone, el escritor le preguntó a Alice si se había enterado del plan municipal de cambiar el nombre a varias residencias de lujo por nombres de jugadores de béisbol. La Posada, la Ribera, la Soriano.

—La Garciaparra —dijo Alice.

—No, no —dijo él, interrumpiéndola con aires de importancia—. Solo jugadores de los Yankees.

Entraron en el parquecito que está detrás del Museo de Historia Natural, donde, mientras mordía una ciruela, Alice fingió que cincelaba el nombre de él debajo del de Joseph Stiglitz en el monumento a los premios Nobel norteamericanos. Pero la mayoría de las veces se quedaban en casa. Él le leía lo que había escrito. Ella le preguntaba por los significados de *posadera*. Veían partidos de béisbol y los fines de semana por la tarde escuchaban al locutor Jonathan Schwartz derretirse por las cantantes Tierney Sutton y Nancy LaMott. «Come Rain or Come Shine.» «Just You, Just Me.» Doris Day cantando «The Party's Over» con unos gorgoritos melancólicos. Una tarde, Alice se echó a reír y dijo:

—Qué remilgado es este tipo.

—Remilgado —repitió el escritor, que se estaba comiendo una nectarina—. Esa sí que es una palabra chapada a la antigua.

—Supongo que es que yo también soy una chica chapada a la antigua —dijo Alice mientras buscaba sus bragas por el suelo.

—*The party's over...* —cantaba él cuando quería que ella se fuera a su casa—. *It's time to call it a daaaay...**

Entonces recorría alegremente la habitación, apagaba el teléfono, el fax, las luces, se servía un vaso de leche de soja con chocolate y contaba un montoncito de píldoras.

---

* 'Se ha acabado la fiesta. Es momento de dar el día por terminado.'

—Cuanto mayor te vuelves —explicaba—, más cosas tienes que hacer antes de acostarte. Yo tengo que hacer un centenar de cosas.

Se había acabado la fiesta. Se había acabado el aire acondicionado. Alice se tambaleaba un poco, iba a casa caminando por las calles calurosas, con el estómago lleno de bourbon y chocolate y las bragas en el bolsillo. Una vez subidos los cuatro tramos de escalera, cada vez más cargados de un calor húmedo, hacía siempre lo mismo, que era llevar las almohadas por el pasillo hasta la habitación delantera, donde, en el suelo de al lado de la salida de incendios, existía al menos la posibilidad de que soplara un poco de aire.

—Escucha, cariño. Me voy fuera durante un tiempo.

Alice dejó la galleta y se limpió la boca.

—Me vuelvo al campo una temporada. Tengo que terminar este borrador.

—Vale.

—Pero eso no significa que no podamos hablar. Lo haremos con regularidad y, cuando termine, nos podemos ver otra vez, si quieres. ¿Está bien?

Alice asintió.

—Está bien.

—Mientras tanto... —Deslizó un sobre encima de la mesa—. Esto es para ti.

Alice lo cogió. En el anverso ponía «Banco Nacional de Bridgehampton», al lado de un logotipo con veleros. Sacó seis billetes de cien dólares.

—Para el aire acondicionado.

Alice negó con la cabeza.

—No puedo...

—Sí puedes. Me haría feliz.

Cuando se fue a casa fuera aún había luz. El cielo parecía estancado, como si sc csperase una tormenta pero esta se hubiese perdido. Para los jóvenes que bebían en la acera la noche acababa de empezar. Alice se acercó despacio y de mala gana a la escalinata de entrada de su casa, con una mano en el sobre que llevaba dentro del bolso, mientras intentaba decidir qué hacer. Tenía en el estómago la sensación de estar otra vez en el ascensor de él y que alguien hubiera quitado la suspensión.

A una manzana de distancia, al norte, había un restaurante con una barra larga de madera y una clientela en su mayor parte de aspecto civilizado. Alice encontró un taburete libre en el extremo, al lado del carrito de los manteles de papel, y se acomodó como si se hubiera sentado allí sobre todo por el televisor, fijado a cierta altura en aquel rincón. Nueva York ganaba a Kansas City por cuatro carreras en la segunda parte de la tercera entrada.

«Vamos, Royal», pensó.

El camarero le puso un mantel delante y le preguntó qué quería tomar.

—Voy a tomar un vaso de...

—¿Leche?

—De hecho... ¿Tenéis Knob Creek?

La cuenta ascendió a veinticuatro dólares. Sacó la tarjeta de crédito y luego la guardó y sacó uno de los billetes de cien que le había dado el escritor. El camarero le devolvió tres de veinte, uno de diez y seis de un dólar.

—Estos son para ti —dijo Alice, deslizando hacia él los billetes de un dólar.

Ganaron los Yankees.

Bajo la corriente renuente con olor a moho de un aire acondicionado Frigidaire de segunda mano:

… Yo no creía que pudiéramos vencer a semejante montón de españoles y árabes, pero quería ver los elefantes y camellos, de modo que no falté al día siguiente, sábado, a la emboscada. Y, cuando se dio la voz, salimos corriendo del bosque y bajamos la colina. Pero no había españoles ni árabes, y no había elefantes ni camellos. No era nada más que una merienda de la escuela dominical, y aun de la clase de párvulos. La deshicimos y perseguimos a los chicos cuenca arriba; pero solo conseguimos unos bollos y una mermelada, aunque Ben Rogers se hizo con una muñeca de trapo y Joe Harper con un libro de himnos y un folleto religioso. Entonces cargó el maestro contra nosotros y nos hizo soltarlo todo y poner pies en polvorosa…

Por la noche, la lluvia caía sobre la parte del aire acondicionado que se introducía en el conducto de ventilación con el sonido de puntas de flecha metálicas disparadas contra la tierra. Los truenos iban y venían, su tamborileo in crescendo desembocaba en estallidos nítidos y relámpagos que atravesaban los párpados. El agua brotaba de las alcantarillas como el agua de manantial de las rocas de una montaña. Cuando amainó la tormenta, lo que quedaba de ella contó los minutos del amanecer con un goteo lento, como de metrónomo…

También me tocaba la guardia de madrugada, ¿sabéis?, pero para entonces tenía bastante sueño, de modo que Jim dijo

que haría la primera mitad por mí; en eso siempre era muy bue-
no Jim. Me metí en el cobertizo, pero el rey y el duque estaban
tan a sus anchas que no había sitio para mí. De modo que salí
fuera. No me importaba la lluvia porque era cálida y las olas ya
no eran altas. Sin embargo, volvieron a crecer a eso de las dos, y
Jim iba a llamarme; pero mudó de idea porque calculó que aún
no eran lo bastante altas para hacer daño. Se equivocó en eso,
a pesar de todo, porque al poco rato se estrelló contra la balsa una
ola gigantesca y me tiró al agua. Jim por poco se muere de risa.
En mi vida he visto a un negro reírse con tanta facilidad.

Con el dinero que le quedaba, compró un asiento nuevo para el inodoro, una tetera, un destornillador y una pequeña cómoda de madera en el mercado de antigüedades
de Columbus. La tetera era lisa, toda de metal y de diseño
escandinavo. Atornilló el asiento del inodoro con gran satisfacción mientras escuchaba a Jonathan Schwartz.

Su trabajo le parecía más aburrido e intrascendente
que nunca. Envía esto por fax, archiva esto, copia esto.
Una tarde, cuando se habían ido todos y ella estaba mirando fijamente el número de teléfono del escritor en el Rolo-
dex de su jefe, uno de sus compañeros asomó la cabeza por
la puerta del despacho y le dijo:

—Eh, Alice, *à demain.*

—¿Cómo?

—*À demain.*

Alice negó con la cabeza.

—¿Hasta mañana?

—Ah, claro.

Primero hizo más calor, luego hizo más fresco. Se pasó
tres fines de semana seguidos tumbada en la cama, con la
puerta del dormitorio cerrada, el Frigidaire zumbando y
vibrando a toda potencia. Pensó en el escritor, allá en su
isla, entre la piscina y el estudio y su casa rural del siglo xix
con vistas panorámicas del puerto.

Ella podía esperar muchísimo tiempo si hacía falta.

En este diario no quiero camuflar las demás razones que me hicieron ladrón, siendo la más simple la necesidad de comer; sin embargo, en mi elección no intervinieron jamás la rebeldía, la amargura, la cólera ni cualquier otro sentimiento parecido. Con un cuidado maníaco, «un cuidado celoso», preparé mi aventura como se prepara un lecho, una habitación para el amor: el crimen me ha encelado.

Malan parecía un chino, con su cara lunar, su nariz un poco chata, las cejas ausentes o casi, el pelo recortado como una gorra y un gran bigote que no alcanzaba a cubrir la boca espesa y sensual. El cuerpo mismo, blando y redondo, la mano regordeta de dedos amorcillados, hacían pensar en un mandarín enemigo de la carrera pedestre. Cuando entrecerraba los ojos mientras comía con apetito, era imposible no imaginarlo vestido de seda y con palillos entre los dedos. Pero su mirada lo cambiaba todo. Los ojos castaño oscuro, febriles, inquietos o repentinamente fijos, como si la inteligencia trabajara rápidamente sobre un punto preciso, eran los de un occidental de gran sensibilidad y cultura.

El olor que despide la mantequilla rancia al freír no es apetitoso precisamente, sobre todo cuando se cocina en una habitación en que no hay la menor forma de ventilación. Tan pronto como abro la puerta, me siento enfermo. Pero Eugène, en cuanto me oye llegar, suele abrir los postigos y retirar la sábana colgada como una red de pescar para que no entre el sol. ¡Pobre Eugène! Mira por la habitación los cuatro trastos que componen su mobiliario, las sábanas sucias y la palangana de lavar la ropa todavía con agua sucia y dice: «¡Soy un esclavo!».

Alice cogió el teléfono.
NOKIA, era todo lo que ponía.

Pero volviendo al olor de la mantequilla rancia...

Una noche hubo una fiesta por la jubilación de uno de los editores y luego Alice se acostó con un asistente del departamento de derechos subsidiarios. Usaron condón, pero a Alice se le quedó dentro, aunque tenía que haber salido.

—Mierda —dijo el muchacho.

—¿Dónde ha ido? —preguntó Alice, escudriñando el sombrío desfiladero que los separaba. Su voz sonaba infantil e ingenua, como si aquello fuese un truco de magia y en cualquier momento él pudiera sacarle de la oreja un preservativo nuevo.

Pero fue ella quien completó el truco, sola en el baño, con un pie encima del asiento nuevo del inodoro y aguantando la respiración. No era fácil tantear con un dedo doblado entre esas ondulaciones profundas y resbaladizas. Luego, y aunque sabía que eso no iba a impedir ninguna de las indeseables consecuencias, se metió en la bañera y se enjuagó con el agua a la máxima temperatura que pudo soportar.

—¿Tienes algún plan? —le preguntó al chico por la mañana, mientras él se abrochaba el cinturón de los pantalones de pana.

—No sé. Puede que vaya un rato a la oficina. ¿Y tú?

—Esta tarde los Red Sox juegan contra los Blue Jays.

—Odio el béisbol —dijo el muchacho.

Le agradecemos su próxima visita a RiverMed. La siguiente información le será de utilidad. Si alguna de sus preguntas quedase sin respuesta, le rogamos que las plantee durante la reunión de asesoramiento.

La intervención suele durar entre cinco y diez minutos. Una vez en el consultorio, conocerá a su enfermera personal, a su médico y al anestesiólogo o a la enfermera anestesista, que le insertará un catéter en una vena del brazo o de la mano para administrarle la anestesia. Se sentará en la mesa de examen, se recostará y colocará las piernas en los estribos. Su médico le realizará un examen bimanual (es decir, introducirá dos dedos en la vagina y palpará el útero). Luego introducirá un instrumento (espéculo) dentro de la vagina y lo ajustará para que los lados se mantengan separados, de modo que el doctor pueda ver el cérvix (cuello uterino). Es necesario abrir el cérvix para que el doctor ponga fin al embarazo.

Cuando la vagina se haya ensanchado lo suficiente mediante unos instrumentos en forma de varilla o tubo llamados dilatadores, el médico le insertará en el útero un tubo o cánula de aspiración quirúrgica. Este tubo está conectado a un aparato de succión. Al poner el aparato en marcha, el contenido del útero será extraído a través del tubo y se depositará en una botella. Luego se extraerá el tubo y se insertará un instrumento largo y delgado, en forma de cuchara, que recorrerá la superficie interior del útero para comprobar que no ha quedado ningún resto.

Una vez finalizada la intervención, se extrae el espéculo, se bajan las piernas y la paciente permanecerá tendida boca arriba mientras la trasladan a la sala de recuperación, donde será supervisada. Si la recuperación es satisfactoria, lo que suele requerir entre veinte minutos y una hora, se la transferirá a una habitación donde podrá descansar y vestirse. Antes de marcharse, una enfermera le asesorará y le dará las últimas instrucciones personalmente.

Pueden presentarse hemorragias intermitentes durante tres semanas.

Por favor, díganos lo que necesite para que su estancia sea lo más agradable posible. Confiamos en que el tiempo que pase con nosotros resulte ser una experiencia positiva.

El segundo martes de octubre, mientras se cepillaba el cabello, húmedo y enmarañado, oyó por la radio que le habían dado el premio Nobel a Imre Kertész «por una escritura que confirma la frágil experiencia del individuo contra la bárbara arbitrariedad de la historia».

NÚMERO OCULTO.

Con ansiedad, desoyendo sus propios consejos, Alice le habló de todas las cosas que había comprado, incluidos el asiento del inodoro, la tetera y la cómoda que el vendedor de antigüedades le había asegurado que era «un mueble de época de los años treinta».

—Como yo —dijo él.

—Tengo la regla —se disculpó Alice.

Tres noches después, mientras estaba tumbada con el sujetador alrededor de la cintura y los brazos rodeando la cabeza de él, se maravilló al pensar que el cerebro estaba allí, bajo su propio mentón, abarcado con tanta sencillez en el estrecho espacio que había entre sus codos. Comenzó como un pensamiento tontorrón, pero de repente desconfió de que pudiera resistir las ganas de aplastar aquella cabeza, de apagar aquel cerebro.

Hasta cierto punto, el sentimiento debía de ser recíproco, porque de repente, un momento después, él la mordió mientras la besaba.

Ahora se veían con menos frecuencia. Él parecía más precavido con ella y, además, tenía molestias en la espalda.

—¿Es por algo que hayamos hecho?

—No, cariño. Tú no has hecho nada.

—¿Quieres que...?

—Esta noche no, querida. Esta noche solo *tendresse*.

A veces, cuando estaban tumbados uno mirando al otro, o cuando él se sentaba frente a ella en la mesita de comedor y le latían las sienes, había en su expresión una especie de perplejidad triste, como si comprendiera que en aquel momento ella era el mayor placer de su vida, ¿y acaso no era esa una situación lamentable?

—Eres la mejor, ¿lo sabes?

Alice contuvo la respiración.

—La mejor —suspiró.

—Ezra —dijo ella, apretándose el estómago—. Lo siento mucho, pero de repente no me encuentro muy bien.

—¿Qué te pasa?

—Creo que la galleta no estaba buena.

—¿Vas a vomitar?

Alice se dio la vuelta, se alzó apoyándose sobre las manos y las rodillas y hundió la cara en el edredón, fresco y blanco. Aspiró hondo.

—No lo sé.

—Vamos al baño.

—Vale. —Pero no se movió.

—Vamos, cariño.

De repente, Alice se cubrió la boca con la mano y echó a correr. Ezra salió de la cama, la siguió con calma y en silencio y cerró la puerta haciendo un chasquido suave y solemne. Cuando terminó, tiró de la cadena, se enjugó la cara y la boca y se apoyó temblando en el tocador. Al otro lado de la puerta oía al escritor, que seguía con su velada: abría el frigorífico, los platos chocaban en el fregadero, pisaba el pedal que levantaba la tapa del cubo de basura. Alice volvió a tirar de la cadena. Luego desenrolló un trozo de papel higiénico y limpió la taza, el asiento, la tapa, el borde de la bañera, el dispensador de papel, el suelo. Había trozos de galleta por todas partes. Bajó la tapa del asiento y se sentó. En la papelera estaban las galeradas de una novela escrita por un muchacho con quien ella había ido a la universidad, con la carta del agente que solicitaba una nota publicitaria todavía sujeta a la cubierta con un clip.

Cuando salió del baño, Ezra estaba en su sillón, con las piernas cruzadas y un libro sobre el New Deal en las manos. Con el ceño fruncido, observó a Alice cruzar la habitación desnuda y de puntillas y colocarse lentamente sobre el suelo entre el armario y la cama.

—¿Qué haces, cariño?

—Perdona, necesito tumbarme, pero no quiero estropearte el edredón.

—Mary-Alice, métete en la cama.

Fue a sentarse a su lado y durante un buen rato le pasó con suavidad la mano por la espalda, arriba y abajo, como solía hacerle a ella su madre. Luego le subió el edredón hasta los hombros y se retiró en silencio para empezar con su centenar de tareas: silenciar teléfonos, apagar luces, separar pastillas. En el baño puso la radio, muy baja.

Cuando salió, llevaba una camiseta azul claro de Calvin Klein y pantalones cortos. Puso un vaso de agua en la mesilla de noche. Fue a buscar el libro. Cambió la posición de las almohadas.

—Noventa y siete, noventa y ocho, noventa y nueve... —Se metió en la cama y suspiró de manera teatral—. ¡Cien!

Alice estaba en silencio, inmóvil. Él abrió el libro.

—Cariño —dijo él por fin, con valor, con vehemencia—. ¿Por qué no te quedas aquí? Solo esta vez. No puedes irte a casa en este estado. ¿De acuerdo?

—De acuerdo —murmuró Alice—. Gracias.

—No se meguecen.

Ella se despertó tres veces durante la noche. La primera vez, él estaba tendido boca arriba y, más allá, el paisaje urbano seguía destellando y la parte de arriba del Empire State Building estaba iluminada de rojo y oro.

La segunda vez, él estaba de costado, dándole la espalda. A Alice le dolía la cabeza, así que se levantó y fue al baño en busca de una aspirina. Alguien había apagado las luces del Empire State Building.

La tercera vez que se despertó, él la estaba rodeando con los brazos por detrás y se aferraba a ella con fuerza.

La cuarta vez ya era de día. Sus caras estaban muy cerca, casi se tocaban, y él, con los ojos ya abiertos, miraba a los suyos a Alice.

—Esto —dijo en tono sombrío— ha sido muy mala idea.

Él se volvió a ir a su isla a la mañana siguiente. Cuando la llamó para decírselo, Alice colgó, arrojó el teléfono al cesto de la ropa sucia y chilló. El mismo día su padre la llamó para explicarle que el agua fluorada es un mal propagado por el Nuevo Orden Mundial; la llamó de nuevo una hora después para aseverar que el hombre no había puesto nunca un pie en la Luna. Alice respondió a estas noticias de última hora como llevaba haciéndolo una o dos veces por semana todas la semanas desde hacía ocho años: con una alegre reticencia con la que ir posponiendo sus objeciones para el día en que se le ocurriera cómo expresarlas sin herir a nadie. Entretanto, descubrió que su preciosa tetera nueva tenía un defecto indignante: si pasaba más de treinta segundos sobre el fuego, el asa metálica se calentaba demasiado para poder agarrarla. «¿Qué clase de asa es esta que no se la puede asir?», pensó Alice. Mientras ponía la mano escaldada bajo el grifo, también culpó de aquello al escritor. Pero esta vez, al cabo de solo tres días él llamó desde una caseta con mosquitera que tenía y le habló de los árboles cambiantes, de los pavos salvajes que anadeaban por el camino de entrada y del brillo del sol del color de la mandarina cuando se ponía detrás de sus casi dos hectáreas y media de bosque. Luego la llamó otra vez, solo dos días después, y sostuvo en alto el teléfono para que ella pudiera escuchar el graznido de un cuervo, el temblor de las hojas agitadas por el viento y luego... nada.

—No oigo nada —dijo Alice, riendo.

—Exacto —respondió él—. Está todo en silencio, felizmente en silencio.

Pero hacía demasiado frío como para usar la piscina y había que hacer unas molestas reparaciones de fontanería, así que se iba a quedar allí solo una semana o así y luego regresaría a la ciudad de manera definitiva.

Se trajo una vieja Polaroid SX-70.

—A ver si me acuerdo de cómo se usa —dijo mientras le daba vueltas a la cámara.

Hicieron diez fotos, incluida una de él, la única de él, tendido de costado con una de sus camisetas de Calvin Klein y su propio reloj, el de precio razonable, y nada más. A su lado, dispuestas en abanico, estaban las nueve fotografías ya tomadas, colocadas en dos arcos concéntricos para que él las examinara: unas formas de un turbio color marrón iban apareciendo en la superficie con un aire de opalescencia, como si emergieran de un río iluminado por el sol. De hecho, cuanto más vívidas iban haciéndose las fotografías, más se disipaba el placer de tomarlas y, mientras Alice se levantaba para ir al baño, Ezra metió las diez fotos en el bolsillo de su bolso. Luego vieron *Sombrero de copa*, con Ginger Rogers y Fred Astaire, y Ezra se cepilló los dientes con ligereza, tarareando «Cheek to Cheek». Hasta la mañana siguiente, cuando estaba en el ascensor buscando las llaves, no encontró Alice el taco cuadrado de sus fotos sujeto firmemente con una de sus gomas del pelo.

Una vez en casa, colocó las polaroid sobre la cama en varias columnas dispuestas en capas, como en un solitario. En algunas, la piel parecía leche aguada, demasiado fina para ocultar las venas que le corrían por los brazos y el pecho. En otra, un rubor carmesí se le extendía por las mejillas y hasta las orejas, mientras que, por encima de la inclinación como de porcelana de su hombro, el edificio Chrysler parecía una llamita de oro blanco. En otra, la cabeza descansaba en el muslo de él, tenía cerrado el único ojo que se le veía y los dedos de Ezra le sujetaban el pelo a un lado. En otra, ella misma se levantaba los pechos, que aparecían altos, suaves y redondos. Esa foto la había hecho él desde abajo, así que, para mirar a la cámara, había tenido que seguir la línea de la nariz. El pelo, sujeto detrás de las orejas, le colgaba por delante en pesadas cortinas rubias a los dos lados de la mandíbula. El flequillo, demasiado largo, separado un poco a la izquierda del centro, le caía espeso sobre las pestañas. Una fotografía que era casi bonita. Desde luego, la más difícil de romper en pedazos. El problema, pensó, era su *Alicidad:* una persistente cualidad juvenil en las fotos que nunca dejaba de sorprenderla e irritarla.

Minúsculas, como semáforos lejanos, sus pupilas tenían un brillo rojo.

NÚMERO OCULTO.

—Ay, perdona, cariño, me he equivocado de número.

NÚMERO OCULTO.

NÚMERO OCULTO.

NÚMERO OCULTO.

—Mary-Alice, sigo teniendo ganas de verte esta noche, ¿pero te importaría ir primero a Zabar's, la tienda de *delicatessen*, y traer un tarro de mermelada marca Tiptree, es conservas Tiptree, conservas T-I-P-T-R-E-E, como la jalea, y no de cualquier sabor, de fresa pequeña escarlata, que es la más cara que tienen? Cuesta como cien dólares el tarro porque está hecha de niñitas como tú. Bueno, un tarro de mermelada Tiptree de fresa pequeña escarlata, un tarro de la mejor mantequilla de cacahuete que encuentres y una hogaza de pan integral ruso de centeno sin cortar. ¡Y tráelo aquí!

—*¡Capitana!**

Más regalos:

Una hoja de sellos de treinta y siete centavos, uno de cada estado norteamericano, diseñados para que parecieran postales antiguas de «Recuerdos de».

Un CD del concierto para violoncelo de Elgar, interpretado por Yo-Yo Ma y la Orquesta Sinfónica de Londres.

---

* En castellano en el original.

Una bolsa de manzanas Honeycrisp («Vas a necesitar un babero»).

Él necesitaba un *stent*. Un tubo de malla minúsculo que le iban a insertar en una arteria coronaria que se le había estrechado para mantenerla abierta y restaurar así el flujo sanguíneo. Una operación sencilla. Ya se la habían hecho siete veces. No te ponen anestesia general, solo te sedan, te anestesian la zona alrededor del punto de inserción, lo introducen por medio de un catéter y lo colocan dentro. Luego inflan un globito, que hace que el *stent* se expanda como una pluma de bádminton y... *voilà*. Tardan una hora más o menos. Un amigo le iba a acompañar al hospital. Si ella quería, él le pediría a su amigo que, cuando terminaran, la llamara.

—Sí, por favor.

Pese a todas las garantías que él le daba, él mismo se ensombreció. No sin placer, Alice tenía la sensación de que se la estaba poniendo a prueba con esas circunstancias dramáticas.

—Por supuesto, todos tenemos motivos para preocuparnos —le dijo ella—. Yo misma podría enfermar de cáncer. O mañana, en la calle, te podría...

Él cerró los ojos y levantó una mano.

—Ya me sé lo del autobús.

El día de la operación, Alice volvió a casa después del trabajo y puso el disco de Elgar. Era una música de una belleza extraordinaria, quejumbrosa y apremiante y, por lo menos al principio, armonizaba perfectamente con su estado de ánimo. Sin embargo, al cabo de veinte minutos, aunque el sonido del chelo seguía siendo sublime, parecía haber avanzado sin ella, indiferente a su incertidumbre. Por fin, a las 9:40, sonó el móvil, y en la pantalla apareció un número desconocido. Un hombre que hablaba con tono formal, con un acento que ella no podía ubicar, le dijo que, después de haber sufrido una demora, la operación había ido bien. Ezra iba a pasar la noche ingresado para que pudieran supervisar algunas cosas, pero por lo demás todo había salido bien, todo bien.

—Muchísimas gracias —dijo Alice.

—No se meguecen —respondió el amigo.

El amigo se había referido a ella como «la niña». «He llamado a la niña», había dicho. A Ezra le pareció muy divertido. Alice negó con la cabeza.

Durante un tiempo, él estuvo de buen humor. El *stent* había funcionado. La Paramount iba a hacer una película basada en uno de sus libros. Le habían dado el papel principal a una actriz premiada y habían contratado los servicios de Ezra como asesor durante el rodaje. Una mañana la llamó un poco más tarde que de costumbre, cuando Alice ya se había duchado y se estaba vistiendo para ir al trabajo.

—Adivina quién estuvo en casa anoche —le dijo.

Alice lo adivinó.

—¿Cómo lo has sabido?

—¿Quién más podría haber sido?

—De todos modos, no me la tiré.

—Gracias.

—No creo que la impresionara demasiado mi bandeja antigua para la calderilla.

—Ni tu humidificador.

Hicieron más fotos.

—En esta me parezco a mi padre —dijo Alice, y se rio—. Solo me falta un Colt 45.

—¿Tu padre tiene un arma?

—Tiene muchas armas.

—¿Por qué?

—Por si hay una revolución.

Ezra frunció el ceño.

—Cariño —le dijo luego, mientras ella untaba una rebanada de pan con mermelada de fresa pequeña escarlata—, cuando vas a visitar a tu padre, esas armas... ¿están tiradas por ahí?

Alice lamió la jalea que le había quedado en el pulgar.

—No —contestó—. Las tiene guardadas en una caja fuerte, pero de vez en cuando sacamos una y practicamos en el patio trasero, le disparamos a una calabaza puesta encima de un lavavajillas viejo.

Ella le estaba leyendo cartas de admiradores que le había mandado su agente, cuando él, de cara al armario, dijo algo que ella no oyó.

—¿Qué?

—Digo —dijo Ezra, dándose la vuelta— que si no tienes una chaqueta que abrigue más. No puedes ir por ahí con esto todo el invierno. Necesitas algo con forro, con plumas de ganso. Y capucha.

Unas cuantas noches después, deslizó otro sobre a través de la mesa.

—Searle —dijo—. S-E-A-R-L-E. En la Setenta y nueve con Madison. Ahí tienen justo el que necesitas.

El nailon hacía un ruido suntuoso y la capucha le enmarcaba la cara con un halo negro de pieles. Era como andar dentro de un saco de dormir ribeteado de visón. Mientras esperaba el autobús que cruzaba la ciudad, Alice se sentía mimada e invencible, loca de alegría por vivir en aquella ciudad en la que cada día era como un bote de la lotería que se iba acumulando, a la espera de que lo ganase alguien. Luego se resbaló al subir corriendo los escalones de su edificio, agitó los brazos para mantener el equilibrio y golpeó la barandilla de hierro de la escalinata con el dorso de la mano, lo que le produjo una descarga de dolor agudo. De todas formas, fue a casa de Ezra y durante el resto de la noche ocultó en el regazo la mano, en la que sentía un dolor punzante, y cuando se fueron a la cama la dejó fuera, como si protegiera la laca de uñas sin secar.

Por la mañana tenía la palma de la mano azul.

Esperó en casa durante todo el día a que se redujera la hinchazón y luego se dio por vencida, bajó a la calle y paró un taxi para ir al servicio de urgencias más cercano. El taxista la llevó a Hell's Kitchen, donde pasó dos horas en una sala de espera llena de borrachines e indigentes que fingían sufrir psicosis para quedarse allí, donde se estaba caliente. Hacia las diez, un interno pronunció el nombre de Alice y la condujo a una camilla, le quitó del hinchado dedo anular el anillo de su bisabuelo y le dio golpecitos en cada nudillo para comprobar dónde le dolía.

—Ahí —dijo Alice entre dientes—. ¡Ahí!

Cuando estuvo lista la radiografía, el interno la levantó para mirarla al trasluz y señaló algo.

—Está roto. El metacarpo del dedo anular...

Alice asintió. Puso los ojos en blanco y, después de tambalearse un momento, se inclinó lentamente adelante y a un lado, como una marioneta abandonada. Desde allí viajó muchos kilómetros hasta países remotos de costumbres bárbaras y lógica desesperante; encontró compañeros y los perdió, habló lenguas que antes desconocía, aprendió y desaprendió verdades difíciles. Cuando volvió en sí unos minutos después, luchando contra una resaca de náusea que parecía querer arrastrarla a través del centro de la tierra, fue vagamente consciente de la presencia de unas máquinas que pitaban y de unos tubos que le raspaban las fosas nasales por dentro y de los muchos segundos que pasaban entre las preguntas que se le hacían y las respuestas que ella daba.

—¿Se ha golpeado la cabeza?

—¿Se ha mordido la lengua?

—¿Se ha hecho pis encima?

Había una mancha de humedad en el pantalón del chándal, donde había derramado el agua del vasito de cartón que le habían dado.

—El lunes a primera hora tendrá que ponerse en contacto con un cirujano —le dijo el interno atareado—. ¿Puede llamar a alguien para que venga a recogerla?

—Sí —susurró Alice.

Era casi medianoche cuando salió y se topó con una fuerte ráfaga de copos gruesos que, obstinados, caían de lado. Se sujetó la mano como si estuviera hecha de cáscara de huevo, caminó hasta la esquina y miró arriba, abajo y arriba otra vez, buscando un taxi.

NÚMERO OCULTO.

—¿Hola?

—Solo quería que escucharas el ruido que hace el humidificador.

—¡Ezra, no, me he roto una mano!

—¡Ay, Dios! ¿Cómo? ¿Te duele?

—¡Sí!

—¿Dónde estás?

—En la Cincuenta y nueve con Columbus.

—¿Puedes coger un taxi?

—¡Lo estoy intentando!

Cuando llegó, él llevaba ropa interior larga de seda y una tirita en la frente.

—¿Qué ha pasado?

—Me han quitado un lunar. ¿Qué te ha pasado a ti?

—Me resbalé en la escalinata de entrada.

—¿Cuándo?

—Esta mañana —mintió ella.

—¿Estaba helada?

—Sí.

—Podrías poner una denuncia.

Alice negó triste con la cabeza.

—No quiero denunciar a nadie.

—Querida, el mejor experto en manos de Nueva York es Ira Obstbaum. O-B-S-T-B-A-U-M. Está en el hospital Mount Sinai y, si quieres, lo llamo mañana para que te vea. ¿Vale?

—Vale.

—Mientras, te vas a tomar esto para el dolor. ¿Podrás dormir?

—Creo que sí.

—Qué valiente eres. Has sufrido una conmoción. Tienes que decirte: «Estoy aquí, me encuentro bien, disfruto del calor y la comodidad de mi cama».

Alice se echó a llorar.

—No llores, cariño.

—Ya lo sé.

—¿Por qué lloras?

—Perdona. Eres tan amable conmigo.

—Tú harías lo mismo por mí.

Alice asintió.

—Lo sé, lo siento

—No digas «Lo siento» todo el tiempo, querida. La próxima vez que tengas ganas de decir «lo siento», dime «Que te jodan». ¿Vale?

—Vale.

—¿Entendido?

—Ajá.

—¿Y?

Alice resopló.

—Que te jodan —dijo con voz débil.

—Así me gusta.

Después de tomarse las pastillas, Alice se sentó al borde de la cama, todavía con el chaquetón puesto. Ezra se sentó en su sillón de lectura, con las piernas cruzadas y el pulso latiéndole en las sienes, mientras la observaba veladamente.

—Tardan unos tres cuartos de hora en surtir efecto —dijo, mirando el reloj.

—¿Quieres que me quede?

—Claro que puedes quedarte. ¿Te apetece comer algo? Tenemos compota de manzana, *bagels,* requesón de tofu con cebollino y Tropicana con mucha pulpa.

Se levantó para tostarle un *bagel* y la miró comer con una sola mano. Luego, Alice se acostó de cara a la nieve que, bajo la luz del balcón, caía ahora más despacio, sigilosa y uniforme, como un ejército de paracaidistas invasores. Ezra volvió al sillón y cogió un libro. Tres veces rompió el silencio el roce de las páginas al pasarlas. Luego, una efervescencia balsámica inundó las entrañas de Alice y empezó a notar una especie de vibración en la piel.

—¡Guau!

Ezra consultó el reloj.

—¿Te hace efecto?

—Mmm...

Él llamó a Obstbaum y la llevó en taxi al Mount Sinai. Encargó a Zingone que llevaran comida al piso de ella dos veces por semana durante un mes y medio.

Le hizo fotos con la mano escayolada.

—Te quiero —ronroneó Alice.

—Quieres al Vicodin, eso es lo que quieres. Se ha terminado el carrete.

Fue al armario.

—¿Qué más tienes ahí dentro?

—No quieras saberlo.

—Claro que quiero.

—Más chicas. Atadas.

—¿Cuántas?

—Tres.

—¿Cómo se llaman?

—Katie...

—No —dijo Alice—. Déjame adivinarlo. Katie y... ¿Emily? ¿Está Emily ahí dentro?

—Sí.

—¿Y Miranda?

—Exacto.

—Esas chicas son incorregibles.

—Incorregibles —repitió él, como si Alice se hubiese inventado la palabra.

La escayola pesaba y parecía pesar más cuando no llevaba nada más puesto. Se puso bocabajo y se estiró como una gata de tres patas. Luego se irguió, arqueó la espalda, los costados, volvió la cabeza y sonrió pícaramente.

—¿Qué?

Alice fue hacia él de rodillas.

—Hagamos algo malo.

Él se sorprendió un poco.

—Mary-Alice, eso es lo más inteligente que has dicho jamás.

Se sentaron en la última fila para no llamar la atención y también para que él pudiera levantarse y estirar la espalda si lo necesitaba, pero no lo necesitó. Era la matiné del sábado, el cine estaba lleno de niños. Cuando uno muy alborotado le tiró palomitas a Ezra en la manga, Alice se temió que él fuese a pensárselo mejor. Pero, entonces, Harpo encendió un puro con un soplete, Groucho pasó el sombrero a través del «espejo» y la risa desenfrenada que soltó Ezra, echando la cabeza hacia atrás, se oyó por encima de todas las demás. Al final, cuando Freedonia le declaraba la guerra a Sylvania y los hermanos meneaban las caderas mientras cantaban «All God's chillun' got guns», Ezra se sacó una pistola de agua del bolsillo y le disparó a Alice un chorro furtivo en las costillas.

—*We're going to war!*[*] —iban cantando Broadway abajo, dejando atrás las luces de colores, los montículos de nieve, que parecía pintados con témperas, y los árboles navideños, atados bien prietos para que pareciesen cipreses—. *Hidey hidey hidey hidey hidey hidey hidey ho!*

En una tienda en la que vendían esturión, amontonados junto al resto de clientes contra el mostrador a prueba

---

[*] '¡Vamos a la guerra!'

de estornudos, contemplaron el pescado ahumado, la lengua encurtida y la *taramasalata* como si fuesen recién nacidos en el nido de maternidad. Alice señaló un queso con la etiqueta FIRME AL UNTAR y silbó finamente. Cuando le tocó el turno, Ezra levantó un dedo y pidió «dos trozos de pescado *gefilte*, rábanos picantes, un cuarto de salmón ahumado y, qué diablos, cincuenta gramos de las mejores huevas de pez espátula que tengan para la señorita Eileen aquí presente».

—Uy —dijo Alice.

Ezra se volvió para mirarla con calma. Luego chasqueó la lengua y movió la cabeza con desaprobación.

—Lo siento, querida. Tú no eres Eileen.

NÚMERO OCULTO.

—¿Diga?

—Buenas noches. ¿Podría hablar con Miranda, por favor?

—Miranda no está.

—¿Dónde está?

—En la cárcel.

—¿Emily está?

—Emily también está en la cárcel.

—¿Por qué?

—Es mejor que no lo sepas.

—¿Y...?

—¿Katie?

—Eso. Katie. Katharine.

—Ella sí está aquí. ¿Quieres hablar con ella?

—Por favor.

—¿Hola?

—Hola, Katie. Soy el señor Zipperstein, del colegio.

—Ah, qué hay, señor Zipperstein.

—Hola. ¿Cómo estás?

—Bien.

—Estupendo. Escucha. Te llamo para preguntarte si te gustaría estudiar en mi casa alguna noche de esta semana.

—Vale.

—¿Te gustaría venir?

—Claro.

—¿Mañana?

—Vaya, mañana no puedo. Tengo clase de piano.

—¿El jueves?

—Club de arte.

—¿Y después? ¿Después del club de arte?

—El jueves por la noche me toca poner la mesa.

—He hablado de eso con tu madre. Ha dicho que puedes poner la mesa dos veces el viernes.

—Vale.

—Entonces ¿el jueves a las seis?

—Claro.

—Dime otra vez cuál eras tú.

—Katie.

—Que no te metan en la cárcel, Katie.

—Tendré cuidado, señor Zipperstein.

—Zipper*stein*.

—Zipper*stein*.

—Así me gusta.

—«Nora, mi dulce putita, hice lo que me dijiste, guarrilla, y me la casqué dos veces cuando leí tu carta... Sí, ahora recuerdo aquella noche en que te estuve follando así tanto tiempo... Aquella noche tenías el culo lleno de pedos, cariño, y te los saqué con mis embestidas, grandes y gordos, larguiruchos y ventosos, pequeños trallazos, rápidos y alegres, y un montón de pedetes diminutos y traviesos que finalizaban con una larga emanación de tu agujero. Es maravilloso follar con una pedorra que suelta un pedo con cada embestida. Creo que reconocería un pedo de Nora en cualquier parte.»

—Es repugnante —dijo Alice.

Él dejó el libro y la miró con cierto agravio, como aburrido. Alice se metió bajo las sábanas con dulzura y estuvo enredando por ahí hasta que él se corrió con un chorrito como el de una fuente con poca potencia.

Dormitaron.

Cuando el reloj de Ezra dio las ocho, Alice gruñó y susurró que tenía que irse. Él asintió con amabilidad y ternura, sin abrir los ojos.

Mientras se calzaba, sentada ante la mesa, dijo:

—¿Conoces al vagabundo que está delante de Zabar's y lleva un montón de abrigos hasta en verano?

—Mmm.

—¿Le has comprado tú todos esos abrigos?

—Sí.

—¿Y crees que se volvió loco antes de ser un vagabundo o fue al revés?

Ezra lo pensó un momento.

—No te dejes llevar por el sentimentalismo.

—¿Qué quieres decir?

—Que no le tengas lástima. No le tengas demasiada empatía. Él está bien así.

En el baño, Alice se enjuagó la boca, se peinó y con el hilo dental le puso un lazo al consolador que había encima del tocador. Luego se fue.

Cuando bajaba por la escalera de su edificio:

—¡Buenos días, querida! Hoy estás muy guapa. Dime, ¿tienes novio?

—Todavía no, Anna. Todavía no.

Él se fue a su isla a pasar allí las fiestas. Alice se fue en tren a visitar a su madre, con la que llegó a la conclusión de que era imposible no dejarse llevar por el sentimentalismo y volvió en Nochevieja para ir a una cena con unos compañeros. La berenjena estaba dura y el *risotto* demasiado salado y luego todos se emborracharon con un brut barato y escribieron estupideces en la escayola de Alice.

—¿Algún propósito de Año Nuevo? —le preguntó al chico que estaba repantigado junto a ella. Alguien le había dicho que iba a sacar un poemario en primavera.

—Claro —respondió él, mientras estiraba una pierna y se pasaba una mano por el cabello largo y acaracolado—. Calidad *y* cantidad.

En Union Square, una chica vestida con lentejuelas doradas vomitó en la boca del metro mientras sus amigos hacían fotos y se reían.

Cuando volvió Ezra, abrieron una botella de champán auténtico y comieron caviar búlgaro comprado en una tienda *gourmet,* Murray's. Ezra también trajo una caja de berlinesas rellenas de mermelada de la panadería de la isla de Shelter y un estuche con ocho CD de grandes clásicos románticos, titulado *They're Playing Our Song.*

—¿Hay alguna que no conozcas?

—¿«My Heart Stood Still»?

Ezra asintió, se reclinó en su sillón y respiró hondo.

—*I took one look at you, that's all I meant to do and then my heart stood still...**

—¿«September Song»?

---

* 'Te miré una vez, eso es todo lo que quería hacer, y después mi corazón se detuvo en seco...'

Él volvió a respirar hondo.

—*For it's a long, long while from May to December, but the days grow short when you reach September...**

Tenía buena voz, pero la distorsionaba para quitarle seriedad. Alice bajó los ojos con timidez y sonrió con la berlinesa en la mano. Ezra soltó una risita y se acarició la mandíbula.

—Tienes mermelada justo aquí —dijo.

—Ezra —dijo ella al cabo de un momento en la cocina, mientras le iba pasando los platos—, creo que esta noche no puedo hacerlo.

—Yo tampoco, querida. Solo quiero tumbarme contigo.

Alice luchó para encontrar un sitio en la cama en el que apoyar la mano escayolada.

—¿Cuándo te la quitan?

—El miércoles por la mañana.

—¿Por qué no te vienes luego y te doy de comer?

—Vale. Gracias.

—¿Qué tal el trabajo?

—¿Qué?

—Que qué tal el trabajo, querida.

—Ah, bien, ya sabes. No es algo que quiera hacer el resto de mi vida, pero está bien.

—¿Qué quieres hacer el resto de tu vida?

—No lo sé —rio quedamente—. Vivir en Europa.

—¿Te pagan bien?

—Sí, teniendo en cuenta mi edad.

—¿Tienes muchas responsabilidades?

—Pues sí. Y el mes que viene mi superior inmediata estará de baja por maternidad, así que dentro de poco tendré que hacer parte de su trabajo.

—¿Qué edad tiene?

————————

* 'Pues es muchísimo tiempo el que pasa entre mayo y diciembre, pero los días se hacen más cortos cuando llegas a septiembre...'

—Treinta y tantos, supongo.

—¿Y tú? ¿Quieres tener hijos?

—Pues no lo sé. No lo sé, ahora no.

Ezra asintió.

—Mi querida Eileen llegó a los cuarenta y quiso tener un hijo, conmigo. No quería perderla, así que me lo pensé muy en serio. Estuve a punto de hacerlo. Me alegro muchísimo de no haberlo hecho.

—¿Qué pasó?

—Nos separamos, fue muy duro, y le llevó cierto tiempo, pero conoció a otro, Edwin Wu. Y ahora tienen al pequeño Kyle y a Olivia Wu, dos encantos de cuatro y seis años.

Se adormecieron, aunque él no había hecho su centenar de tareas. Alice resopló.

—¿Qué?

—Mi abuela, la aficionada al béisbol, se llama Elaine, y cuando mi abuelo, que era alcohólico, le pidió matrimonio, estaba tan borracho que le dijo: «¿Quieres casarte conmigo, Eileen?» —Alice se rio.

Ezra la abrazó más fuerte.

—¡Oh, Mary-Alice, mi adorable Mary-Alice! Quiero que tengas éxito, ¿lo sabes?

Alice levantó la cabeza para mirarle.

—¿Por qué no iba a tener éxito?

Él se pasó una mano por los ojos, con dedos temblorosos.

—Tengo miedo de que aparezca algún hombre que te joda viva.

La víspera del cumpleaños de Ezra compartieron una tarta de praliné y vieron al presidente anunciar la invasión.

—*En este conflicto, Estados Unidos se enfrenta con un enemigo que no se preocupa por las convenciones de guerra o los preceptos de moral... Vamos a Iraq con respeto por sus ciudadanos, por su gran civilización y por las creencias religiosas que practican. No tenemos ninguna ambición en Iraq que no sea la de eliminar una amenaza y restablecer el control de ese país para su propio pueblo.*

—Qué estúpido es este hombre —dijo Alice, negando con la cabeza.

—Esto va a acabar conmigo —dijo Ezra, pinchando un trozo de tarta con el tenedor.

Ella le regaló un cordón para las gafas de leer. Él le dio otros mil dólares para que se los gastara en Searle. La noche siguiente, un amigo daba una fiesta en su honor a la que Alice no estaba invitada.

—¿Es el mismo amigo que me llama «niña»?

Ezra procuró no sonreír.

—¿No ha oído hablar nunca de la mesa de los niños?

—Cariño, no te iba a gustar. Ni siquiera yo quiero ir. Además, eres tú la que no quiere que se sepa lo nuestro. Eres tú la que no quiere terminar en las revistas de cotilleos.

Estaba mejor de la espalda. Su libro iba bien. Quería comida china.

—Una ración de gambas con salsa de langosta, una ración de brócoli con anacardos, una ración de pollo troceado y... Mary-Alice, ¿quieres una cerveza? Dos botellas de Tsingtao... Sí. Pues no, creo que era una de gambas, una de brócoli, una de pollo troceado y... Exacto. Dos sing-sou. Sing-tou. Sí. Exactamente. Chin-dou —Ezra se dio una palmada en la frente con impotencia y se rio. La voz al otro extremo de la línea sonó indignada—. ¡No! —dijo Ezra—. ¡Me río de *mi* manera de hablar! —Colgó—. Cuarenta minutos. ¿Qué hacemos?

—¿Tomar un Vicodin?

—Eso ya lo hemos hecho.

Alice suspiró y se dejó caer hacia atrás en la cama.

—¡Ay, si por lo menos pusieran un partido de béisbol por la tele!

—Ay, zorrita, esta me la vas a pagar...

Él le estaba hablando de una guapa periodista palestina que había estado en la fiesta y que quería hacerle una entrevista y Alice frunció el ceño y levantó la cabeza del pecho de él.

—Oh, oh.

—¿Qué?

—El corazón te está haciendo algo raro.

—¿Qué tiene de raro?

—Chsss.

Ezra la miró con las cejas arqueadas y esperó. Alice volvió a levantar la cabeza.

—Da tres latidos y se para, cuatro latidos y se para, tres latidos y se para.

—¿Estás segura?

—Creo que sí.

—Mmm. Tal vez debería llamar a Pransky.

—¿Quién es Pransky? ¿El mejor cardiólogo de Nueva York?

—Sabelotodo. ¿Me pasas el teléfono, por favor, y mi agenda negra?

Pransky accedió a verle la mañana siguiente y no detectó ningún problema, pero decidió que de todos modos deberían implantarle un desfibrilador. Esta vez, mientras esperaba noticias, Alice estaba en el trabajo, entrevistando a la canguro de la hija de su jefe para unas prácticas.

—¿Cómo es que conoces a Roger?

—Vive al lado de mi tío, en East Hampton.

—¿Y a qué se dedica tu tío?

—Trabaja en el mercado de valores.

—Pero tú prefieres trabajar en el mundo editorial.

La chica se encogió de hombros.

—Me gusta leer.

—¿A quién te gusta leer?

NÚMERO OCULTO.

—¿Quieres que salga?

—No, no, no importa.

55

—Bueno, mmm, a Ann Beattie y... —NÚMERO OCUL-
TO—. ¿Estás segura?

—No te preocupes. Ann Beattie. ¿Y?

—Julia Glass. Acabo de terminar *Tres junios* y es bue-
nísima.

—Ya. ¿Alguien más?

La chica se giró para mirar a un limpiador de ventanas
que estaba rapelando por el edificio de enfrente. Unos segundos después, resopló y levantó el brazo cargado de bra-
zaletes para rascarse la nariz.

Biiip.

—Ah —dijo la chica, girándose—. Y me encanta Ezra
Blazer.

—¿Qué sientes?

—Como si tuviese un mechero dentro del pecho.

—Es que precisamente parece que llevas un mechero
dentro del pecho.

Sentado en el inodoro, la observó con atención mientras
ella estrujaba una manopla y le daba unos toquecitos a los
puntos de la herida, que terminaba a escasos dos centímetros
de la cicatriz de la esternotomía. El hilo negro y rígido entraba y salía de la piel atravesándola como alambre de espino.

—¿Estás seguro de que esto es una buena idea? —le
preguntó Alice—. Mojarlo así...

—¡SSSHHH! —exclamó Ezra, sobresaltándola.

La víspera del primer partido entre Boston y los
Yankees fueron a un restaurante llamado Il Bacio, al que
Ezra prefería llamar La Albóndiga.

—Aquí la comida es una mierda —dijo alegremente
mientras abría la carta—. Pero no podemos estar todo el
tiempo en ese cuartito, ¿sabes? —Le pasó por debajo de la
mesa un bote de desinfectante para manos.

—Yo voy a tomar el salmón —le dijo Alice al camarero, mientras seguía frotándose las manos.

—Y yo los espaguetis *alle vongole* sin las *vongole*. Y una Coca-Cola Light. Y... Mary-Alice, ¿quieres una copa de vino? Una copa de vino blanco, por favor, para la señorita.

Una mujer vestida con traje pantalón de color fucsia se acercó al reservado, apretándose las manos con alborozo.

—Disculpen. Estoy avergonzando a mi marido, pero tenía que decirle lo mucho que significan sus libros para nosotros.

—Gracias.

—Ahora mismo tengo dos en la mesilla de noche.

—Estupendo.

—Y usted —dijo la mujer, volviéndose hacia Alice— es muy guapa.

—Gracias —dijo Alice.

Cuando la mujer se fue, se quedaron mirándose con timidez. Ezra apoyó los codos en la mesa y se masajeó las manos.

—Bueno, Mary-Alice, he estado pensado... —El camarero trajo las bebidas—. A lo mejor te gustaría venir a visitarme al campo este verano.

—¿De veras?

—Solo si quieres.

—Claro que quiero.

Él asintió.

—Podrías ir en el tren de Greenport algún viernes cuando salgas del trabajo y luego vas en el transbordador y Clete o yo iríamos a recogerte.

—Me encantaría. Gracias.

—O podrías tomarte un viernes libre.

—Eso sería estupendo. Lo haré.

Él volvió a asentir, aunque la idea ya parecía hastiarle.

—Pero escucha, querida. Allí estaremos solos la mayor parte del tiempo, pero está Clete y otra gente que viene a cortar el césped y esas cosas, por lo que te sugiero que tomemos la precaución de buscarte un alias.

—¿Qué?

—Un nombre diferente.

—Ya sé lo que es un alias, ¿pero por qué?

—Porque son todos unos chismosos, ¿sabes? Así que te llamaremos de otra manera mientras estés allí y si alguien pregunta diremos que me estás ayudando en una investigación. Así, si alguien habla, cosa que harán, no tendrás que preocuparte cuando vuelvas al trabajo.

—¿Lo dices en serio?

—Completamente en serio.

—Mmm, bueno. ¿Se te ha ocurrido algún nombre?

Él se reclinó en la silla y puso las manos en la mesa.

—Samantha Bargeman.

Alice se echó a reír y tuvo que dejar la copa de vino.

—¿De dónde has sacado ese nombre?

—Me lo he inventado.

Se limpió las manos con la servilleta y se sacó una tarjeta de visita del bolsillo de la camisa:

SAMANTHA BARGEMAN
Asistente editorial y de investigación de Ezra Blazer

—Pero no tiene número de teléfono. ¿Qué clase de tarjeta de visita no tiene número?

—No querrás que te llame nadie, querida.

—Lo sé, pero... es por la credibilidad. ¿Quién se va a creer que esta es mi tarjeta de verdad?

Sin inmutarse, se puso cómodo para dar cuenta de los espaguetis. Agarró el tenedor.

—Está bien —dijo Alice, riendo—, ¿y cuándo piensas...?

—Tal vez en julio. Podría ser el fin de semana del cuatro de julio. Ya veremos.

Aquella noche Ezra le dio, además del resto de tarjetas (doscientas, impresas en cartulina de color mantequilla y empaquetadas en una caja de color gris jaspeado):

Seis melocotones verdes.

Un catálogo de la Vermont Country Store y le dijo que pidiese caramelos Walnettos, además de lo que quisiera, y que lo cargase a su cuenta.

Quince billetes de cien dólares envueltos en una hoja de cuaderno de rayas en la que había escrito con rotulador rojo: YA SABES DÓNDE IR CON ESTO.

—Esta semana el Congreso de Estados Unidos ha aprobado una legislación histórica para fortalecer y modernizar Medicare. Bajo los proyectos de ley de la Cámara de Representantes y del Senado, por primera vez en los treinta y ocho años de Medicare, las personas mayores de Estados Unidos recibirían cobertura para medicamentos recetados. Estamos actuando porque Medicare no ha mantenido el ritmo de los avances de la medicina moderna. El programa fue diseñado en los años sesenta, época en la cual permanecer en el hospital era común mientras que las terapias con medicamentos eran más bien poco frecuentes. Hoy en día, los medicamentos y otros tratamientos pueden reducir el tiempo de estancia en el hospital, al mismo tiempo que mejoran drásticamente la calidad de la atención. Ya que Medicare no cubre el costo de estas medicinas, muchas personas mayores tienen que pagar por las recetas de su propio bolsillo, lo que frecuentemente las obliga a tomar la difícil decisión de o bien pagar las medicinas o bien hacer frente a otros gastos. En enero sometí al Congreso mi plan para la reforma de Medicare, que insistía en dar a las personas mayores acceso a la cobertura de los medicamentos recetadas y al mismo tiempo ofrecer más opciones bajo Medicare. El punto central de este enfoque es el de la opcionalidad: las personas mayores deben poder escoger planes de atención sanitaria que sean adecuados a sus necesidades. Cuando los planes de atención sanitaria compitan para ganárselos como clientes, las personas mayores tendrán opciones mejores y más económicas para su cobertura sanitaria. Los miembros del Congreso y otros empleados federales ya tienen la posibilidad de escoger entre diferentes planes de salud. Si poder

escoger es bueno para los legisladores, entonces es bueno para las personas mayores de Estados Unidos...

—Cállate ya —musitó Alice y se levantó para cambiar de emisora antes de seguir cortando las etiquetas de la ropa nueva que había comprado en Searle.

Un soniquete llamando a la puerta.

Era Anna, vestida con una bata mal abrochada, que le tendía con manos trémulas un tarro de *sauerkraut*.

—¿Podrías abrirme esto, querida?

—... Aquí tiene.

—Gracias. ¿Cómo te llamas?

—Alice.

—Qué nombre tan bonito. ¿Estás casada?

—No.

—Me pareció oír a alguien. ¿Tienes novio?

—No, no tengo novio, me temo...

Además de los Walnettos, Alice eligió unas barritas de caramelo de coco con sabor a sandía, unos caramelos de mantequilla de cacahuete y melaza, unos caramelos masticables y unos soldaditos de caramelo («Un saludo marcial a tu espíritu goloso»). Luego se metió en la cama y se durmió con la radio encendida, el Camus inclinado sobre las rodillas y el bolígrafo con el que había subrayado ciertos pasajes manchándose de tinta la manga del pijama.

—Porque le tengo afecto —respondió Cormery con calma. Malan acercó la ensalada de frutas y no contestó nada.

—Porque —prosiguió Cormery—, cuando yo era muy joven, muy necio y estaba muy solo [...], usted se acercó a mí y sin mostrarlo me abrió las puertas de todo lo que yo amo en este mundo.

Le dolía la espalda. Tenía los pechos hinchados. En el trabajo regañó a la chica nueva por vaciar demasiado despacio el lavavajillas de la oficina.

De debajo de su lavabo sacó una caja plegable de plástico rosa que estaba gris del polvo. MAR, decía la última cavidad sin píldora. Las blancas le dicen a tu cuerpo que estás embarazada, las azules que era broma. Tres años antes, seis semanas de píldora la dejaron llorosa e irascible hasta el borde de la demencia y las dejó. Pero ahora era mayor, mayor y más atenta a la probabilidad de una emboscada hormonal. Esta vez, estaría preparada para los pensamientos histéricos y sería más lista que ellos.

Así pues: una píldora blanca esta noche, una píldora blanca mañana, una píldora blanca el viernes, más una cuarta el sábado, después de comer. Así, supuso que pasaría el fin de semana sin sangre...

NÚMERO OCULTO.

—¿Sí?

—¿Todo listo?

—Casi.

—¿A qué hora sale el tren?

—A las nueve y doce.

—No te lo vas a creer, pero estoy releyendo *David Copperfield* para mi libro y en la cuarta línea de la página ciento doce he encontrado la palabra *gabarrero.**

—No.

—¡Sí! Escucha esto: «Me contó que su padre era gabarrero y participaba con un tocado de terciopelo negro en el desfile del alcalde. También me informó de que nuestro principal asociado sería otro chico al que me presentó con lo que me pareció el extraño nombre de Fécula de Patata». Así te voy a llamar a partir de ahora, Mary-Alice, «Fécula de Patata».

—Estupendo.

—¿Te lo puedes creer? ¿Qué haya leído *gabarrero* la víspera de tu llegada? ¿Con qué frecuencia se encuentra uno con esa palabra?

---

* En el texto original del libro de Dickens aparece la palabra *bargeman,* precisamente el apellido falso que le da Ezra a Alice un poco más arriba.

—Casi nunca.

—Exacto, casi nunca.

Alice tomó un sorbo de marrasquino Luxardo.

—¿Un polvo?

—Si quieres.

—No, supongo que no debemos. Es tarde.

Ella esperó.

—Querida.

—¿Qué?

—Dime una cosa.

—Vale.

—¿Piensas alguna vez que esto no es bueno para ti?

—Al contrario —respondió Alice, un poco demasiado alto—. Creo que es muy bueno para mí.

Ezra se rio con ternura.

—Eres una chica muy divertida, Mary-Alice.

—Estoy segura de que las hay más divertidas.

—Probablemente tengas razón.

—En cualquier caso, me haces feliz —dijo ella.

—Ay, querida. Tú también me haces feliz.

La luz brillaba entre los árboles, cuyas hojas, cuando el viento las traspasaba, susurraban como dioses tras un largo y etílico almuerzo. El aire era templado y salobre y, de vez en cuando, traía un olorcillo a resina de pino que burbujeaba al sol. Alice se zambulló en el agua, que Ezra mantenía a una temperatura similar a la corporal, y, tras avanzar como un torpedo hasta la mitad, emergió para completar sin prisas treinta largos a braza, moviendo las piernas como una rana, casi juntando las manos antes de girar, una y otra vez, la derecha siempre estirada para posarse entre los insectos que se arrastraban por las lajas de piedras del borde y la izquierda siempre doblada para limpiarse la nariz antes de iniciar la siguiente vuelta. Algunos días hasta le parecía que, de alguna forma, estaba progresando con la rutina, como si los largos que nadaba no tuviesen exactamente la misma distancia recorrida y vuelta a recorrer una y otra vez, sino longitudes que extendidas como tuberías de un extremo al otro algún día la llevarían a un destino tan lejano como lo que entre todas sumaban. Sus manos, cuando se acercaban hasta casi juntarse del todo y luego se separaban, le parecían las de alguien antes seducido por la oración que luego la había abandonado por otras formas de hallar paz: una persona instruida, liberal, culta. Una persona *ilustrada*. La caseta de la bomba de la piscina zumbaba.

Por las noches escuchaban *Music For a Weekend to Remember*, que era como el programa de Jonathan Schwartz pero más ñoño, y se llevaban los platos a la caseta con mosquitera o, si había partido, a la sala de estar rosada. Sobre la repisa de la chimenea, al lado de una pirámide de cristal que proyectaba en la pared unos arcoíris trémulos, había un antiguo calendario de madera con tres aberturas en el frente y unas espigas que hacían girar hacia delante los rollos de tela que tenía dentro hasta el día de la semana, la fecha y el mes correctos:

SÁBADO

2

AGOSTO

Las espigas eran pálidas y suaves y, cada vez que pasaba al lado, Alice no podía resistirse a hacer girar una un poco, aunque nunca se atrevió a cambiar del sábado al domingo o del 2 al 3 o de agosto a septiembre, por temor a no poder moverlas hacia atrás.

Detrás del sofá había una estrecha consola de mármol con un montón de libros que a Alice le llegaba a la altura del codo. Muchos eran de escritores destacados, de otros conocía el nombre por ser amigos de él. El amigo que la llamaba «la niña», por ejemplo, había escrito un libro sobre Auschwitz para el que Ezra había dado una cita comedidamente favorable. También había galeradas, entre ellas las de una biografía de Arthur Miller y las de una novela que el lugar donde trabajaba Alice tenía previsto publicar en otoño, con una carta de su jefe metida dentro con cuidado.

Querido señor Blazer:
Como verá en mi introducción, *Allatoona!* es una novela muy especial, por no hablar de un tributo sutil, respetuoso y, por último, muy conseguido a su influencia. No le pido que la promocione, solo espero que la disfrute tanto como hemos hecho todos en Gryphon, con sorpresa y placer por su aplomo, su equilibrio exquisito, su ingenio mordaz...

Alice cerró la galerada, cogió el libro sobre Auschwitz y salió al porche.

A veces, a la hora de la cena, pasaba un vecino anciano que les traía huevos de su gallinero y los rumores del lugar. Otras noches, Ezra y ella jugaban a las cartas o leían o se iban con una linterna al embarcadero a contemplar las estrellas. Un sábado caminaron hasta la hostería Ram's Head, donde un banquete de bodas seguía en plena celebración. Unos hombres blandían mazos de croquet y perseguían por el césped a las damas de honor descalzas, mientras un quinteto tocaba estándares de jazz en el bar. «No», dijo Ezra con firmeza cuando Alice lo atrajo provocativa agarrándolo de los brazos. Pero entonces comenzó la matraca tribal de «Sing Sing Sing» y al instante él se puso a percutir el aire como si estuviera poseído por Lionel Hampton. Un chasquido de dedos por aquí, un giro de tacones por allá; en un momento dado, llegó a ponerse de puntillas y se atrevió a doblar un segundo las rodillas como un acordeón. Le había agarrado la mano a Alice y la hacía dar giros, como si estuviese dibujando con un espirógrafo, que se iban volviendo más largos y amplios con cada rotación, cuando una mujer que llevaba un ramillete al revés, se acercó contoneándose y dijo:

—¿Sabes? Todo el mundo me dice que eres clavado a mi marido.

—Es que soy tu marido —respondió Ezra, antes de inclinar a Alice hacia atrás hasta dejarla en posición casi horizontal y conducirla hacia la banda.

El dormitorio estaba en la parte más alta de la casa, donde los suelos crujían con sobriedad y las ramas nudosas de un viejo roble llenaban las ventanas de un verdor ondulante. Por las mañanas, acostada frente a él, cuando observaba el marrón radiante de su iris y se maravillaba de que pareciera estar sin estrenar, límpido y despierto, incluso después de muchos cumpleaños y guerras y matrimonios y presidentes y asesinatos y operaciones y premios y libros,

Alice suspiraba. Entre los dos habían vivido noventa y siete años. Cuanto más duraban, más confundía los ojos de Ezra con los suyos. Fuera, los pájaros chismorreaban con alegría. Cuando el sol le empezó a dar en la cara, Alice se incorporó y se metió un mechón de pelo por detrás de la oreja. En la mejilla seguían marcadas las arrugas de la almohada. Con solemnidad, se tocó la nariz con un dedo, luego la barbilla, luego el codo, otra vez la punta de la nariz y se tiró de la oreja.

—Toque de bola —dijo Ezra con voz ronca.

¡Sí! Nariz, barbilla, codo, muslo, lóbulo, lóbulo, otra vez la punta de la nariz, tres palmadas rápidas.

—Robar una base.

¡Bien! Barbilla, muslo, lóbulo, lóbulo, codo, codo, visera imaginaria.

—Bateo y carrera.

Cuando le tocó a él, Ezra reprodujo lo que había hecho ella, pero en el doble de tiempo y con la cara impávida y al final de cada secuencia le señalaba el ombligo. Alice se tiró hacia atrás sobre la almohada, riendo. Ezra se le unió y le besó el pelo.

—La más adorable. Eres tú la más adorable.

Las palabras eran como una pluma cálida en su oído. En el otro oído, en un tono que sonaba casi arrepentido por tener que recordárselo, el reloj de Ezra dio las doce.

«Sigo mi camino con la precisión y la seguridad de un sonámbulo.» Y, sin embargo, el camino de un sonámbulo es cualquier cosa menos preciso y seguro. El líder inseguro es el que se esfuerza por convencer a sus súbditos y, tal vez por encima de todo, a sí mismo de que sus objetivos son sensatos y puros. Solo de una cosa está seguro, de que le gustaría dirigir, le gustaría detentar el poder, le gustaría que le adorasen, le gustaría que le obedecieran. Hasta cierto punto, todos los políticos tienen deseos así, pues de lo contrario habrían elegido otra profesión menos autoritaria. Pero en algunos casos los deseos

son extremos, nacen del impulso de compensar humillaciones pasadas, tal vez un padre ilegítimo o el rechazo de una institución académica a la que uno aspiraba a pertenecer. Le exaspera la sensación de que el mundo no le comprende, no le aprecia, por lo que debe reconstruirlo para que sea un mundo que sí lo haga. La dominación no es tan solo una fantasía, sino también una forma de venganza por su condición de fracasado, de subordinado, de «paria entre parias», como diría The New York Times *en una necrológica del Führer que no tenía menos de trece mil palabras.*

En la cocina había tres medias botellas de Pinot Noir, una jarra de Stolichnaya y una botella sin abrir de Knob Creek. Mientras miraba por la ventana la piscina de abajo, donde Clete retiraba las impurezas de la superficie con una red de mango largo, Alice le quitó el tapón al vodka, lo empinó para tomar un trago y volvió al porche.

Pero megalomanía *no es la palabra correcta. Tanto el sufijo como el prefijo implican un exceso, un sentido incongruente de la propia influencia, una idea delirante. Sin embargo, Hitler no tenía ideas delirantes sobre la magnitud de su poder. Sí, se engañaba sobre el valor de sus objetivos, pero no parece verosímil que exagerase su impacto en la historia de la humanidad. ¿Cuándo se convierte entonces la idea delirante de un solo hombre en realidad mundial? ¿Está destinada cada generación a lidiar con los caprichos de un dictador? «Mediante la astuta y constante aplicación de la propaganda —leemos en* Mein Kampf—, *el cielo le puede ser presentado al pueblo como infierno y viceversa, la experiencia más desdichada como el paraíso». Pero solo cuando el pueblo en cuestión no cumple con su deber de vigilancia. Solo cuando somos cómplices a través de la inacción. Solo cuando incluso nosotros caminamos como sonámbulos.*

Otro trago.

—¿Cariño? Cariño, ¿dónde estás?

Empezó a sonar una radio. Se oyó el sonido de una cisterna. Pasos que cruzaban las viejas tablas del suelo y bajaban los escalones como un muchacho. Alice le observó a través de la ventana del porche, mientras él revisaba lo que parecía una antigua caja de municiones de madera, seleccionaba uno de los álbumes del montón que había dentro y lo sacaba ceremoniosamente de su funda. Al instante, se oyó un sonido brusco, aterciopelado, seguido por unos compases tropicales que sonaban como un luau.

Beyond the blue horizon
waits a beautiful day.
Goodbye to things that bore me,
joy is waiting for me!*

Entre una y otra estrofa, gritó por la ventana:

—¿Quieres beber algo?

Estaban en la caseta con mosquitera, chupándose la salsa barbacoa de los dedos y observando una canoa que cruzaba deslizándose el puerto cristalino, cuando apareció un hombre por el césped y se acercó vacilante a través de la oscuridad.

—¡Virgil! —lo llamó Ezra—. ¿Cuál es la buena nueva?

—Esta mañana un topo se ha metido debajo de mi cobertizo, pero me he encargado de él.

—¿Te has encargado de él?

—Me he encargado de él.

El viejo tosió, levantó la puerta de tela mosquitera y se agachó con cautela para entrar.

—Escucha, Virgil, tengo que pedirte un favor. ¿Sabes la parcela que hay frente a la carretera? ¿La que llega a North Cartwright?

---

* 'Más allá del horizonte azul / espera un hermoso día. / Adiós a lo que me aburre, / el goce me está esperando.'

—Sí.

—¿Sabes quién es el propietario?

—La tiene una señora de Cape Coral desde hace años.

—¿Qué clase de señora?

—Más o menos de mi edad. Se llama Stokes. Su tío vivía en aquella casita gris de tablas, en Williette. Cuando murió, sus hijos se la vendieron a los músicos esos.

—Bueno, pues me gustaría ponerme en contacto con la señora Stokes, si puede ser, porque he estado pensando que me gustaría comprar esa parcela antes de que venga cualquiera y ponga allí un túnel de lavado de coches.

Virgil asintió y volvió a toser, se le contraían los hombros y la piel de alrededor de las manchas se le ponía de un vívido tono ciruela.

—Querida —dijo Ezra en voz baja.

Alice asintió y entró en la casa. Volvió con un vaso de agua y se lo ofreció a Virgil.

—Gracias, Samantha —dijo Virgil.

Después estaban ella y Ezra en la cocina jugando al *gin rummy* cuando Alice le preguntó con despreocupación «qué se debería hacer en caso de una urgencia». Ezra recolocó con calma sus cartas y contestó:

—¿Te refieres a qué tendrías que hacer si estuviéramos haciéndolo y se apagase el mechero?

—Sí, algo así.

—Llamar a Virgil.

—Ja.

—Lo digo en serio. Virgil es el técnico en emergencias sanitarias del lugar.

—¿El técnico en emergencias sanitarias del lugar tiene cien años?

—Tiene setenta y nueve y fue paramédico de ambulancia en la Segunda Guerra Mundial. Estaba allí cuando Patton dijo: «Cabrones, os estamos entrenando para que les deis una paliza a los japoneses». Pero tú no tienes por qué saber quién era Patton. Gin.

Se levantó para ir al baño y cuando volvió parecía asombrado.

—Casi se me había olvidado que habíamos comido espárragos.

—Entonces..., ¿no hay ningún hospital en la isla?

—Hay un hospital en Greenport y otro en Southampton. Pero no te preocupes. Virgil sabe lo que hace. Y en cualquier caso —extendió la mano—, mírame. Estoy bien.

Después de mirar a Alice durante un momento, parpadeando, con aire pensativo, retiró la mano para mirar el reloj.

—¿Has leído esto? —levantó el libro sobre Auschwitz.

—No es bueno. —Ezra negó con la cabeza.

—¿Qué quieres decir?

—Demasiado control de esfínteres.

—¿Perdona?

—Que si a Hitler le enseñaron a controlar sus esfínteres demasiado pronto, que si a Mussolini lo dejaron en el orinal demasiado tiempo. Todo es especulación freudiana que no tiene ninguna relación con nada. Si quieres saber algo del Holocausto, te diré lo que tienes que leer.

Los domingos ella se dedicaba a rumiar lo que sería ir a la ciudad, cinco días más de responder llamadas, terminar a toda prisa los textos de contracubierta, desatascar grapadoras. Cuando Ezra bajó a la piscina a hacer gimnasia acuática, Alice se lo quedó mirando por la ventana mientras él descendía para caminar dentro del agua de un lado a otro por la parte menos honda, moteada por el sol, disfrutando de la resistencia. Entonces se levantó el viento, borrándolo de la vista, y Alice se pasó el resto de la mañana vagando de una habitación a otra, cogiendo y dejando libros, sirviéndose vasos de limonada y sentándose en la cocina para bebérselos, escuchando las abejas. El reloj de encima del fregadero sonaba muy fuerte.

Él entró poco después de las dos y la encontró tendida en el sofá, con el antebrazo tapándole los ojos.

—¿Qué te pasa, querida?

—Nada, solo estaba pensando.

—¿No quieres meterte en la piscina?

—Dentro de un rato.

—¿A qué hora sale tu tren?

—A las seis y once.

—¿A qué hora llegas?

—Debería estar en casa a las nueve y media.

—Te va a llevar Clete al transbordador. Yo, mientras... —Miró a su alrededor, como si la habitación estuviera hecha un desastre y no supiera por dónde empezar—. Me voy a quedar aquí un tiempo. Por lo menos hasta finales de septiembre. Tengo que terminar este borrador.

—Vale.

—Me está dando problemas.

—Ajá.

—Tengo algo para ti.

Se sacó del bolsillo de la camisa una hoja de papel con tres orificios, doblada con cuidado en cuatro partes.

Gitta Sereny, *Desde aquella oscuridad*
Primo Levi, *Si esto es un hombre*
Hannah Arendt, *Eichmann en Jerusalén*

—Gracias —dijo Alice.

—No se meguecen —dijo él.

Había nacido en Altmünster, una pequeña ciudad austriaca, el 26 de marzo de 1908. Su única hermana ya tenía diez años, su madre aún era joven y guapa, aunque su padre ya era un hombre mayor.

—*Cuando nací, él trabajaba de sereno, pero todo en lo que pensaba y de lo que hablaba era de sus días como oficial de dragones del ejército austrohúngaro. Su uniforme de dragón, siempre bien cepillado y planchado, colgaba del armario.*

No lo soportaba, acabé odiando los uniformes. Sabía desde muy pequeño, no sé exactamente cuándo, que mi padre no me había deseado realmente. Les oía hablar. Él pensaba que yo no era suyo. Pensaba que mi madre..., ya sabe...

—Y, a pesar de todo, ¿era cariñoso con usted? —le pregunté.

Se rio sin regocijo.

—Era un dragón. Nuestras vidas se regían según sus pautas marciales. Le tenía un miedo atroz. Recuerdo con nitidez un día en concreto; yo tenía cuatro o cinco años y me habían regalado unas zapatillas nuevas. Era una fría mañana invernal. Los vecinos de al lado se trasladaban. El vehículo de la mudanza estaba allí; un carruaje de caballos, naturalmente. El chófer se había metido en la casa para ayudar con los muebles y ahí estaba ese precioso carruaje sin nadie que lo vigilara.

»Me puse a correr sobre la nieve, con las zapatillas nuevas y todo. La nieve casi me llegaba hasta las rodillas, pero no me importó. Subí y me senté en el asiento del conductor, allí arriba. Todo lo que podía verse estaba calmo, blanco, detenido. Únicamente, en la distancia, podía divisarse una mota negra que se movía sobre la blancura de la nieve. La miré con atención, pero no conseguía identificar la figura, cuando de pronto me di cuenta de que era mi padre que volvía a casa. Me bajé enseguida y corrí sobre la nieve tupida hasta llegar a la cocina, donde me escondí detrás de mi madre. Pero llegó casi al mismo tiempo que yo. «¿Dónde está el chico?», preguntó, y tuve que salir. Me puso sobre sus rodillas y me azotó. Se había cortado el dedo unos días antes y llevaba una venda. Me atizó tan fuerte que se le abrió la herida y empezó a derramar sangre. Oí gritar a mi madre: «¡Para ya, estás salpicando sangre en las paredes limpias!».

Su jefe estaba al teléfono, con los pies en el escritorio, haciendo rodar entre los dedos un trozo de cinta adhesiva.

—¿Qué me dices de Blazer? ¿Por qué ya no publicamos nada de Ezra Blazer? Hilly sería incapaz de distinguir algo de la literatura ni aunque se le pusiera de rodillas.

Alice dejó una carpeta en la bandeja de alambre de fuera del despacho y se arrodilló para ajustarse la correa del zapato.

—No. ¡No! Yo no dije eso. Hilly es un mentiroso de mierda. Lo que dije fue que íbamos a ganar un millón con el libro nuevo *más* otros doscientos cincuenta por el fondo editorial, aunque es una cantidad mayor de la que nos merecemos, casi lo mismo que vale la puta casa que tienes en Montauk. ¿Eso te parece «prudente»?

Actualmente, en Alemania, esta idea de los judíos «prominentes» todavía no ha sido olvidada. Y así vemos que mientras los judíos excombatientes y los demás grupos de judíos privilegiados ni siquiera se mencionan, todavía se lamenta el sino de judíos «famosos», con total olvido de los restantes. No son pocos, especialmente en las minorías cultas, quienes todavía lamentan públicamente que Alemania expulsara a Einstein, sin darse cuenta de que constituyó un crimen mucho más grave dar muerte al insignificante vecino de la casa de enfrente, a un Hans Cohn cualquiera, pese a no ser un genio.

NÚMERO OCULTO.

—Hola.

—¿Cómo estás, Mary-Alice?

—Muy bien, ¿y tú?

—Estoy bien. Solo quería saber cómo te va.

—Mmm.

—¿Seguro que estás bien? Pareces un poco triste.

—Estoy un poco triste, pero no es nada. No te preocupes. ¿Qué tal tu libro?

—No sé. A saber si es bueno. Qué cosa rara esta. Inventarse cosas. Describir cosas. Describir la puerta que alguien acaba de cruzar. Es marrón, los goznes chirrían... ¿A quién le importa una mierda? Es una puerta.

—«Los empeños artísticos requieren mucha paciencia» —dijo finalmente Alice. Podía oír croar a las ranas.

—La memoria es como una trampa de acero, Fécula de Patata.

El campo tenía unas veinte hectáreas (seiscientos metros por cuatrocientos) y se dividía en dos grandes secciones y cuatro subsecciones. El «campo superior» —Campo II— incluía las cámaras de gas, la instalación para el tratamiento de los cadáveres (fosas de cal al principio, luego inmensas parrillas para la incineración, conocidas como «asadores») y los barracones para los Totenjuden, *los grupos de trabajo judíos. Una de las barracas era para hombres, luego hubo otra para mujeres. Los hombres cargaban con los cuerpos y los quemaban; las doce chicas cocinaban y lavaban.*

El «campo inferior» o Campo I estaba subdividido en tres secciones, rígidamente separadas por alambradas de espino que, al igual que las vallas exteriores, estaban entretejidas con ramas de pino a efectos de camuflaje. La primera sección contenía la rampa de descarga y la plaza (Sortierungsplatz) *donde se hacían las primeras selecciones; el falso hospital (el* Lazarett)*, donde los viejos y enfermos eran tiroteados en lugar de gaseados; las barracas para desnudarse, donde las víctimas dejaban su ropa, se les cortaba el pelo si eran mujeres y eran registradas internamente en busca de objetos valiosos escondidos y, por fin, la «carretera hacia el cielo». Esta, que empezaba a la salida de la barraca donde se desnudaban las mujeres y los niños, era un paso de tres metros de ancho con alambradas de espino de tres metros de alto a ambos lados (también espesamente camufladas con ramas, que se renovaban constantemente, de modo que no podía verse nada), por el que los* *prisioneros desnudos, en hileras de a cinco, tenían que correr cien metros colina arriba hasta los «baños» —las cámaras de gas— y donde, cuando el mecanismo del gaseo se averiaba —algo que sucedía a menudo—, debían mantenerse a la espera de su turno durante horas.*

Alice estaba a punto de enviar un correo rechazando otra novela escrita en segunda persona, cuando la pantalla se puso en negro y el aparato de aire acondicionado chisporroteó y se apagó, a lo que siguió un silencio sombrío y primordial.

—Joder —dijo su jefe desde el pasillo.

Una hora después ella y sus compañeros seguían inclinados sobre papeleo atrasado, en un ambiente cada vez más frío y húmedo, y él pasó con mala cara y les dijo que podían irse a casa, si es que eran capaces de llegar.

Veintiún pisos más abajo, en el vestíbulo, los bomberos iban de acá para allá por los ascensores precintados, mirando los indicadores de posición parados. En la calle Cincuenta y siete, los vehículos competían por abrirse paso en los cruces sin semáforo, mientras que el número de peatones parecía haberse cuadriplicado desde por la mañana. Al norte de Columbus Circle, donde un hombre con gafas de espejo y con la camisa remangada hasta los bíceps se había autoproclamado guardia de tráfico, la cola de Mister Softee rodeaba toda la manzana. Más largas todavía eran las colas para usar las viejas cabinas telefónicas, que se habían ganado una prórroga: la gente se acercaba a ellas con recelo, como si estuviesen entrando en confesionarios plantados en la calle. En la calle Sesenta y ocho y en la Setenta y dos, la muchedumbre revuelta empujaba para entrar en autobuses ya vencidos por el peso. En la Sesenta y ocho, una tienda de frutos secos y helados estaba regalando cucuruchos. Una manzana más arriba, el arpa de neón del pub Dublin House parecía haber consumido todo su color y el calor habitual, en aquellas circunstancias misteriosas, empezó a parecer extraordinario: penetraba de modo siniestro e ineludible, como un gas llenando una celda. Delante de los grandes almacenes Filene's Basement, dos mujeres que llevaban cuatro bolsas y cinco niños entre las dos regateaban con el conductor de una limusina que se dirigía al norte de la ciudad. En la esquina de enfrente, el vagabundo, que parecía más jorobado que nunca debajo de un centenar de abrigos, tenía los codos apoyados en un dispensador de periódicos y, al tanto de todo, bostezó.

Alice llamó a la puerta de Anna, pero no hubo respuesta. Ya en su piso se quitó los zapatos, la blusa, la falda de trescientos dólares, se sirvió una copa de Luxardo y durmió. Se despertó en medio de una negrura insondable y con el móvil emitiendo un sonido quejumbroso. Justo frente a la puerta de su piso, un quinto tramo de escaleras subía a la azotea, o más bien a una puerta con una advertencia de alarma que en dos años no había oído nunca saltar. La ignoró y subió cruzando el romboide de cielo violáceo y, con el alivio de notar una brisa leve, caminó sobre el techo de su propio piso, se detuvo en la proa del edificio y miró a la calle. De la avenida de Ámsterdam salía un coche que aceleró en dirección al oeste, los faros se abrían paso en la oscuridad con una intensidad nueva y valiosa. Dos fachadas más allá, la luz de una vela titilaba en una escalera de incendios. A la derecha, al otro lado de la franja de aquel río negro como la tinta, la costa de Nueva Jersey aparecía muy poco iluminada, como si solo hubiese hogueras en el paisaje. Desde Broadway subía una voz masculina: «Cerveza fría. Todavía me queda cerveza fría. Tres dólares».

El teléfono emitió otro pitido funesto. Sin el estruendo del metro, sin los trenes zumbando a toda velocidad subiendo por Hudson ni el zumbido de las máquinas de aire acondicionado ni de los frigoríficos ni de las lavanderías, de las que hay tres por manzana, era como si a un mamut se le hubiese parado el corazón. Alice se sentó y al rato miró hacia arriba para enfrentarse a las estrellas. Parecían mucho más brillantes sin la competencia que solían tener abajo, más brillantes y victoriosas, una vez reafirmada su supremacía en el cosmos. Desde la oscilante escalera de incendios llegaban los acordes indefinidos de una guitarra. El vendedor de cerveza se había dado por vencido o había agotado las existencias. La luna también parecía más definida y luminosa, de modo que, de pronto, ya no era la luna de Céline ni la de Hemingway ni la de Genet, sino la de Alice, que juró describirla un día como era realmente: la luz que recibía del sol. La sirena de un coche de bomberos pasó de un tono más agudo a otro más grave en dirección al norte debido al efecto Doppler. Un helicóptero cambió de dirección como si fuera una langosta ahuyentada por unos dedos gigantescos que estuvieran surcando el cielo. El móvil de Alice, que ella tenía en la mano, emitió tres pitidos finales y exasperados y murió.

… me parece, en cambio, digno de atención este hecho: queda claro que hay entre los hombres dos categorías particularmente bien distintas: los salvados y los hundidos. Otras parejas de contrarios (los buenos y los malos, los sabios y los tontos, los cobardes y los valientes, los desgraciados y los afortunados) son bastante menos definidas, parecen menos congénitas y, sobre todo, admiten gradaciones intermedias más numerosas y complejas.

Esta división es mucho menos evidente en la vida común; en esta no sucede con frecuencia que un hombre se pierda, porque normalmente el hombre no está solo y, en sus altibajos, está unido al destino de sus vecinos; por lo que es excepcional que alguien crezca en poder sin límites o descienda continuamente de derrota en derrota hasta la ruina. Además, cada uno posee por regla general reservas espirituales, físicas e incluso pecuniarias tales, que la eventualidad de un naufragio, de una insuficiencia ante la vida, tiene me-

nor probabilidad. Añádase también la sensible acción de amortiguación que ejercen la ley y el sentimiento moral, que es una ley interior; en efecto, un país se considera tanto más desarrollado cuanto más sabias y eficientes son las leyes que impiden al miserable ser demasiado miserable y al poderoso ser demasiado poderoso.

—*El Premio Nobel de Literatura de 2003 ha sido concedido al escritor sudafricano John Maxwell Coetzee, en palabras del comité, «por las innumerables maneras en que retrata la sorprendente implicación de un outsider en la sociedad».*

Alice apagó la radio y volvió a la cama.

NÚMERO OCULTO.
NÚMERO OCULTO.
NÚMERO OCULTO.
Un pitido.
Él colgó.

Un soniquete en la puerta.

Alice suspiró, cogió las llaves y el móvil y siguió a la anciana, que iba impaciente arrastrando los pies por el pasillo. En un gran comedor, lleno de bibelots desde el suelo hasta techo, había una aspiradora boquiabierta y una chimenea a cuya delicada moldura la casera aún no había pasado el cepillo. Por detrás se extendía un laberinto sombrío de más habitaciones, una tras otra, hasta llegar a la calle, y en el aire flotaba un olor rancio y especiado, que Alice supuso producto de medio siglo de *latkes* y *sauerkraut*. En la repisa de la chimenea había un recibo atrasado de un alquiler que rechinaba los dientes por sus 728,69 dólares.

—¿Ha cambiado ya la hora de los relojes, Anna?

—¿Qué?

—¿Has cambiado los...?

NÚMERO OCULTO.

Las palabras le destellaron en la mano como un latido resucitado.

—Enseguida vuelvo, Anna, ¿vale?

Parecía atontado, como si se hubiera despertado hacía poco de una larga siesta, y de fondo se oía el *diminuendo* de un aria.

—¿Qué haces, Mary-Alice?

—Estaba ayudando a la viejita que vive en mi planta a cambiar la bolsa de la aspiradora.

—¿Cómo de vieja?

—Vieja. Más vieja que tú. Y su piso es más grande que el tuyo y el mío juntos.

—A lo mejor te la tendrías que tirar a ella.

—A lo mejor ya me la estoy tirando.

Al otro lado del pasillo, Anna estaba intentando sacar la bolsa de la aspiradora haciendo palanca con un tenedor de trinchar.

—Ya lo hago yo —se ofreció Alice.

—¿Qué?

—He dicho que ya lo hago yo.

—Gracias, querida. Me lo dio mi nieta. No sé para qué.

—¿Ha cambiado ya los relojes de hora? —le preguntó Alice, incorporándose.

—¿Qué?

—He dicho que si se acuerda de haber cambiado esta mañana la hora de los relojes.

Los ojos de Anna se llenaron de lágrimas.

—¿Los relojes?

—Por el horario de verano —dijo Anna, alzando la voz.

Sacado del correo:

Un folleto del complejo teatral comunitario Symphony Space en el que él había señalado las películas de Kurosawa que creía que ella debía ver, en concreto *Rashomon* y, si podía quedarse a la sesión doble, *Sanjuro*.

Una postal del Film Forum, un cine sin ánimo de lucro, en la que él había señalado las películas de Chaplin que pensó que a ella le iban a gustar: *El gran dictador, Luces de la ciudad, Tiempos modernos.*

Un folleto del MoMA Film con la foto de una actriz bebiendo de una copa antigua de champán en la película *Rosenstrasse* y cuyo peinado él le sugirió que probara, si se decidía alguna vez a llevar el pelo corto.

Ezra volvía a tener molestias en la espalda, de modo que Alice fue sola al Film Forum.

—Cuando él le retuerce los pezones a la mujer con la llave inglesa... —Daba vueltas por la habitación, apretando el aire con una llave inglesa invisible—. ¡Y cuando sazona la comida de la cárcel con cocaína! —Los ojos parecían salírsele de las órbitas y levantó los puños—. ¡Y cuando patina por la tienda...! ¡Y cuando baja por las escaleras mecánicas que están subiendo! ¡Y cuando se emborracha con el ron que sale del agujero de un disparo en un barril!

Alice abrió los brazos, para que unos gemelos de camisa imaginarios salieran volando, hizo una especie de paseo lunar a cámara lenta alrededor de Ezra, que estaba sentado en su sillón de lectura, y cantó:

Se bella giu satore
Je notre so cafore
Je notre si cavore
Je la tu la ti la twaaaaah!

—¿Señora?
—¡Pilasina!
—Voulez-vous?

80

—*Le taximetre!*

—Cómete la tarta.

—*Tu la tu la tu la waaaaaaah!*

—¡Ay, Mary-Alice! —dijo él, mientras se enjugaba el ojo y la acercaba para besarle los dedos—. ¡Mi querida Mary-Alice, tan divertida, tan chiflada! Me temo que te vas a quedar muy sola en la vida.

Ahora que había terminado el libro, Ezra podía someterse a una serie de pruebas médicas que había retrasado, entre ellas una colonoscopia, una revisión de próstata y las pruebas que le había recomendado un neumólogo para investigar una insuficiencia respiratoria reciente. No tenía cáncer y un inhalador de esteroides acabó con los jadeos en una tarde, pero también se decidió, a instancias de un nuevo cirujano ortopédico, tratarle la estenosis espinal con una laminectomía. La intervención se programó para finales de marzo y se dispuso que una rotación de enfermeras particulares estuviera disponible durante dos semanas que acabaron siendo tres. Un sábado, poco después de que empezara a escribir otra novela y volviera a ponerse en pie, salió a dar un paseo con Alice y Gabriela, la enfermera de día.

—Cuatro páginas —anunció.

—¿Ya? —dijo Alice—. Guau.

Ezra se encogió de hombros.

—No sé si serán buenas.

Se sentaron a descansar en una escalinata de la calle Ochenta y cuatro y observaron a un hombre con un niño pequeño atado a la muñeca con una correa que se paró a consultar el móvil con el ceño fruncido.

—¿Tú quieres tener hijos, Samantha? —le preguntó Gabriela, que era rumana.

—No lo sé. Quizás algún día. Ahora no.

—No pasa nada. Tienes tiempo.

Alice asintió.

—¿Qué edad tienes?

—Veintisiete.

—Ah, no lo sabía. Aparentas dieciséis.

—Se lo dicen mucho —dijo Ezra.

—En cualquier caso, todavía tienes tiempo.

—Gracias.

—Hasta los treinta y cinco o treinta y seis no te tienes que preocupar.

—Ajá.

—Entonces ¿cuándo quieres tener hijos?

—Pues como ya te he dicho, Gabriela, no estoy segura de querer tenerlos, pero si me decidiera, esperaría hasta el último momento posible. Digamos que a los cuarenta.

Gabriela frunció el ceño.

—A los cuarenta eres demasiado mayor. A los cuarenta las cosas no van bien. A los cuarenta estás demasiado cansada.

—¿Cuándo crees que debería hacerlo?

—A los treinta.

—Ni hablar.

—¿Treinta y dos?

Alice negó con la cabeza.

—Treinta y siete. No puedes pasar de los treinta y siete.

—Me lo pensaré.

Pasó corriendo una pelirroja de largas piernas enfundadas en licra. Ezra la siguió con la mirada hasta que desapareció al doblar la esquina.

—Ya sé —dijo Gabriela—. Preguntémosle a Francine.

—¿Quién es Francine?

—La enfermera de noche —dijo Ezra—. Ella no tiene hijos.

En Columbus se pararon otra vez para que Ezra charlase con el vendedor de perritos calientes.

—Amigo, ¿cómo va el negocio?

El vendedor hizo un gesto exasperado señalando a un lado y otro de la calle, como si su camioneta estuviera aparcada en una ciudad fantasma.

—Fatal. Nadie quiere perritos. Todos quieren batidos.

—¿De verdad?

El vendedor asintió con aire sombrío.

Ezra se dirigió a Alice.

—¿Quieres un perrito?

—Sí.

—¿Gabriela?

—Me gustan los perritos.

—Señor, dos perritos calientes.

—¿Qué significa *halal*? —preguntó Gabriela.

—¡Bueno para los musulmanes! —respondió el vendedor con orgullo.

Mientras Gabriela respondía una llamada, Alice y Ezra se sentaron en el banco en el que se habían conocido. Descansaron un rato en silencio, hasta que Ezra dijo algo sobre los plátanos que Alice no oyó porque estaba pensando en los sitios en los que había estado a lo largo su vida, adónde se dirigía y cómo podría llegar allí sin muchas dificultades desde el lugar en el que estaba. Unas reflexiones que se veían complicadas por la desquiciante costumbre que tenía de desear algo solo hasta que lo lograba, momento en el cual ya deseaba otra cosa distinta. Entonces una paloma descendió en picado y Ezra la ahuyentó con el bastón. La forma en que lo hizo, con un movimiento rápido, elegante y resuelto, le recordó a Alice a Fred Astaire.

—Querida —dijo Ezra, mirándola comer—. ¿Por qué no te tomas dos semanas libres este verano y vienes a verme? ¿Te aburrirías?

—Para nada, me encantaría.

Él asintió. Alice se lamió la mostaza que tenía en la palma de la mano.

—¿Qué te ha dicho Adam de tu libro?

—«Ezra, no..., no sé qué decirte. Es genial. Una obra maestra. A ver, te lo juro por Dios, es buenísimo. En ninguna palabra..., *en ninguna puta palabra...*»

—Hay ni una sola falta de ortografía.

Ezra se sonó la nariz.

—Hay ni una sola falta de ortografía.

—¿Cuándo va a presentarlo?

—Va a esperar hasta el otoño. ¿Lo has terminado?

—Voy por la página sesenta y tres.

—¿Y?

—Está bien.

—Vaya.

—¿Vaya?

—¿Por qué lo dices en ese tono?

—Pues... ¿Quién habla? ¿Quién cuenta la historia?

—¿Qué quieres decir? La historia la cuenta el narrador.

—Lo sé, pero...

—Primero termínalo. Entonces podremos hablar del punto de vista. ¿Algo más?

—La chica de la tienda de *bagels*. ¿Quién habla así hoy en día? Con tanto cuidado, con tanta formalidad...

—Tú.

—Ya, pero yo...

—¿Qué? ¿Eres especial?

Alice lo miró con las cejas levantadas, pero siguió masticando.

—Mary-Alice —le dijo él con ternura un momento después—. Sé en qué andas.

—¿Qué?

—Sé lo que haces cuando estás sola.

—¿Qué?

—Estás escribiendo, ¿a que sí?

Alice se encogió de hombros.

—Un poco.

—¿Estás escribiendo sobre esto, sobre nosotros?

—No.

—¿De verdad?

Alice negó con la cabeza, abatida.

—Es imposible.

Él asintió.

—¿Sobre qué escribes entonces?

—Sobre los demás, sobre otros más interesantes que yo. —Soltó una risita y señaló hacia la calle con el mentón—. De musulmanes que venden perritos calientes.

Ezra parecía escéptico.

—¿Escribes sobre tu padre?

—No.

—Pues deberías. Es un don.

—Lo sé, pero escribir sobre mí misma no me parece suficientemente importante.

—¿Con respecto a qué?

—A la guerra, las dictaduras, los asuntos del mundo.

—Olvídate de los asuntos del mundo. Los asuntos del mundo ya se las arreglan solos.

—Pues no lo están haciendo muy bien.

Una vecina de Ezra, que llevaba una gorra de la campaña presidencial de Al Gore del 2000, bajaba caminando muy rápido con un shih tzu.

—Hola —dijo Ezra cuando pasó—. Hola, Chaucer —añadió, dirigiéndose al perro.

Alice, por su parte, estaba empezando a plantearse bastante en serio si una antigua coralista de Massachusetts iba a ser capaz de recrear el monólogo interior de un hombre musulmán, pero Ezra se volvió y le dijo:

—No te preocupes por la relevancia. La relevancia viene de hacerlo bien. Acuérdate de lo que dijo Chejov: «Si en el primer capítulo hay una pistola colgada en la pared, en un capítulo posterior alguien tiene que dispararla».

Alice se limpió las manos y se levantó para tirar la servilleta.

—Si en el primer capítulo hay un desfibrilador colgado en la pared, ¿tiene que dispararse en un capítulo posterior?

Cuando volvió al lado de Ezra, Gabriela ya estaba allí, sujetándole la bufanda y ayudándolo a levantarse. El sol había desaparecido detrás de los rascacielos de Columbus y por todas partes los transeúntes apretaban el paso en la penumbra repentina. De espaldas al viento, Ezra sujetó el bastón en la entrepierna de los pantalones de pana y forcejeó con la cremallera de la cazadora.

—No, no —dijo cuando Gabriela se dispuso a ayudarle—. Puedo solo.

Empequeñecido por los frondosos plátanos, parecía más menudo y frágil que en el íntimo refugio de su piso y, por un momento, Alice vio lo que supuso que debían de ver los demás: a una mujer joven y sana perdiendo el tiempo con un viejo decrépito. ¿O los demás tenían más imaginación y eran más comprensivos de lo que ella creía? ¿Serían capaces de admitir que con él todo era mucho más interesante que sin él e incluso que el mundo necesitaba más, no menos, de cualidades suyas como la tenacidad y la entrega? Tras ellos, el planetario refulgió con luz violeta. El vendedor de perritos halal empezó a cerrar su camioneta. Mientras Ezra se ponía los guantes, Gabriela le hizo un guiño fraternal a Alice y se puso a su lado, dando saltitos en medio del frío.

—¡Samantha! —dijo en un aparte—. Francine dice que congeles un óvulo.

El tren tardó poco menos de tres horas, incluido un transbordo en Ronkonkoma. Alice se pasó el viaje bebiéndose una botella de vodka con limón y observando las alambradas oxidadas y las pintadas psicodélicas de Queens, que dieron paso a narcisos, casetas de perros, cornejos y vides. En Yaphank había entre los raíles unas cuantas flores de achicoria, que se mecían como buenos augurios minúsculos. En el otro extremo del vagón, una anciana, con las manos sobre el bolso y el bolso sobre el regazo, miraba por la ventana el paisaje que se iba desplegando, mientras a su alrededor un grupo de adolescentes armaba jaleo y chillaba. De vez en cuando, llevaban sus payasadas al pasillo o chocaban con el asiento de la mujer; de repente, lanzaron una gorra de béisbol al brazo de su americana de color azul lavanda. Incluso después de que el revisor se les echase encima, los chicos siguieron a lo suyo, arrojándose plátanos, quitándose el móvil, hasta que el revisor se puso a su lado, carraspeó y dijo:

—Perdonad. ¿Os está molestando esta señora?

Como topillos metiéndose en sus madrigueras, los adolescentes se dejaron caer en sus asientos y allí se quedaron el resto del viaje, comunicándose con susurros simiescos.

—Hola, Samantha.

—Hola, Clete. ¿Cómo te va?

—No me va mal. Hace buen tiempo para una visita al campo.

—Y que lo digas.

Cuando el vehículo enfiló el camino de entrada, Ezra estaba justo saliendo de su estudio.

—¡Lo siento, señorita! —gritó desde el otro lado del césped—. Su reserva no empieza hasta mañana. —Se acercó—. ¿Cómo estás, Mary-Alice?

Ella abrió mucho los ojos.

—Quiero decir Samantha Mary. Samantha Mary-Alice. Mary-Alice es su segundo nombre, ¿verdad? Pero prefiere Samantha, ¿a que sí, Samantha Mary-Alice?

—Así es —dijo Alice.

—Bueno —dijo Clete sonriendo—, nos vemos el domingo, jefe.

Cuando se acercaban a la casa, Ezra la rodeó con el brazo.

—Noventa y tres páginas.

—Eso está muy bien.

—No sé si son buenas.

La mujer de la limpieza trabajaba mientras ellos comían. Alice empezó a hablarle de la anciana del tren, pero en cuanto pronunció la palabra *lavanda*, Ezra dejó su *ginger-ale* y negó con la cabeza.

—No te dejes llevar por el sentimentalismo.

—Siempre dices lo mismo. No te dejes llevar por el sentimentalismo con la gente. Como si tuviera elección.

—Los sentimientos están bien, pero el sentimentalismo no.

La mujer de la limpieza hizo un guiño.

—Qué gracioso es.

—¿Quién?

—Usted, señor Blazer.

—Sí que lo es —dijo Alice, y se levantó—. Eh, esta noche juegan los Yankees y los Red Sox.

—Eh, me voy a dormir la siesta. Y luego estaré en mi estudio. Tengo que revisar el contenido de unas cajas.

—¿Qué cajas?

—Para mi biógrafo.

—¿Qué biógrafo?

—El que tendré algún día. —Se oyó un ruido sordo procedente de la sala de estar—. Janice —dijo Ezra por encima del hombro—. ¿Está todo bien?

—Acabo de matar al moscardón más grande que he visto jamás.

—Y yo que creía que no había moscardón más grande que George Plimpton.

—Me voy a nadar —dijo Alice.

—Espera, querida. ¿A qué hora sale tu tren?

Alice lo miró.

—Quiero decir —dijo él, moviendo la cabeza— que a qué hora es el partido de béisbol.

Hacía fresco para ser junio. Desde el agua subía el vapor como si a solo una braza bajo la superficie estuviese fluyendo un río de lava. Los árboles crujían y proyectaban sombras trémulas sobre la piscina, cuyas capas de pintura se habían ido desconchando con los años, dejando volutas de viejos grises, verdes y aguamarinas, como una carta de navegación antigua. Bajo la superficie, las manos de Alice, que seguían uniéndose y separándose, más que instrumentos de propulsión empezaron a parecer imanes aturdidos o manos que estuviesen intentando encontrar la salida de una habitación a oscuras. Pero siguió nadando. Nadó hasta que el viento silbó y el sol rosado se hubo puesto detrás de los ciclamores. Nadó hasta que se le pusieron los labios azules y los pezones duros. Nadó hasta que se fueron encendiendo una a una las luces en la casa y vio la silueta de Ezra en la puerta de la cocina, llamándola con el sonsonete de un propietario de finca cualquiera que estuviera llamando con preocupación a su perro.

Aún chorreando, encontró sobre la cama:

Una edición conmemorativa de la revista *Life* por el sexagésimo aniversario de la muerte de Franklin Delano Roosevelt.

Una revista porno de 1978, dedicada en su totalidad a un relato sobre un sastre llamado Jordy a quien sus vecinos creen homosexual, por lo que confían en él cuando acompaña a las jóvenes dentro del probador. («La mujer más sexualmente conservadora no tiene reparos en desnudarse para su médico... o su sastre. En cuanto a las clientas mayores o menos deseables, Jordy era un elemento inanimado de la instalación, que adaptaba las prendas que vendía a los cuerpos desnudos o relativamente desnudos como un autómata carente de emociones...»)

Un programa de la 33.ª Feria Anual del Condado de Allegheny, con las actuaciones de The Doodletown Pipers, Arthur Godfrey y su Famoso Caballo Goldie y los Banana Splits. En el reverso, escrito con rotulador negro, la caligrafía inclinada y extraordinariamente cautivadora de Ezra, decía: EH, COSITA MÍA. TE QUIERO, SABES.

Emergió junto a Ezra en el lado menos hondo.

—Eres como un barquito —dijo él.

Alice se sacudió el agua del oído y se impulsó para hacer otro largo.

—¿Te acuerdas de Nayla? —dijo él cuando ella volvió a su lado nadando.

—¿La palestina?

—Sí. Vino a entrevistarme la semana pasada y, de verdad, Mary-Alice, tiene la piel más bonita que se haya visto nunca. Es como... —Se pasó la mano por la mejilla con suavidad—. Como leche con chocolate.

—Como leche de soja con chocolate.

—Exacto.

—Así que todo fue bien. —Alice flotó en el agua boca arriba.

—La he invitado a comer cuando vuelva a la ciudad. Dijo que me llamaría. Querida, esto para mí no tiene ninguna importancia, ni la más mínima, ¿pero no se te están quedando las tetas más pequeñas?

Alice cambió de postura para mirarse.

—Creo que sí. Tengo sinusitis y el médico me ha recetado unos esteroides que se supone que me tengo que poner en las fosas nasales y funciona, pero creo que también me está reduciendo el pecho.

Ezra hizo un gesto de asentimiento. Las palabras de Alice le parecían razonables.

—¿Qué quieres hacer esta noche?

—¿Cuáles son las opciones?

—Podemos jugar al gin rummy o ir a un concierto en la escuela Perlman.

—Escuela Perlman.

—¿No quieres saber lo que van a tocar?

—No importa —dijo Alice, y volvió a sumergirse.

Durante el trayecto pasaron por delante del club de campo, donde unos golfistas estaban dando grandes zancadas detrás de las bolas, que habían rodado bajo las sombras alargadas, y por el hotel Sunset Beach, donde Ezra redujo la velocidad para mirar a unas chicas que iban por la carretera con unos daiquiris y Alice bajó la ventanilla para sentir el viento con la mano. Desde allí se podía ver toda la extensión de agua hasta la península de North Fork, donde el tren de la ciudad llegaba a su parada lenta e inexorable; las vías terminaban de forma abrupta, rodeadas de hierba por tres lados, como si los hombres cuyo oficio hacía un siglo y medio había sido montarlas hubieran visto un día al alzar la vista que ya no podían seguir: una bahía se interponía en su camino. Esto le otorgaba a la tierra al otro lado un aire más agreste, inexplorado y fuera del alcance de las venas de hierro de la metrópolis, cuya implacable intensidad últimamente parecía estar cada vez más en contra del sueño de Alice de llevar una vida más contemplativa. Una vida de ver, ver *de verdad* el mundo, y de tener algo original que decir sobre aquello que viera. Por otro lado, ¿acaso iba a curar toda la quietud rural del mundo la angustia provocada por la inseguridad? ¿Iba a ser ella capaz siquiera de estar sola el tiempo necesario? ¿Iba a ser su vida menos intrascendente de lo que era ahora? ¿Y no había dicho él ya todo lo que ella quería decir?

Ezra paró en un aparcamiento que miraba al agua y con la puesta de sol a sus espaldas y se dirigieron a una carpa cuyos festones restallaban y revoloteaban con la brisa.

—Mary-Alice —dijo él, mientras cruzaban al mismo paso el césped frondoso—. Tengo una propuesta que hacerte.

—Huy.

—Quiero liquidar tus préstamos de la universidad.

—¡Por Dios! ¿Por qué?

—Porque eres una chica inteligente, extraordinaria, y creo que deberías estar haciendo lo que de verdad quieres hacer, sea lo que sea. ¿No te sería más fácil si no tuvieras esa deuda pendiendo sobre tu cabeza?

—Sí, aunque no es tanto. Ya he devuelto la mayor parte.

—Mejor todavía. ¿Cuánto queda?

—Creo que unos seis mil.

—Pues te daré seis mil y podrás librarte de lo que quede enseguida. Tal vez entonces veas un poco más claro tu camino. Con más libertad. ¿Qué me dices?

—¿Puedo pensarlo?

—Claro que deberías pensarlo. Puedes estar pensándolo toda una eternidad si quieres. Decidas lo que decidas, no tenemos que hablar de ello nunca más. Te daré el dinero o no te lo daré y se acabó, ¿vale?

—Vale. Gracias, Ezra.

—No se meguecen —dijeron los dos al mismo tiempo.

La invitada especial del concierto era una joven japonesa que ya había actuado en auditorios de Londres, París, Viena y Milán, aunque desde donde estaban sentados parecía una niña de nueve años abordando un instrumento lo suficientemente grande como para servirle de ataúd a una cría de jirafa. Las tres primeras notas sonaron como los albores del día, el día o el tiempo mismo; luego la música estalló como el viento batiente y la lluvia de una borrasca violenta, los dedos de la chica se precipitaban, brincaban, vibraban a velocidades inverosímiles, aunque su rostro permanecía sereno y neutral como una máscara. Siguieron dos piezas breves de Stockhausen que, por contraste, a Alice le sonaron como si un gato se paseara por el teclado. Entre ambas, durante la estricta pausa en la que todo el mundo sabe que no hay que aplaudir, se propagó entre el público una oleada de toses, como si los tonos disonantes que seguían vibrando en el aire no fuesen restos de música sino gas pimienta.

En el intermedio, a Ezra lo saludó un amigo suyo de cabellera blanca y leonina que llevaba un pañuelo turquesa que le sobresalía del bolsillo de cloqué.

—Ezra, querido, ¿qué te ha parecido?

—Es una maravilla. Tal vez un poco distante.

—Stockhausen es distante. ¿Cómo va tu libro?

Alice se quedó atrás, tomando vino blanco y mirando con indiferencia la bahía. Detrás de ella, dos chicas estudiantes hablaban de tríadas y calderones y luego, con un poco más de cautela, sobre a quién elegirían como solista para el concierto benéfico del mes siguiente. Alice se terminó el vino y estaba a punto de marcharse cuando Ezra le tocó el codo.

—Cal, esta es Mary-Alice.

—Ah, hola —dijo Alice.

—Hola.

—Le estaba contando a Cal que escuché a Maurizio Pollini tocar *La tempestad* hace mil años, en el Louvre. Los faldones de su chaqué eran tan largos como un tren de mercancías. Querida, tendrías que intentar ver a Pollini.

—¿Te gusta la música? —preguntó Cal.

—Sí, sí —dijo Alice.

—Mary-Alice es editora —dijo Ezra.

—Bueno —dijo Alice—, asistente editorial.

—Qué interesante —dijo Cal—. ¿De qué editorial?

—Perdonadme —dijo Ezra—, voy a buscar una Coca-Cola Light.

—Gryphon —dijo Alice, acercándose para dejarle sitio a la gente que hacía fila tras ella.

—Entonces debes de ser muy lista. Roger no contrata a gente estúpida.

—¿Conoces a Roger?

—Claro. Un hombre brillante, un editor brillante. ¿Es eso a lo que te quieres dedicar? ¿Editar?

Una mujer con un bebé en brazos pidió permiso para pasar entre ellos. Al reconocerla, Cal se inclinó para darle un beso.

—¡Felicity! Esta es Mary-Alice, amiga de Ezra. ¿Y esta criatura?

—Justine.

—*Justine...*

Alice encontró a Ezra fuera, sentado en un banco bajo la copa de un arce. Las mejillas recién afeitadas se le veían demacradas y grises con la luz mortecina.

—Perdona, cariño. De pronto me ha dado un poco de mareo.

—¿Quieres volver a casa?

—No, me voy a poner bien. Quiero que pasemos una velada agradable juntos. Nos podemos quedar.

Alice se sentó a su lado.

—Cal conoce a Roger, mi jefe —dijo.

—¡Uy! Qué le vamos a hacer.

Ella asintió.

—Qué le vamos a hacer.

Muy cerca de ellos, una pareja vestida con elegancia compartía un cigarrillo. La mujer dijo algo en francés que atrajo la mirada de Ezra y el hombre que fumaba con ella se rio.

—¿En qué piensas? —preguntó Alice.

Ezra se volvió hacia ella, sorprendido.

—Estaba pensando en el libro, en una escena que no me funciona bien. Que tampoco es que nunca funcionen bien. Para lo que va a funcionar, bien podría escribir sobre los hutus.

Tiraron los vasos de plástico y se abrieron paso hasta sus asientos de manera educada entre los demás espectadores, tras lo cual la pianista volvió a su taburete y se quedó mirando las teclas reflejadas en el acabado lustroso del ébano con una concentración que parecía sobrehumana. Luego alzó las muñecas, inspiró por la nariz y liberó de su prisión la *Hammerklavier:* un gran martilleo que retumbaba con severidad y que era todo menos distante; al contrario, la pianista mecía los hombros atrás y adelante, con el pie pulsaba el pedal de sordina con tanto énfasis que el talón se levantaba del suelo y sacudía exasperada la cabeza arriba y a los lados, como si del teclado saltaran chispas amenazando con entrarle en los ojos. A Alice el efecto al mismo tiempo la encandilaba y la desmoralizaba; la música, al reverberarle en el esternón, la apremiaba más que nunca a hacer, inventar, crear; a canalizar toda su energía hacia la realización de algo hermoso y excepcional para ella misma; pero también le hacía desear amar. Someterse al amor de alguien de forma tan profunda y buena que no hubiese ninguna duda de no estar malgastando su vida, ¿pues qué podía ser más noble que consagrarla a la felicidad y la plenitud de otro? En un momento dado, la pianista se echó un poco hacia atrás, las manos trabajaban sobre los extremos opuestos del teclado, como si tuviese que impedir que una saltase mientras retenía la otra y, entonces, Alice se volvió para mirar a Ezra, que observaba boquiabierto. Más allá, las chicas del calderón estaban inmóviles, en unas posturas de asombro y humildad: lo que fuera que ellas lograran hacer, no iba a ser esto, nunca sería esto, o solo lo sería después de muchísimas más horas sacrificadas a la ambición. Mientras, sus relojes de arena se iban agotando. Se iban agotando los relojes de arena de todo el mundo. Los de todos menos el de Beethoven. En cuanto naces, empieza a caer la arena y solo tendrás la oportunidad de darle la vuelta al reloj una y otra vez si exiges ser recordado. Alice le agarró los dedos largos y fríos a Ezra y se los apretó. Esta vez entre un movimiento y otro no tosió nadie.

El día siguiente por la tarde, él mismo la llevó en coche hasta el transbordador. Llegaron temprano y, mientras esperaban en el coche a que la barcaza virase con pesadez para entrar en el atracadero, él dijo sin mirarla:

—¿Esta relación no es un poco dolorosa?

A Alice el resplandor del puerto le hizo daño en los ojos.

—No lo creo. Tal vez en los detalles.

Desde lo alto de la pasarela del transbordador fluía una corriente de gente riendo, saludando, con bolsos de lona al hombro y protegiéndose los ojos del sol. Una pareja de hombres jóvenes iba de la mano, el más alto llevaba en el brazo que tenía libre una planta de interior adornada con cintas.

—¿Te preocupas alguna vez por las consecuencias?

—¿Qué consecuencias?

Entonces él la miró con severidad.

—¿Tú estás preocupado? —preguntó Alice.

—No, pero porque yo estoy al final de mi vida, pero tú... —se rio bajito ante la claridad de lo que estaba diciendo—, tú estás al comienzo de la tuya.

Un soniquete en la puerta.

—Hola, querida. ¿Tienes papel higiénico?

—Pero Anna, ¡si llevas un rollo en la mano!

Perpleja, la anciana se volvió al pasillo.

—¿Pasa algo, Anna?

La mujer se giró, ansiosa.

—No querida, no pasa nada, ¿por qué?

—¿Necesitas algo?

—Creo que no. Dime, querida, ¿tú tienes novio?

Un soniquete en la puerta.

—Querida, ¿cómo te...?

—Alice.

—Alice. ¿Puedes decirme qué hora es?

—Casi las cuatro.

—¿Cuatro qué?

—Cuatro nada. Son casi las cuatro, faltan cinco minutos. Anna, ¿por qué vas por ahí con ese rollo de papel higiénico?

Un soniquete...

Habían pasado menos de diez minutos desde la última conversación, pero cuando Alice abrió la puerta, Anna se llevó las manos al pecho y reculó, como si no se hubiese esperado encontrar a alguien en casa.

—Ah, hola, querida. Quería preguntarte si..., si me puedes ayudar... a cambiar una...

—¿Bombilla?

Era en la cocina, donde Alice no había estado todavía, un espacio en el que cabían holgadamente una gran mesa con manchas de óxido y seis sillas de acolchado vinílico. Una luz tenue de tarde nubosa se abría paso a través de las ventanas, veladas de mugre; los cristales de abajo estaban empapeladas con páginas amarillentas del *Times*. «La nostalgia de Reagan por un Senado republicano.» «Rifka Rosenwein se casa con Barry Lichtenberg.» «Muere Irmgard Seefried a los 69 años.» La bombilla fundida pendía de un cable sobre la cocina como una araña y algunas partes de los fogones estaban emparchados con papel de aluminio innumerables veces. Alice retiró una de las sillas de la mesa y se subió a ella. Una vez desenroscada la bombilla fundida, iba a bajar para coger la de repuesto, pero puso una mano en la cocina para no caerse y la apartó en un acto reflejo.

—¡Anna, la cocina está ardiendo!

—¿Ah, sí?

—¡Sí! ¿Estás cocinando algo?

—Creo que no, querida.

—¿Pero la estabas usando? ¿Has cocinado algo hoy?

—No lo sé, querida, no lo sé.

Cuando volvió a su piso, Alice marcó el número que venía en el recibo del alquiler y caminó impaciente de un lado a otro, esperando a que terminase el menú grabado. Pulsó el cero. Volvió a pulsar el cero. «... Al oír el tono, por favor, diga su nombre y el número de su vivienda.» Un pitido.

—Mary-Alice Dodge. Calle Ochenta y cinco Oeste, doscientos nueve, quinto C.

—¿Diga?

—Hola. Soy Alice, del doscientos nueve, quinto C. Llamo porque Anna, vecina de mi planta, lleva ya un tiempo llamando a mi puerta y a mí no me importa ayudarla de vez en cuando ni hacerle compañía, es una señora simpática y creo que a veces llama solo porque se siente sola, pero hoy ha llamado ya tres veces, y me parece que quizá ni siquiera se acuerda entre una vez y otra. Primero me preguntó si tenía papel higiénico, luego quería saber la hora, luego me pidió que la ayudara a cambiar una bombilla, cosa que hice, y mientras estaba allí he visto que la cocina, bastante vieja, por cierto, estaba muy, muy caliente. No sé si es normal que sea así, pero a mí me ha parecido que estaba demasiado caliente, aunque estaba apagada. Y mire, como le he dicho, no es que no esté dispuesta a echarle una mano de vez en cuando, o incluso a vigilarla de manera informal, pero yo no puedo estar en todo. Y si está perdiendo la memoria o si a la cocina le pasa algo y ella no lo sabe, o si la deja encendida y sale un rato o se queda dormida...

—De acuerdo. Espere un segundo, por favor.

Alice esperó por lo menos dos minutos.

—¿Mary-Alice? —La voz había cambiado muchísimo de tono, era aguda, casi musical en su amabilidad—. Tengo a Rachel, la nieta de Anna, en la otra línea. ¿Quiere contarle lo que me estaba contando a mí?

—Lo siento muchísimo, Mary-Alice —se apresuró a decir Rachel—. Siento que haya sido una molestia. Muchas gracias por su ayuda.

—*El premio Nobel de literatura 2004 ha sido concedido a Elfriede Jelinek, por el fluir musical de voces y contravoces en sus novelas y obras, que con extraordinario celo lingüístico revelan lo absurdo de los clichés de la sociedad y su subyugante poder.*

—Yo voy a tomar el salmón.

—Y yo los *fusilli salsiccia* sin la *salsiccia*.

—Doce páginas —dijo él con expresión seria cuando se fue el camarero.

—Vaya —dijo Alice—. Creía que...

Él negó con la cabeza.

—No eran buenas.

Alice asintió.

—¿Qué tal la espalda?

—La espalda mal, querida. La cosa esa no ha funcionado.

—¿Qué cosa?

—La denervación que me hicieron la semana pasada.

—Ah, yo no... ¿Qué es una denervación?

Ezra asintió.

—Destruyen un nervio con radiofrecuencia para que deje de enviar mensajes de dolor al cerebro. Ya me lo han hecho otras veces y había funcionado, pero por alguna razón esta vez no. —Les trajeron las bebidas—. La buena noticia —añadió mientras retiraba la funda de papel de la pajita— es que ahora puedo escuchar a Jonathan Schwartz sin tener que encender la radio.

Cuando volvían a casa de él, un joven con gabardina se interpuso en su camino y los paró de manera cordial.

—¡Blazer, te lo han robado!

El admirador, muy emocionado, se atrevió incluso a tenderle la mano. Con recelo, Ezra sacó la mano del bolsillo y, mientras se la estrechaba, el joven le hizo una pequeña y respetuosa reverencia y el viento le levantó la kipá de la cabeza y se la llevó volando ladeada hasta posarla en medio de la avenida de Ámsterdam. El joven se llevó la mano a la cabeza y se echó a reír. Entonces, señalando a Ezra, como si hubiera sido él quien hubiese invocado al viento, exclamó:

—¡El año que viene, eh! ¡El año que viene!

El resto del camino lo hicieron en silencio. En el ascensor, Ezra sacó una hoja del pelo de Alice y la dejó caer al suelo revoloteando.

—¿Qué tal van los Sox?

—Le llevan dos partidos de ventaja a Anaheim.

—Estupendo, querida.

—¿Qué tal te va con tu palestina?

Ezra echó hacia atrás la cabeza, incrédulo.

—¿Nayla? Todavía no me ha llamado.

La mirada que dirigió a Alice se endureció, como si de algún modo ella fuese cómplice de aquella ofensa. Cuando el ascensor hizo *tin* y se abrió la puerta, Alice salió, pero Ezra se quedó quieto. Levantando la mano, dijo:

—La verdad es que ¿cómo vamos a llevarnos bien con esa gente?

Boston le ganó a Anaheim por tres carreras a cero. La noche siguiente, los Yankees ganaron su serie contra los Twins por tres a uno. Alice aguardó esperanzada, pero cuando la llamó fue para decirle:

—Dieciséis páginas.

—¡Vaya! ¿Qué tal la espalda?

—Me duele.

—¿Estás tomando algo?

—Que si estoy tomando algo. Pues claro que estoy tomando algo. El problema es que solo puedo tomármelo cada dos días. Si no, te enganchas y dejarlo es un infierno.

Alice vio el primer partido de la liga en su bar. Los Sox fallaron en la novena entrada porque Rivera no puntuó después de que los Yankees aumentaran su ventaja de una carrera a tres.

NÚMERO OCULTO.

—Estoy preocupado por tu abuela.

—Yo también. Lleva puesta la misma bata desde julio.

—Supongo que te gustaría ver aquí el partido de mañana por la noche.

—Supongo que sí.

Boston perdió otra vez. Tres noches después, cuando volvieron a perder por diecinueve a ocho, Ezra apagó el televisor y le tiró el teléfono a Alice.

—Será mejor que la llames.

—Hola, abuela, soy Alice... Lo sé... Lo sé... Es terrible... Lo siento... No, la verdad es que lo he visto en casa de un amigo... No, no lo conoces... Ajá... ¿De verdad?... Qué raro... ¿Estaba Doreen con él? Sí, también era masón, un Shriner... Vale... Tengo que dejarte... Tengo que dejarte ya, abuela... Yo también te quiero... Vale... Buenas noches... Buenas noches...

—¿Qué te ha dicho?

—Que Francona está en coma.

—Qué bien. ¿Qué más?

—Que se encontró con el hermano de mi padre en el supermercado y que le dijo que di un bonito paralítico en el funeral de mi abuelo. Creo que quería decir *panegírico*.

El día siguiente por la tarde, él le dejó un mensaje en el buzón de voz, preguntándole si no le importaría pasar de camino por la farmacia Duane Reade y comprar un bote de ácido fólico, uno de Mylanta con calcio y sabor a cereza y diez frasquitos de gel antiséptico para las manos marca Purell. Cuando llegó, Ezra andaba en calcetines por la alfombra, con las manos en la espalda y haciendo muecas. Alice le tendió la bolsa. Él le echó un vistazo.

—Mmm.

—¿Qué pasa?

—Nada, cariño. No es culpa tuya. No importa.

A medianoche, al final del noveno periodo, los Yankees ganaban por una carrera de ventaja y los aficionados de Boston estaban de pie en las gradas y rezaban. Alguien levantó con desgana un letrero que pedía prórroga. Alice miraba por entre los dedos de la mano con la que se cubría la cara y Ezra se levantó y empezó a hacer su centenar de tareas.

—*The party's over...*

Millar salió. Los Sox lo sustituyeron por Roberts, que robó la segunda base. Mueller lanzó un golpe justo al centro y Roberts rodeó la tercera base y se deslizó hasta el *home*.

—¡Síííí!

Ezra, con el cepillo de dientes en la mano, salió del cuarto de baño y se sentó.

El marcador se quedó igual las dos entradas siguientes. Alice lo veía desde el suelo, mordiéndose el nudillo. Entonces Big Papi bateó, se anotó dos carreras con un *home run* y, al instante, Alice se puso en pie y fue corriendo a saltar encima de la cama.

—¡Lo hemos hecho! ¡Hemos ganado! ¡Los Red Sox han ganado! ¡Hemos ganado, hemos ganado, hemos ganado, hemos ganado, hemos ganado!

—Lo has conseguido, querida. Incontestable.

—¡Ahora sí que se ha terminado la fiesta!

Para el quinto partido, se presentó vestida con una de sus faldas de Searle y una gorra con la B de Boston. Ezra la detuvo en el descansillo y miró a ambos lados antes de sacarla de un tirón del ascensor.

—¿Estás loca? ¿En esta ciudad?

El televisor ya estaba encendido y Ezra parecía tener en marcha una industriosa limpieza del escritorio. Después de acercarle una bebida y el menú del restaurante tailandés Pig Heaven, Ezra siguió pasando la lengua para cerrar sobres, rompiendo faxes, tirando revistas viejas a la papelera y pasando por encima de zigurats en miniatura de ediciones extranjeras amontonadas en el suelo, todo ello mientras silbaba.

—Oye, Fécula —dijo, levantando la vista de un extracto bancario—. ¿Te he contado alguna vez la anécdota de «Glow Worm»?

Alice señaló el «cerdo Soong».

—No.

—En los años cincuenta había una canción famosa titulada «Glow Worm», la grabaron los Mills Brothers. Y a principios de los sesenta, cuando enseñaba «escritura creativa» en Altoona —negó con la cabeza—, le aconsejé a uno de mis alumnos que aportara más detalles en sus relatos. Le expliqué que los detalles le dan vida a la ficción. Él había escrito un cuento y la primera frase era: «Danny entró en la habitación silbando». Entonces tuvimos esa pequeña charla, él se fue a casa a revisar el cuento y, cuando volvió la semana siguiente, la primera frase decía: «Danny entró en la habitación silbando "Glow Worm"». Eso era lo único nuevo en todo el cuento.

A Alice le dio la risa tonta.

—No ha existido una chica blanca con más facilidad para reírse, Mary-Alice.

—¿Qué fue de él?

—¿De quién?

—¡De tu alumno!

—Ganó el premio Nobel.

—Venga ya.

—De hecho, jugó un tiempo en los Senators de Washington. En aquella época solo había ocho equipos en la liga.

—¿Solo ocho equipos en la liga?

—¡Ah, Mary-Alice, es un caso perdido! Había ocho equipos en la liga, que empezó en el Mesozoico y siguió hasta 1961, que fue cuando entraron nuevos equipos con jugadores que los demás equipos no querían, como Hobie Landrith y Choo-Choo Coleman. ¡Choo-Choo Coleman! ¿A ti qué te parece ese nombre? Y los Mets eran tan ineptos que Casey Stengel, antiguo entrenador de los Yankees y al que tuvieron que traer a rastras después de que se hubiera jubilado, entró un día en la zona de calentamiento y dijo: «¿Es que no hay nadie aquí que sepa jugar a esto?».

Seguían cuatro a cuatro en la segunda parte del noveno periodo cuando Ezra silenció un anuncio de Viagra y se giró para mirarla.

—Querida, en la nevera que hay al fondo del *delicatessen* de la esquina tienen helados Häagen-Dazs. ¿Quieres uno?

—¿Ahora?

—Claro. Estarás aquí enseguida. Pero escucha, el mío que sea de vainilla por dentro y chocolate almendrado por fuera. Si no hay, quiero de chocolate por dentro y por fuera, sin almendras. Más lo que tú quieras, querida. Mi cartera está ahí encima de la mesa. ¡Ve!

En la tienda solo había helados de frambuesa y en la tienda que había una calle más arriba solo había helado de chocolate almendrado. Alice cogió uno y lo miró un rato un poco angustiada, porque ni siquiera era de la marca adecuada, y luego lo dejó y corrió a lo largo de la manzana hasta la avenida de Ámsterdam, donde, en una tienda estrecha que vendía de todo, desde pornografía a caramelos de crema, encontró un congelador al fondo lleno casi en exclusiva de los de vainilla por dentro y chocolate almendrado por fuera.

—¡*Sí!**

El cajero estaba cenando comida para llevar y viendo la televisión que tenía escondida debajo del mostrador.

—¿Qué ha pasado? —preguntó Alice.

—Han eliminado a Ortiz por tres *strikes.* —Con el tenedor en alto, el hombre siguió mirando antes de levantar la otra mano para coger el dinero de Ezra. Cuando por fin vio la B en la gorra de Alice, inspiró hondo—. *Ah, la enemiga.***

—¿Dónde has estado? —le preguntó Ezra cuando volvió.

En la decimosegunda entrada, Ortiz trató de robar la segunda base, pero lo eliminaron cuando Jeter, con las piernas separadas, dio un salto vertical para atrapar un lanzamiento alto de Posada. Atrapó la pelota después de quedar aparentemente suspendido en el aire durante un momento larguísimo, luego volvió al suelo y tocó a Papi en la espalda.

—Dios mío —dijo Ezra, señalando la pantalla con el palito del helado—. Por un momento me ha parecido estar viendo a Nijinsky.

---

* En castellano en el original.
** En castellano en el original.

—¡Puf! No lo soporto. Parece un engreído.

—¿Te acuerdas de cuando nos acostábamos, Mary-Alice?

—¡Estaba quieto!

—No, cariño.

—¡Te digo que sí!

En la decimotercera, Varitek dejó caer tres bolas malas y dejó que los Yankees avanzaran a segunda y tercera. Alice gruñó. En las gradas apareció otro letrero: CREED.

—¿En qué? —dijo Ezra—. ¿En el ratoncito Pérez?

Con dos eliminaciones en la parte baja de la entrada decimocuarta, Ortiz bateó una pelota de *foul* a la derecha, luego a la izquierda, y otras dos arriba y por encima de la valla, luego una bola buena que cayó en el centro del campo y mandó a Johnny Damon al *home*.

—¡Vamooooooooss!

—Bueno, Choo, ya está bien. Es hora de irse a la cama.

A la mañana siguiente, menos de una hora después de que ella se fuera, le dejó grabado en el buzón de voz: «Mmm, Mary-Alice. Siento pedirte esto, pero antes de venir esta noche, doy por sentado que vendrás esta noche, ¿te importaría pasar primero por Zabar's y traer compota de manzana? La que tiene trozos. Te doy el dinero luego». La voz sonaba monótona e irritable, ajena a la locuacidad de la noche anterior, y cuando Alice llegó, después de una reunión urgente sobre un libro electrónico que había durado toda la tarde, él se estaba sujetando la espalda, caminaba de un lado a otro y hacía muecas, el televisor estaba sin sonido y una almohadilla eléctrica calentaba el asiento vacío del sillón. Con todo el sigilo que pudo, Alice metió la compota de manzana en el frigorífico, sacó un vaso del aparador y le quitó el precinto a una botella nueva de Knob Creek. En una nota pegada al mostrador ponía: «Llamar a Mel Re: Testamento». Otra nota pegada al lado decía: «¡¡¡Bastoncillos!!!». Hasta el aspecto de esa caligrafía incuestionable hacía que Alice se sintiera estúpida por haber pensado siquiera que ella podía escribir. Cuando dejó de mirar las notas, él ya estaba en el sillón, con el cuello estirado de manera estoica y la nuca que parecía una copia en cera de sí misma, salvo por el pulso infinitesimal.

Ella se llevó la copa a la cama y se acostó atravesada. En medio de un silencio parpadeante miraron los gráficos previos al partido con tanta atención que parecía que fuese a aparecer en cualquier momento su esperanza de vida.

TERCER PARTIDO. NOVENA ENTRADA MÁS LARGA. PARTIDO HISTÓRICO POSTEMPORADA (4:20). QUINTO PARTIDO: PARTIDO MÁS LARGO DE LA HISTORIA DE LA POSTEMPORADA (5:49). 21 HORAS 46 MINUTOS TOTAL DE LOS PRIMEROS CINCO PARTIDOS. 1864 LANZAMIENTOS. Alice memorizó todas las alineaciones, se planteó durante un instante vivir en República Dominicana y pensó en la cena. Por instinto, si no innato al menos sí compuesto por antiguos miedos infantiles, soportaba y quizá hasta apaciguaba aquellos estados de ánimo quedándose todo lo quieta y callada que podía. Pero el bourbon pensaba de otra manera.

—Me encanta ese color —dijo cuando apareció en la pantalla un plano general del estadio de los Yankees con el césped cortado en franjas que, de hecho, eran de dos tonos distintos de esmeralda.

Ezra respondió al cabo de unos segundos, con voz baja y uniforme:

—Sí, verde de partido nocturno.

Cuando John Lieber subió al montículo, Alice se levantó para servirse otra copa.

—¿Qué te parece si ponemos el sonido?

El volumen estaba demasiado alto, como si la noche anterior hubiesen estado viendo el partido con una docena de amigos riendo y charlando al mismo tiempo. Uno de los locutores tenía un poco de acento sureño y parecía casi drogado de lo sereno que estaba, el otro tenía una voz intensa y reconfortante de barítono, no muy distinta a la de los anuncios de Viagra. Con su parloteo acerca de la zona de calentamiento, el tendón de Curt Schilling y las «difíciles condiciones» del tiempo, las voces llenaban la pequeña habitación como si fueran las de unos invitados incorpóreos a una cena que estuviesen intentando ignorar la tensión creciente entre sus anfitriones. Pronóstico: llovizna. Velocidad del viento: 22 kilómetros por hora, de izquierda a derecha. La luz amarilla de la lámpara de lectura les daba a los reflejos de Alice y Ezra, superpuestos sobre el brumoso perfil de la ciudad, el aspecto atrapado e inanimado de estar presos en una casa de muñecas. Solos y juntos, juntos y solos... Solo que, por supuesto, no estaban solos. Los acompañaba el dolor de Ezra. Ezra, su dolor y Alice, una enviada apenas soportable del exasperante mundo de los sanos.

—*Red Sox en cabeza, cuatro a nada y, debido a un error técnico, esta noche es la* AFN *la que retransmite el partido. Nuestros amigos de la* AFN *proporcionan cobertura a las Fuerzas Armadas de Estados Unidos presentes en ciento setenta y seis países y territorios norteamericanos y, por supuesto, en barcos de la armada. Les damos la bienvenida a nuestros hombres y nuestras mujeres de uniforme que estáis lejos del hogar y os agradecemos todo lo que estáis haciendo.*

En las gradas, tres hombres con capucha para protegerse de la lluvia hacían malabarismos con vasos de plástico y letreros pintados a mano: DE PERMISO DESDE IRAK. 31.ª CSH HOLLA: ¡VAMOS, YANKEES!

—*Ni una sola ciudad de este país —siguió diciendo la voz con acento sureño— me recuerda más el sacrificio y la libertad de la que disfrutamos gracias a nuestros hombres y mujeres...* —Jason Varitek se ajustó el protector pectoral—. *Qué tipo, qué líder. Ha bateado una bola lenta... Mirad, mirad a este tipo. Si pensáis en todas las entradas que ha conseguido, en todo lo que ha hecho... Ahora mirad lo que pasa: sigue jugando con entusiasmo en la zona de calentamiento para estar*

preparado, salir ahí y atrapar tantas bolas de Curt Schilling
como pueda, para que se sienta a gusto hasta la parte baja de
la sexta entrada.

—Las piernas muy cansadas...

—Es como para pensar que sería un muy buen soldado...

Ezra quitó el sonido.

Alice se quedó mirando la pantalla un momento antes de terminarse lo que le quedaba en el vaso.

—¿Tienes hambre? ¿Quieres pedir algo?

—No, cariño.

—Si quieres, mañana te traigo bastoncillos.

Él se inclinó para buscar algo en el suelo.

—Gracias, querida.

—Ojalá dejaran de enseñar eso.

—¿Qué?

—Su calcetín. Me revuelve el estómago.

Ezra se tomó una pastilla.

—Creía que no podías tomártelas todos los días.

—Gracias, doña Memoria de Elefante.

—¡Guau! ¿Has visto eso?

—¿Qué?

—¡A-Rod le ha dado un manotazo!

Vieron que la bola rebotaba por encima de la línea de *foul* y a Jeter correr al *home*.

—¡Iba corriendo a la primera base y Arroyo ha ido a marcarlo y A-Rod le ha sacado la pelota del guante de un manotazo!

Francona salió a protestar. Los árbitros hicieron un corrillo. Cuando invalidaron la jugada, los aficionados de Nueva York abuchearon y bombardearon el césped con basura.

—No me lo puedo creer. Parece mentira que haya hecho algo tan infantil. —Miró a Ezra, pero él estaba mirando la pantalla—. Si yo fuese de los Yankees me daría vergüenza, intentar aprovecharse de esta manera.

—Si tú fueses de los Yankees, no estarían en los *playoffs* —dijo Ezra en voz baja.

Alice se rio.

—¿Podemos poner otra vez el sonido?

Ezra se giró lentamente hacia ella.

—Mary-Alice...

—¿Qué?

—Me duele.

—Ya lo sé. Pero ¿qué quieres que...?

Ezra se estremeció.

—¿Que qué quiero que hagas tú?

Alice asintió, insegura.

—Un momento —dijo ella entonces—. En realidad hago un montón de cosas. Voy a Zabar's, a Duane Reade y al *delicatessen* a traerte los Häagen-Dazs en las entradas extra...

—Cariño, te ofreciste tú misma, ¿te acuerdas? Tú te ofreciste a ayudarme cuando yo no estuviese bien. Dijiste: «Para cualquier cosa que necesites, estoy a la vuelta de la esquina». Si no, no te habría pedido nada.

—Ya lo sé, pero...

—¿Tú te crees que a mí me gusta estar así? ¿Te crees que me gusta ser viejo, estar incapacitado por el dolor y depender de los demás? —El pulso en sus sienes era más evidente, como si le fuese a estallar la cabeza.

—Que te jodan —dijo Alice.

Durante un rato, solo se oyó la estática de la televisión al cambiar de frecuencia cuando pasaba de la oscuridad a la luz y viceversa. Alice se tapó la cara con las manos y allí las tuvo durante mucho tiempo, como si estuviese esperando a que se la llevasen o como si estuviera contando hasta que uno, o los dos, tuviese la oportunidad de esconderse, pero cuando por fin las apartó, Ezra seguía allí, exactamente igual que antes: con las piernas cruzadas, con los ojos ensombrecidos por la angustia, esperando. Alice le veía la cara difuminada por las lágrimas.

—¿Qué debería hacer contigo, Mary-Alice? ¿Qué quieres que haga? ¿Qué harías tú si estuvieras en mi lugar?

Alice se tapó la cara de nuevo.

—Tratarme como a una mierda —le dijo ella a las manos.

Cuando llegó a casa, había una carta de la oficina de préstamos estudiantiles de Harvard en el buzón, agradeciéndole que hubiera pagado toda su deuda con el Programa Federal de Préstamos Perkins.

Ganaron los Red Sox.

Sin preguntar, el camarero le sirvió lo que quedaba en la botella.

Alice movió el vaso dos centímetros y luego volvió a ponerse la mano en el regazo.

—¿Juegas al ajedrez? —le preguntó el hombre que estaba sentado a su lado, con acento británico.

Alice lo miró.

—Tengo un tablero.

—¿Hablas francés?

—No. ¿Por qué?

—Hay una expresión que usan los jugadores de ajedrez para dejar claro que solo están acomodando la pieza en su sitio y no cambiándola de casilla.

—¿Ah, sí? ¿Cuál es?

—*J'adoube.*

Alice asintió y, mientras miraba el televisor, levantó el vaso y esta vez sí bebió.

—Hola —dijo, llamando a la puerta de su jefe—. Aquí tienes...

Él colgó el teléfono dando un golpe.

—Lo siento —dijo Alice—. Yo no...

—El puto Blazer se queda con Hilly.

Se masajeó furiosamente la frente. Alice dejó la carpeta en el escritorio y salió.

—Lo que pasa —le dijo Alice al hombre británico, que se llamaba Julian— es que no están en el campeonato desde 1986. Y no ganan un campeonato desde 1918. Algunos lo atribuyen a «la maldición del Bambino»: creen que los Red Sox están malditos por haberle vendido a Babe Ruth a Nueva York.

—A los Yankees.

—Sí, aunque ahora también están los Mets, que hasta los sesenta no existían. —Alice tomó un sorbo—. Antes en la liga solo había ocho equipos.

Pujols alcanzó la segunda base aprovechando un mal primer lanzamiento.

Cuando Rentería le bateó la bola a Foulke, Foulke lo mandó a la primera base y los jugadores abandonaron la zona de calentamiento y salieron al campo, donde corrieron a hacer una piña para celebrarlo, se encaramaron los unos sobre los otros, se abrazaron, lanzaron puñetazos al aire y señalaron al cielo agradecidos. En la tribuna, los *flashes* de las cámaras hacían pum, pum, pum como disparos silenciados. Hubo una breve retransmisión vía satélite de soldados celebrándolo en Bagdad vestidos con el uniforme para el desierto y luego volvieron al espectáculo del Bank of America que siguió al partido y a Bud Selig entregándole a Manny Ramírez el trofeo de MVP. Un reportero le preguntó cómo se sentía.

—*Primero, bueno, era todo muy negativo, o sea, iban a traspasarme, pero bueno, seguí confiando en mí mismo, creí en mí y lo conseguí, o sea, soy afortunado y, bueno, le he demostrado a un montón de gente que estaban equivocados, o sea, sabía que podía lograrlo y gracias a Dios lo he hecho.*

—*¿Crees en las maldiciones?*

—*No creo en las maldiciones. Creo que cada uno se construye su propio destino y nosotros lo hemos hecho, sabes, creemos los unos en los otros. Hemos salido, hemos jugado relajados, hemos sacado por out en primera base y hemos ganado.*

Alice miró su teléfono. El camarero los invitó a una ronda.

—Los hombres se construyen su propio destino —dijo Alice con ironía, mientras se guardaba el móvil en el bolso.

—Tiene razón —dijo Julian y la atrajo hacia sí para darle un beso.

Un soniquete en la puerta.

Estaba en el umbral con una botella de vino polvorienta y sin nombre aparte de una serie nutrida de letras hebreas. A la señora se le bamboleaba un poco la cabeza, como si estuviera unida al resto del cuerpo por un muelle.

—¿Puedes abrirme esto, querida?

El corcho salió negro.

—Aquí tienes —dijo Alice.

—¿Quieres un poco?

Alice fue a la encimera de la cocina, llenó hasta la mitad dos tarros de mermelada y los llevó hasta donde estaba Anna, que seguía de pie y temblando justo en el vano de la puerta. Llevaba una bata hecha con una tela descolorida estampada de margaritas y con una mancha en la solapa que tenía la forma de Florida. Anna aceptó el vino con cuidado, con las dos manos, lo que sugería que hacía mucho que no bebía nada estando de pie.

—Mi sobrino se ha suicidado —Alice dejó el tarro—, así que necesitaba un poco de vino.

—No te culpo —dijo Alice con dulzura—. ¿Qué edad tenía?

—¿Qué?

—¿Qué edad...?

—Cincuenta.

—¿Estaba enfermo?

—No.

—¿Tenía hijos?

—¿Qué?

—Que si tenía...

—No.

Ninguna había tomado ni un sorbo, pero aun así Anna miraba la bebida como preguntándose cuándo le iba a hacer efecto.

—¿Has ido hoy a votar? —preguntó Alice.

—¿Qué?

—¿Has votado? ¿Al presidente?

—¿Que si he flotado?

Alice negó con la cabeza.

—Dime... —empezó a decir Anna.

—Alice.

—Lo sé. ¿Vives sola?

Alice asintió.

—¿Y no te sientes sola?

—A veces —respondió Alice, encogiéndose de hombros.

Anna miró hacia dentro, más allá del pasillo; la lámpara de lectura de Alice estaba encendida y *La caída de Bagdad* bocabajo sobre la cama. Se oía muy bajito la radio que había encima del tocador, dando por ganador a Kerry en Nueva York y a Bush en Nebraska.

—Pero tienes novio, ¿verdad, querida? ¿Alguien especial en tu vida?

El tarro de mermelada medio lleno de vino que seguía sujetando con las dos manos como si fuese un cáliz, se inclinó otro grado hacia el suelo.

Alice sonrió con un poco de tristeza.

—Es posible.

NÚMERO OCULTO.

SÁBADO
21
MAYO

SÁBADO
18
JUNIO

SÁBADO
2
JULIO

Un coche se cerró de un portazo.

—¡Lo siento, familia! —gritó él desde la ventana de la cocina—. ¡Vuestra reserva es para mañana!

Los niños no le hicieron caso y subieron brincando alegremente por el camino enlosado; el niño hacía serpentear por el aire una lancha policial de juguete y la niña arrastraba unas alas de hada que bajo el alto sol del verano tenían brillos de color amatista. Ezra sostuvo la puerta de la mosquitera para que entraran y parecía un mayordomo de elfos.

—¡Olivia! ¡Te han salido alas!

Kyle siguió brincando por los escalones y la sala de estar y se desplomó bocabajo sobre la otomana, el pelo rizado rozaba el suelo de tarima, y anunció:

—¡Olivia tiene un diente flojo!

—¿Es verdad eso, Olivia?

Olivia, sentada en el borde del sofá para no aplastar las alas, asintió.

—¿Cómo de flojo?

—¡Muy flojo! —dijo Kyle.

Olivia miró de reojo a Ezra y se ruborizó.

Mientras comían:

—Ezra...

—Dime, cariño.

—¿Cómo has terminado siendo tan sofisticado?

Ezra dejó el pepinillo.

—¿En qué soy sofisticado?

Olivia se encogió de hombros.

—Llevas camisas bonitas. Y conoces al presidente.

Una uva salió rodando del plato de Kyle hasta el borde de la mesa.

—¡Oh, oh! —dijo Alice, abalanzándose para cogerla—. Una uva fugitiva.

—¡Una uva fufitiva!

—No soy tan sofisticado —concluyó Ezra.

—Ezra trabaja mucho —dijo Edwin, mientras le quitaba a su hija un trozo de patata frita del pelo—. Si trabajáis mucho y sacáis buenas notas, algún día también os podréis permitir camisas bonitas.

—¿Y conocer al presidente?

—Y ser el presidente —dijo Eileen.

—Así es —dijo Ezra—. El presidente Wu. La señora presidenta Wu. Ya seríais mejores que el que tenemos ahora.

Olivia se metió en la boca una cucharada de helado de menta con chocolate y movió la mandíbula lentamente, meditabunda, como si fuese un cuerpo extraño. Kyle, sentado en el regazo de Alice, se tiró un pedo.

—¡Uy! —dijo Alice.

—¡Uy! —dijo Kyle, riéndose con la cucharilla en la boca.

En la piscina, el niño llevaba un bañador con una langosta estampada y su hermana un bañador de una pieza que le quedaba demasiado grande, tan grande que se le caía y revelaba los pálidos pezones, lisos como monedas.

—Mira —ordenó Olivia, mientras su madre le frotaba con energía los brazos con protector solar. Flanqueado por cuatro molares llenos de chocolate, se movía con el dedo el diente flojo de atrás adelante, como un borracho.

—¡Guau! Sí que está flojo —dijo Alice.

Era un día cálido, nublado pero bochornoso, y sin embargo Ezra estaba sentado en la tumbona con pantalones, una camisa de manga larga abotonada y zapatos oxford con doble lazada. Tenía en el regazo *La orgía perpetua* con un marcapáginas y la gorra de Penn State Altoona posada en la cabeza con tanta levedad que las letras estaban un poco hundidas.

—Recordad, niños y niñas, que pongo en la piscina una sustancia química que hace que la orina se vuelva roja. ¡Roja brillante! En cuanto alguien haga pipí en la piscina, se va a volver rojo brillante.

Kyle, con el ceño fruncido, le echó una mirada furtiva a su estela.

—Marco —dijo Alice.

—¡Polo! —gritaron los niños.

—Marco.

—¡Polo!

—¡Marco!

—¡POLO!

—¡MARCO!

—¡POLOOOOOO!

Ezra levantó la mano.

—Perdonad, ¿pero alguien sabe quién era Marco Polo?

Kyle y Olivia se quedaron quietos, flotando y soltando agua por la boca y la nariz. Entonces Olivia se dirigió a Alice y le preguntó:

—¿Me llevas donde cubre?

Alice se agachó mientras la pequeña se medio encaramaba a su cadera, medio seguía flotando; luego vadeó hasta no tocar el suelo de la piscina y tuvo que ir poniendo una mano delante de la otra por las piedras del borde.

Cuanto más al fondo iba, más fuerte se aferraba Olivia, que mientras espiaba por encima del hombro y temblaba como si abajo hubiera visto un naufragio espeluznante.

—¡Socorro, socorro! —exclamó Alice riendo cuando la lancha policial teledirigida de Kyle las alcanzó y se chocó contra su pecho.

—No te sueltes, Olivia —dijo la madre.

Cuando llegaron al otro lado, la niña estaba apretada a Alice como una lapa.

—¿Qué tal estás? —preguntó Alice.

—Bien —murmuró Olivia. Los dientes le castañeteaban.

Ezra, moviendo el pie y con pinta de estar un poco aburrido, preguntó si alguien sabía algún chiste.

Edwin dejó la BlackBerry.

—¿Qué le dice la nariz al pañuelo?

—¡Me suenas! —le gritó Olivia a Alice en el oído.

—Ese es bueno —dijo Ezra—. ¿Qué más?

Kyle trató de ponerse en pie en la tabla.

—¿Qué sale si cluzas un *Tilanosaulus Lex* con un..., con un...?

—¿Con un qué?

La tabla saltó.

—Se me ha olvidado.

Ezra negó con la cabeza.

—Necesita mejorar —sugirió Eileen.

—¿Qué le dice un cable a otro? —preguntó Olivia.

—¿Qué?

—¡Sígueme la corriente!

Kyle se desternillaba, Ezra gruñó. Olivia, que seguía pegada a Alice como una lapa, arrugó la nariz y le dijo:

—¿Necesita mejorar?

—Yo me sé uno —dijo Ezra—. Son dos que van en avión por primera vez a Francia, uno se gira hacia el otro, que se sienta a su lado, y le pregunta: «Dígame, ¿cómo se pronuncia, París o Paguís?». «Paguís», dice el otro. «Gracias», dice el primero, y el otro le contesta: «No se meguecen».

Los pequeños se le quedaron mirando.

—No lo pillo —dijo Kyle.

—Habla raro, ¿no? —dijo Olivia.

—Sí.

—¿Pero qué tiene eso de divertido? —preguntó Kyle.

—Nada —respondió Ezra—. Da igual.

—Necesita mejorar —sugirió Eileen.

Empezó a soplar un viento que agitó el follaje. Impertérritos, los niños le enseñaron a Alice a jugar al tiburón, luego al balón prisionero, luego a un juego inventado en el que primero el uno y luego el otro se le subían por la espalda y fingían azotarle el trasero con un churro de natación a modo de fusta.

—¿Tú quieres tener hijos, Mary-Alice? —preguntó Eileen.

Kyle ondeó el churro por encima de su cabeza como un lazo y le salpicó agua a los ojos a Alice.

—Cuando tenga cuarenta.

Eileen se subió las gafas de sol y negó con la cabeza.

—Con cuarenta eres demasiado mayor.

—Eso me han dicho, pero me da miedo tenerlos antes. Me da miedo consumirme.

—Mary-Alice es una persona muy tierna —explicó Ezra.

Eileen asintió, mirando al cielo con los ojos entrecerrados.

—Lo retiro. Con cuarenta no eres demasiado mayor para tener un hijo. Con cincuenta sí que eres demasiado mayor para tener un hijo de diez años.

En cuanto una lluvia fina empezó a puntear las lajas de piedra, Ezra se incorporó y dio una palmada.

—¿Quién quiere una berlinesa rellena de mermelada?

Mientras Alice y Eileen les ayudaban a ponerse unos calcetines que, en teoría, iban a mantener a raya a las garrapatas, los niños temblaban, se quejaban, lloriqueaban, intentaban embaucarlas y le lanzaban trágicas miradas por encima del hombro al agua ya malograda, que seguía meciéndose, ahora acribillada por la lluvia. La lancha policial teledirigida chocó con la escalera de aluminio. Los churros flotaban sobre la superficie como serpientes de mentira salidas de una lata. Cuando recogió todas las toallas, las bolsas de lona, los botes de Coppertone y las gafas de natación en miniatura que quedaban por ahí, Alice siguió en fila a los demás, que caminaban con dificultad por el césped, como marineros agotados: Ezra solo, a grandes pasos por delante de los ciclamores, que ya no estaban en flor; Edwin y Kyle señalando con actitud científica algo que había en el puerto; Olivia y Eileen con las piernas igual de proporcionadas y zambas.

—¿Ves esos árboles? —le decía Eileen a su hija—. Cuando mamá era pequeña, ayudó a Ezra a plantarlos.

Después de la cena jugaron al Scrabble.

De rodillas en su silla, con un camisón con la Sirenita estampada, Olivia estudió las opciones durante un rato largo y angustioso mientras se movía el diente flojo, hasta que por fin alargó el brazo por encima de la mesa y compuso con el mayor suspense: ABE.

—No, cariño —dijo Edwin—. Es A-V-E.

—Ay —dijo Olivia, desplomándose—. Me había olvidado.

—No pasa nada, cielo —dijo Ezra—. Será la demencia infantil.

Edwin puso FRISBEE.

—Dieciséis puntos.

—Nada de nombres propios —dijo Eileen.

Edwin quitó FRISBEE y puso RISIBLE.

—Esa es buena —dijo Alice—. Trece puntos.

—¿Qué pone? —preguntó Kyle.

—Pone «risible» —dijo Eileen.

—¿Qué es *risible*? —preguntó Olivia.

—Algo divertido —dijo Alice—. Algo tonto o ridículo que te hace reír. —Ella puso PEONÍA—. Doce puntos.

Ezra puso PENE.

Alice se tapó la boca con la hoja de las puntuaciones. Eileen abrió mucho los ojos por encima de la copa de vino.

Ezra torció el gesto, volvió a consultar sus letras y negó con la cabeza, arrepentido.

Edwin dejó de mirar la BlackBerry y sonrió.

—¿Qué? —preguntó Kyle—. ¿Qué pone?

—Pone «pene» —dijo claramente Eileen.

—Eso no es una palabra —dijo Olivia.

—¡Sí que lo es! —exclamó Kyle—. *Penar* es una palabra.

—Es verdad —dijo Ezra con alivio—. *Penar* es una palabra.

—¿Qué significa? —preguntó Alice.

—Es otra palabra para decir «tener pena».

—También está Penelope Mortimer —dijo Edwin.

—Nada de nombres propios —repitió Eileen—. De todos modos, no pone eso.

—No importa —dijo Alice riéndose—. Doce puntos para Ezra.

Olivia se sacó el dedo de la boca y la miró.

—¿Por qué te ríes después de todo?

—¿Quién? —dijo Alice—. ¿Yo?

Olivia asintió.

—Te ríes después de todo.

—No me había dado cuenta. No tengo ni idea de por qué lo hago.

—Yo tengo una teoría —dijo Ezra, mientras ordenaba las fichas.

—¿Ah, sí?

—Creo que te ríes para tomarte las cosas a la ligera. Para sedar la situación.

—¿Qué es *sedar*? —preguntó Olivia.

—Es lo que yo te voy a hacer a ti —dijo Edwin, haciéndole cosquillas en el costado.

—Fue idea suya —dijo Eileen a la mañana siguiente, de nuevo en la piscina—. Lo educaron en el catolicismo y cree que todo el mundo debería tener algún tipo de educación religiosa. Pero cuando llegó el momento de explicarles a los niños cómo se quedó embarazada de Jesús la virgen María, me costó mucho aguantar la risa.

—¡Mamá, mira, mamá!

—¡Olivia, los calcetines!

Olivia, que seguía en camisón, rodeó la caseta en la que estaba la bomba de la piscina como una vela hinchada por el viento y llegó sin aliento a la terraza de lajas de piedra, agitando un billete.

—¡Mirad! ¡Mirad lo que me ha traído el ratoncito Pérez!

—¡Guau! —exclamó Ezra—. Cincuenta pavos.

—Qué generosidad —dijo Eileen.

—¿Me lo puedo quedar?

—Dáselo a tu padre, por favor. Y ponte los calcetines. —Cuando se fue la niña, Eileen le lanzó a Ezra una mirada elocuente—. ¿*Cincuenta* dólares?

—¿Qué pasa? Eso no es nada comparado con lo que le he dado al de los perritos calientes.

Alice levantó la vista del libro.

—¿Le has dado dinero al de los perritos?

—Claro.

—¿Cuánto?

Él ahuyentó a una mosca.

—Setecientos.

—¡Setecientos dólares!

—Pero si ni siquiera te gustan los perritos calientes —dijo Eileen.

Ezra se encogió de hombros.

—Quería ayudarle. Quería ayudar a un amigo. Me ha contado que está pasando una mala época, que el precio de la licencia es cada vez mayor, que su casero le sigue subiendo el alquiler y que tiene una mujer y tres hijos a los que mantener. Me dijo que no iba a poder pagar las facturas del mes que viene a menos que consiguiera un dinero extra. Así que volví al día siguiente y le pregunté cómo se llamaba. Me lo dijo, saqué el talonario y dijo: «¡Espere! Ese no es mi nombre real».

Alice gimió.

—Como veis, me estaba metiendo en camisas de once varas, pero qué diablos. Le extendí el cheque por setecientos cincuenta dólares.

—Creía que habías dicho setecientos —dijo Eileen.

—No, querida, setecientos cincuenta.

—Has dicho setecientos —dijo Alice.

Ezra negó con la cabeza.

—Me estoy volviendo un poco olvidadizo.

—En fin —dijo Alice.

Ezra levantó las manos.

—No he vuelto a verlo desde entonces.

—¿Puedo preguntarte por la procedencia de este vendedor de perritos? —dijo Eileen.

—Creo que es yemení. —Miraron a Kyle, que se acercaba pavoneándose por el césped, con unas aletas y con el control remoto. Ezra parecía preocupado—. Puede que le haya dado setecientos cincuenta pavos a Al Qaeda.

—*En garde!* —dijo Kyle, dejando caer las aletas y trazando en su dirección un arco con la antena del control remoto.

Como un tiro, Ezra se cayó hacia atrás sobre el césped, contra la tumbona de plástico y todo, y por poco no se golpeó la cabeza con la raíz de un viejo tocón de abeto. Kyle, entusiasmado, tiró el control remoto al suelo y se tiró de culo con torpeza en el césped, al lado de Ezra.

—Va en serio —dijo Ezra, todavía tendido de espaldas—. Me ha saltado el desfibrilador.

—Dios mío —dijo Eileen.

—¿Estás bien? —preguntó Alice.

—No pasa nada. Estoy bien. Creo que estoy bien. Solo ha sido... una pequeña conmoción. —Soltó una risa trémula—. Literalmente.

Eileen cogió el control remoto por la antena y lo lanzó hacia los árboles como si fuera un animal muerto.

—Pero deberíamos llamar al médico, ¿no te parece? ¿Para asegurarnos?

Cuando llegó Virgil, Olivia corrió a su encuentro por el camino de la entrada, haciendo ostentación de las alas de hada.

—¡Guau! —exclamó—. ¿Cuántos años tienes?

Cuando Alice llegó a su casa, se encontró en el buzón:

Una citación para formar parte de un jurado popular.

Una invitación al Tercer Festival Anual Fire Island Blackout que convoca la comunidad LGBT, dirigida al hombre que vivía en su piso antes que ella.

Un aviso del Departamento de Vivienda de Nueva York, del que también había una copia pegada con cinta adhesiva en la puerta del vestíbulo: PERMISO DE TRABAJO: FONTANERÍA. ALTERACIÓN TIPO I. SOLICITUD PRESENTADA PARA REALIZAR SUBDIVISIÓN DE SEIS (6) HABITACIONES CONTIGUAS EXISTENTES EN QUINTA PLANTA Y FORMAR DOS APARTAMENTOS INDEPENDIENTES DE UN (I) DORMITORIO. CONSTRUCCIÓN GENERAL, FONTANERÍA, GAS Y ACABADOS INTERIORES SEGÚN LO REQUERIDO. SE MANTENDRÁN LAS PUERTAS EXTERIORES DEL APARTAMENTO. NINGÚN CAMBIO EN SALIDA DEL APARTAMENTO AL PASILLO.

En la sala de reunión del jurado, Alice se sentó al lado de un hombre que llevaba una camiseta que tenía estampada la frase NO ES QUE SEA ANTISOCIAL, ES QUE NO ME GUSTAS. Delante de ella, otro hombre comía un bollito con mermelada de arándano y le explicaba a la mujer que estaba a su lado por qué algunos musulmanes hacen todo lo posible para evitar la mayoría de los géneros musicales. El día antes, había estado en el MoMA, donde había oído por casualidad a un profesor que le hablaba de la «musicalidad» de la obra de Kandinski a un grupo escolar. A él le había parecido una comparación muy interesante, porque «los musulmanes que uno esperaría que prefiriesen a Kandinski en lugar de a los artistas figurativos casi seguro eran los mismos que recelan de la música, cuyas sensualidad y falta de sentido, según ellos, alientan los impulsos más bajos del ser humano».

—¿Qué impulsos? —le preguntó la mujer que estaba sentada a su lado.

—Promiscuidad —dijo el hombre mientras masticaba—. Lujuria. Impudicia. Violencia. Para mi tío, por ejemplo, que es muy conservador —se quitó las migas del regazo con la mano—, Britney Spears y Beethoven son lo mismo. La música ofende porque apela a las pasiones más animales en detrimento de actividades más inteligentes.

—Entonces, si su tío estuviera en un restaurante y empezara a sonar música clásica, ¿se taparía los oídos? ¿Se levantaría y se iría?

—No, pero es probable que le parecería muy absurdo que pusieran la música que fuera.

Cuanto más sabes, pensó Alice, más cuenta te das de lo poco que sabes.

A las 9:20, un hombre bajo y calvo se subió a un cajón que estaba al frente de la sala y dijo ser Willoughby, el secretario del juzgado.

—Buenos días, compatriotas. Por favor, miren su citación. Queremos asegurarnos de que todos ustedes están en el lugar correcto el día correcto. La fecha debe ser catorce de julio y el lugar la calle Sesenta Centro. Si alguien tiene una citación que diga algo distinto, le ruego que lleve sus cosas a la oficina principal del vestíbulo, donde recogerán el material recibido y le aclararán todo.

Una mujer que estaba detrás de Alice suspiró hondo y empezó a recoger sus cosas.

—Bien, para ser jurado de este tribunal, hay que ser ciudadano norteamericano, mayor de dieciocho años, entender inglés, vivir en Manhattan, Roosevelt Island o Marble Hill y no haber sido condenado por ningún delito. Si alguno de ustedes no cumple estos requisitos, también deberá recoger sus cosas y llevarlas a la oficina de la administración.

El hombre de la camiseta antisocial se levantó y salió.

—El horario de servicio del jurado es de nueve de la mañana a cinco de la tarde, con una pausa para comer entre la una y las dos. A los miembros del jurado que no intervengan en un juicio y por ello sigan aquí, en la sala de reunión, a las cuatro y media, lo más probable es que se les permita salir a esa hora. Sin embargo, si un juez lo requiere, ya no estará en mis manos y tendrán que quedarse hasta que el juez les deje ir. La duración media de un juicio es de siete días. Unos son más largos, otros más cortos. Ahora les vamos a poner un cortometraje orientativo. Les agradecería que se quitasen los auriculares, cerrasen los libros y periódicos y prestaran atención.

La película empezó con un fundido a un lago. Una tropa de aldeanos medievales, conducidos por un guardián fornido, marchaba en tropel hacia la orilla.

—*Antiguamente, en Europa* —dijo una voz en off—, *si te acusaban de un delito o de una falta, tenías que pasar por lo que llamaban ordalía o juicio de Dios. Esta idea apareció por primera vez hace unos tres mil años, en tiempos de Hammurabi.*

La tropa de aldeanos se separó para hacerle sitio a un hombre que llevaba las muñecas atadas con unas cuerdas muy apretadas. Dos guardianes lo llevaban a empujones hacia el agua.

—*Una de esas ordalías consistía en que el acusado sumergía la mano en agua hirviendo. Tres días después, si la mano se había curado, le declaraban inocente. Otra ordalía era*

128

todavía más radical. Ataban con fuerza al acusado y lo tiraban al agua. Si flotaba, era culpable. Si se hundía, era inocente.

Los guardianes le ataban los pies al prisionero mientras que, al margen, un par de oficiales observaban impasibles. Los aldeanos estaban en silencio, ansiosos. Luego los guardianes tiraron al prisionero al agua. Se hundió. En su lugar aparecieron unas burbujas. Los oficiales observaron un rato más antes de hacerles una señal a los guardianes para que lo sacaran. Los aldeanos vitoreaban.

—*¿Era esta una justicia equitativa e imparcial? Ellos creían que sí...*

A pesar de su estado de ánimo inquieto y premenstrual, a Alice le gustó la película. Le recordó a una clase de sociología y, a fin de cuentas, no se le exigía demasiado, solo que no diera por sentados sus derechos civiles; ¿cuándo había hecho ella tal cosa? Mientras a sus espaldas pasaban los títulos de crédito, Willoughby se volvió a subir en el cajón de madera y, como un mago que estuviera demostrando la honradez de sus herramientas, mostró una citación y les dio instrucciones para arrancar la parte perforada que tenían que entregar.

—No es esta parte —dijo por lo menos dos veces, una vez a cada lado de la sala—, sino esta.

Pero o los nudillos o la mano con la que señalaba se interpusieron en la línea de visión de Alice las dos veces, así que cuando tuvo que entregar su papel, la funcionaria que los recogía chasqueó la lengua con desesperación y dijo, mientras se lo devolvía:

—Esta es la parte equivocada.

—Lo siento. ¿Qué tengo que hacer?

La funcionaria volvió a agarrar la citación, sacó un rollo de cinta adhesiva del escritorio, pegó los dos trozos y se los devolvió a Alice.

—Siéntese. —Luego añadió, mientras negaba con la cabeza y le hacía un gesto al siguiente de la cola—: Qué inepta.

A las 10:35, el secretario Willoughby empezó a leer nombres.

—Patrick Dwyer.

—José Cardozo.

—Bonnie Slotnick.

—Hermann Walz.

—Rafael Moreno.

—Helen Pincus.

—Lauren Unger.

—Marcel Lewinski.

—Sarah Smith.

Delante de Alice, el hombre a cuyo tío musulmán no le gustaba la música por las pasiones animales que despertaba, estaba leyendo *The Economist*. Alice sacó su *discman*, desenrolló el cable y pulsó el botón de reproducción.

—Bruce Beck.

—Argentina Cabrera.

—Donna Krauss.

—Mary-Ann Travaglione.

—Laura Barth.

—Caroline Koo.

—William Bialosky.

—Craig Koestler.

—Clara Pierce.

Era un CD de Janáček; escuchó la primera pista tres veces y cada vez que sonaba se sentía menos capaz de abarcar toda su complejidad. ¿Pero violencia?, ¿lujuria? Una lujuria de poca calidad, sin objeto, parecía ser su estado por defecto. Tal vez la música, como el alcohol, podría infundirle un poco de insensatez...

—Alma Castro.

—Sheri Bloomberg.

—Jordan Levi.

—Sabrina Truong.

—Timothy O'Halloran.

—Patrick Philpott.

—Ryan McGillicuddy.

—Adrián Sánchez.

—Angela Ng.

Poco después de las cuatro, dejaron marchar a aquellos a los que no habían llamado, con la orden de regresar al día siguiente por la mañana. Alice volvió al *pub* en el que había estado durante la pausa del almuerzo, pidió una copa de vino, luego una segunda, y luego dejó el dinero al lado de un periódico con el titular «En Bagdad, una bomba mata a veintisiete personas, la mayoría niños». Con paso vacilante bajó las escaleras de la primera boca de metro que encontró. Era hora punta y en lugar de hacer transbordo y unirse a la desbandada por el pasillo largo y mal ventilado de Times Square, salió en la calle Cincuenta y siete y decidió ir caminando. La luz era excesiva para sus ojos y fue dibujando un ligero zigzag calle abajo, como si no estuviera acostumbrada a la tercera dimensión. Un estruendo salido de una rejilla de la acera le hizo pensar en un inframundo cabreado por su huida. Por encima, el bosque de cristal y acero se balanceaba de manera vertiginosa contra el cielo. Un hombre que iba muy cerca por detrás de ella silbaba desentonado, pero el leve sonido se perdía en el gran barullo estático de la ciudad, que era como llevar dos caracolas gigantes sobre los oídos: el zumbido ondulante del viento y las ruedas apresurándose para cruzar antes de que cambiase el semáforo, las bocinas de los taxis, los autobuses gimiendo y suspirando, las mangueras regando el pavimento, las cajas amontonándose, las puertas de las furgonetas deslizándose hasta cerrarse de golpe. Tacones de madera. Una zampoña. Los saludos espurios de los recogedores de firmas. Estaban a 28 ºC, pero muchas tiendas mantenían las puertas abiertas (eran prácticamente visibles las ráfagas de aire inasequible que salía a la calle y se marchitaba) y de ellas retumbaban melodías interrumpidas como en una radio que fuese cambiando de emisora: música ambiental de Bach, música ambiental de los Beatles,

«Ipanema», Billy Joel, Joni Mitchell, «What a Wonderful World». Hasta de la entrada de la autopista 1/9 parecía emanar el bebop amortiguado de una banda de swing…, pero luego Alice dejó atrás la escalera que se introducía en el subsuelo y la música sonó más alta y clara, alcanzó una especie de altura, una cualidad flotante, la reverberación única del metal y la percusión al aire libre. Entonces vio a los bailarines.

Era como si un *Rigoletto* contemporáneo hubiera desbordado el escenario de la ópera para derramarse en la plaza. Bajo un ancho cielo blanco, un mar de gente agitando los brazos y moviendo las caderas bailaba con ritmo de metrónomo; de vez en cuando, movían con tanto entusiasmo los pies o las piernas que parecía que se les fuesen a dislocar. Unos pocos se movían con indolencia, concentrados, irónicos o envejecidos, pero la resolución de seguir moviéndose a toda costa parecía ser unánime. Hombres altos bailaban con mujeres bajas, mujeres altas con hombres bajos, señores mayores con jovencitas y señoras mayores con señoras mayores. Cerca del control de bolsos, tres niños saltaban alrededor de su madre, alta y espigada, calzada con tacones de un rojo deslumbrante. Algunos bailarines bailaban solos, o con parejas invisibles, y otros, los solitarios, en una zona hermética de expresión vanguardista. Unas adolescentes giraban sobre sí mismas con soltura bajo los puentes que formaban con los brazos, mientras otros, menos elásticos, se quedaban a medio camino y cambiaban a un torpe charlestón. Otros ignoraban el ritmo por completo, como una pareja de ancianos que bailaba igual de despacio que si estuvieran en su propio salón. Una noche calurosa de verano, «Stompin' at the Savoy», cinco mil civiles congregados apaciblemente bajo unas nubes amables que retenían la lluvia y, aferrados el uno al otro, aquella pareja, sin saberlo, era la clave de todo, la cordura que hacía posible el delirio, el centro del éxtasis. El ensueño no se interrumpió hasta que un bailarín de swing que pasaba por su lado tropezó y se chocó ligeramente con el trasero de la anciana, que reaccionó dedicando una sencilla mirada atrás y abajo, como si intentase evitar pisar a un perro.

Cuando empezó a sonar «Sing, Sing, Sing», Alice dio media vuelta y caminó las veinte manzanas que quedaban hacia la parte alta de la ciudad.

Entró en el apartamento de Ezra y se fue a la cama. Ezra abrió los ojos.

—¿Qué te pasa, querida?

Alice negó con la cabeza. Ezra la observó un momento con preocupación, antes de tocarle la mejilla.

—¿Estás enferma?

Alice volvió a negar con la cabeza y se pasó un buen rato mirando fijamente la reseña de un libro que estaba abierta sobre el edredón al lado de Ezra. Le devolvía la mirada una mala caricatura de Ezra, en la que los ojos estaban demasiado juntos y el mentón parecía un moco de pavo. Apartó el periódico, se desató las sandalias y levantó las piernas para tumbarse lo más cerca de él que pudo. Le rodeó el pecho con un brazo y ocultó la cara en sus costillas. Como siempre, Ezra olía a cloro, a Aveda (jazmín, camomila y pomelo) y a detergente Tide.

El cielo se tiñó de rosa y luego de violeta. Ezra encendió la luz.

—Mary-Alice —dijo, con la mayor contención y consideración que uno podría imaginar—. Tus silencios son muy eficaces. ¿Lo sabías?

Alice se puso boca arriba. Se le llenaron los ojos de lágrimas.

—He pasado mucho tiempo aquí —dijo por fin.

—Sí —contestó él después de un momento largo—. Espero que esta habitación se te quede grabada en el cerebro para siempre.

Alice cerró los ojos.

—Alejandro Juárez.

—Kristine Crowley.

—Nigel Pugh.

—Ajay Kundra.

—Robert Thirwell.

—Arlene Lester.

—Catherine Flaherty.

—Brenda Kahn.

Alice no fue la única que había buscado el mismo asiento en el que se había sentado el día anterior, como si por volver a empezar en otro sitio la larga espera del día anterior dejase de contar. El hombre con un tío musulmán había cambiado *The Economist* por un ordenador portátil que tenía como salvapantallas una foto suya junto a alguien con un aspecto idéntico: tenía también sus mismas cejas, el mismo ángulo de la mandíbula y la misma marca de cazadora, con la que aparecían de pie, pasándose el brazo por encima el uno al otro, contra un cielo jaspeado espectacular. A sus espaldas, a lo lejos, se extendían unas montañas pardas con cumbres triangulares y vetas intrincadas de nieve en la cima. Entonces un documento Excel saltó de la parte inferior de la pantalla, sustituyendo la naturaleza con una ventisca cegadora de celdas.

—Devon Flowers.

—Elizabeth Hamersley.

—Kanchan Khemhandani.

—Cynthia Wolf.

—Orlanda Olsen.

—Natasha Stowe.

—Ashley Brownstein.

—Hannah Filkins.

—Zachary Jump.

A veces tenían que repetir un nombre y se descubría que el propietario estaba en el lavabo de caballeros o estirando las piernas en el patio interior o durmiendo. Solo una vez hubo alguien que no se presentó y el efecto en la sala fue una especie de consternación colectiva.

¿Quién era aquel prófugo llamado Amar Yamali y qué razón podía tener para dejar plantado al poder judicial? Y, sin embargo, Alice envidiaba un poco a Amar Yamali, desesperada como estaba por encontrarse en cualquier otro lugar.

—Emanuel Gat.

—Conor Fleming.

—Pilar Brown.

—Michael Firestone.

—Kiril Dobrovolsky.

—Abigail Cohen.

—Jennifer Vanderhoven.

—Lottie Simms.

—Samantha Bargeman.

Alice alzó la vista. La mujer que estaba a su lado bostezó.

—¿Samantha Bargeman?

Varias personas más levantaron la cabeza y miraron a su alrededor. Alice volteó la citación sobre el regazo y frunció el ceño.

—Samantha Bargeman...

El hombre sentado delante de ella, que acababa de volver, se frotó un ojo con el dorso de la mano. Willoughby escudriñó la sala con desdén, negó con la cabeza y escribió algo.

—... Purva Singh.

—Barry Featherman.

—Felicia Porges.

—Leonard Yates.

—Kendra Fitzpatrick.

—Mary-Alice Dodge.

Todavía aturdida, Alice se levantó y siguió a los demás por un pasillo sin ventanas hasta una habitación donde les entregaron copias de un cuestionario que rellenaron en un cuasisilencio sincopado por chirridos de zapatillas deportivas, resoplidos, carraspeos y toses. Un celador se acariciaba la barbilla mientras revisaba las respuestas de todo el mundo. Luego descartaron a un par de candidatos inapropiados y condujeron a los que quedaban a una sala adyacente para que los interrogase a solas un abogado.

—¿La han denunciado alguna vez?

—No.

—¿Ha denunciado usted a alguien?

—No.

—¿Ha sido alguna vez víctima de un delito?

—Creo que no.

—¿No lo sabe?

—No estoy segura.

—¿Mala praxis?

—No.

—¿Violación?

—No.

—¿Robo?

—Bueno, tal vez, pero nada importante.

—Aquí dice que es usted editora.

—Sí.

—¿Qué clase de editora?

—De narrativa, sobre todo. Pero mi intención es presentar mi dimisión la semana que viene.

El abogado miró su reloj.

—Este es un caso relacionado con drogas. ¿Consume usted drogas?

—No.

—¿Las consume alguien que usted conozca?

—No.

—¿Nadie?

Alice se revolvió en su asiento.

—Cuando era pequeña mi padrastro consumía cocaína.

El abogado alzó la vista.

—¿Ah, sí?

Alice asintió.

—¿En casa?

Ella volvió a asentir.

—¿Alguna vez fue violento con usted?

—No, conmigo no.

—¿Pero sí con otras personas?

Alice se quedó un momento mirando al abogado, parpadeó y luego contestó.

—No es mala persona. Ha tenido una vida dura.

—¿Y qué me dice de su padre?

—¿Qué quiere saber?

—¿Consumía drogas?

—No lo sé. Creo que no. No vivíamos con él —le tembló la voz—, no sabría decirle.

—Lo siento, yo...

—No se preocupe.

—No pretendía...

—No lo ha hecho.

—No estaba...

—Lo sé. No es culpa suya. No es... No es eso. Es solo que... estoy cansada. Y estoy pasando por un momento difícil.

—¿Choo?

—¿Mmm?

—¿Dónde estás?

—En casa.

—¿Qué haces?

—Estaba durmiendo. ¿Estás bien?

—Me duele el pecho.

—Ay, no. ¿Has llamado a Pransky?

—Está en Santa Lucía. Su secretaria me ha dicho que debería ir al Hospital Presbiteriano.

—Tiene razón.

—Querida, no lo dirás en serio.

—¡Pues claro que lo digo en serio!

—¿Quieres que vaya a urgencias a un hospital de Washington Heights a las ocho de la tarde de un sábado?

A través de las ventanillas del taxi, el Upper West Side pasó a ser Harlem y Harlem un barrio cuyo nombre ella no conocía, un desierto de anchas avenidas llenas de charcuterías y salones de belleza, tiendas de todo a un dólar y trenzados africanos, *iglesias** y un cielo casi del Medio Oeste con amplias estrías de color pastel. En la calle 153, el taxista frenó de pronto para evitar una bolsa de plástico que se arremolinaba dando vueltas por la calle entre el cementerio de Trinity y la capilla funeraria Jenkins. Cuando se recuperaron de la sacudida, Ezra se inclinó hacia delante mientras Alice enderezaba el bastón de él.

—¡Disculpe, señor! ¿Le importaría ir un poco más despacio, por favor? Quiero llegar al hospital y morirme *una vez esté allí.*

Esperaron sentados más de una hora en el vestíbulo, mirando a dos niñas que coloreaban mariposas en el suelo mientras una tercera permanecía inmóvil, apoyada en el brazo de una mujer embarazada de varios meses. Luego una joven coreana con zuecos verdes y bata de color burdeos llamó a Ezra para hacerle un electrocardiograma y después lo dejó esperando en una larga sala con muy pocas separaciones para las decenas de hombres y mujeres acostados en camillas o sentados en sillas de ruedas que había allí, la mayoría viejos y negros o viejos e hispanos, todavía con el pijama o la bata o las zapatillas de casa. Algunos estaban dormidos y en aquella posición parecían estar decidiendo si era preferible la muerte a pasar otra hora más en semejante limbo fluorescente y lleno de pitidos. Otros miraban a los jóvenes celadores que iban de un lado a otro con una expresión alucinada o incluso asombrada, que sugería que esa no era la peor noche de sábado

---

* En castellano en el original.

que habían pasado. A pocos metros del lugar donde habían enganchado a Ezra a la aguja de un gotero de glucosa, un hombre maloliente con los pantalones sucios y los ojos inyectados de sangre se paseaba afable de un lado a otro del corredor.

—Siéntate, Clarence —le dijo una enfermera al pasar.

—Sabía que iba a pasar esto —dijo Ezra.

Poco después de las diez, la enfermera volvió para decir que había hablado con el consultorio de Pransky y que en el electro no había ninguna anormalidad, pero que querían que pasara la noche ingresado, para asegurarse. Si antes se había mostrado indiferente, ahora se había vuelto infantil, incluso coqueta. Apretó el portapapeles contra el pecho, puso ojitos y dijo:

—Por cierto, mi madre es admiradora suya. Me mataría si no le dijera que *La broma recurrente* es su libro favorito.

—Estupendo.

—¿Cómo se encuentra ahora? ¿Tiene algún dolor?

—Sí.

—¿El mismo? ¿Peor?

—El mismo.

—¿Qué clase de dolor?

Ezra levantó la mano.

—¿Se está extendiendo? —le preguntó Alice.

—Eso es, se está extendiendo. Hacia el cuello.

La enfermera torció el gesto.

—De acuerdo. Déjeme ver si puedo darle algo para eso. ¿Alguna cosa más?

—¿Podría tener una habitación para mí solo?

—Tendría que pagar.

—Está bien.

En el cubículo que estaba frente al suyo, una mujer sacó un rosario del bolso y empezó a pasar las cuentas, mientras el hombre tendido a su lado se retorcía y gemía. Otra pareja, con sudaderas a juego de los Mets, rezaban juntos, con las manos unidas y pegadas a la frente, con una concentración tan intensa que ni siquiera cuando Clarence tropezó a un centímetro de sus pies se rompió el hechizo.

—¡Jesús! —dijo el hombre, colocando las manos en el abdomen de su pareja—. ¡Haz que este dolor cese y desista!

Ezra los miraba fascinado, con los ojos brillantes, la mandíbula relajada. Nunca se cansaba de la gente, siempre y cuando durmiesen en habitaciones separadas.

—Tienes la boca abierta —le dijo Alice.

Él la cerró y negó con la cabeza.

—Odio eso. Mi hermano empezó a hacerlo un año antes de morir, más o menos. Causa una impresión terrible. Querida, si me ves hacerlo, dime que pare.

—¡No!

—Tampoco es para tanto. Tú solo di «boca».

Alice se levantó y fue a mirar por la abertura de la cortina. Ezra consultó su reloj.

—¿Te he dicho que el apartamento contiguo al mío está en venta? —le preguntó él.

—¿Por cuánto?

—Adivina.

—No lo sé, ¿cuatrocientos mil?

Ezra negó con la cabeza.

—Un millón.

—Estás de broma.

—Ni mucho menos.

—¿Por un estudio?

—Es un apartamento pequeño de dos dormitorios, pero aun así...

Alice asintió y se volvió hacia la cortina. Miró a los dos lados.

—Nunca te había visto con vaqueros.

—¿Ah, no? ¿Y qué te parece?

—Camina un poco.

Ella descorrió la cortina a un lado, fue hasta el carrito de las cuñas y volvió. Clarence salió de su cubículo y aplaudió.

—¿Verdad que está estupenda? —dijo Ezra. Cuando Alice estuvo de nuevo a su lado, la cogió por el brazo—. Bueno, ¿qué debería hacer?

—¿Con qué?

—Con el apartamento.

—¿Qué pasa con el apartamento?

—¿Debería comprarlo?

—¿Por qué?

—Para que no se mude alguien con un bebé. Y podría derribar la pared medianera y convertirlo en una habitación grande, así tendríamos mucho más espacio, querida. Necesitamos más espacio en la ciudad, de verdad.

El hombre con la sudadera de los Mets señaló algo en el *Post*. La mujer que estaba sentada a su lado se rio.

—No hagas eso —le dijo, sujetándose el estómago—. Me duele.

—Boca —dijo Alice.

Ezra la cerró de pronto, como un muñeco de ventrílocuo, y luego le apretó la mano a Alice.

—Cariño, perdona que te pida esto, pero me acabo de acordar de algo. Voy a necesitar mis pastillas.

En la calle 125, dos hombres negros con saxofones se subieron al vagón y se pusieron en el pasillo uno frente al otro. Poco a poco empezó el dúo y los hombres se acercaban y alejaban de puntillas como un solo hombre en un espejo; luego se aceleró la cosa, se volvió más ruidosa y caótica, y los demás pasajeros comenzaron a mover la cabeza y a aplaudir, a chillar y silbar. Un hombre con una rosa sangrante tatuada en el bíceps se puso de pie de un salto y se puso a bailar. Un folleto a los pies de Alice advertía: «Hay hombres que se creen palabras frívolas que les apartan de la palabra de Dios». Por el otro lado: «¿Quién disfruta más llevando al otro por el mal camino?». La noche anterior, en la bañera de Ezra, a Alice se le salió un coágulo de sangre que se extendió como acuarela. Ezra había puesto una partita de Bach, la funda seguía abierta sobre la otomana y le trajo a Alice un Knob Creek. Al ponerse un nuevo parche de fentanilo en la piel justo encima del desfibrilador, tuvo la mano en esa posición el tiempo suficiente como para recitar el juramento de lealtad. Alice lo miró mientras se afeitaba. El oftalmólogo le había recetado unas gotas para controlar la presión intraocular, pero le habían dado alergia y la piel de alrededor de las pestañas se había apergaminado y agrietado. Leyeron en la cama, Ezra a Keats y Alice un artículo del *Times* sobre los atentados de una semana antes. A las once y diez la luz estaba apagada, el ascensor en silencio, el perfil de los rascacielos brillaba amortiguado por un visillo de gasa que Ezra había colgado para mitigar el sol matinal. Para paliar el dolor de espalda, dormía con una almohada de gomaespuma bajo las rodillas. Para aliviar el dolor menstrual, que a las cuatro de la madrugada era tan intenso que le daban náuseas, Alice se levantó y fue al baño a tomarse una de las pastillas de Ezra. El tubo que tenía en la mano decía: UN COMPRIMIDO CADA 4 O 6 HORAS DEPENDIENDO DE LA INTENSIDAD DEL CUADRO. En el comprimido liso y ovalado que se acababa de tragar alguna máquina había grabado WATSON 387. Si existiera una píldora capaz de convertirla en una escritora que viviese en Europa y otra que mantuviera a Ezra con vida y enamorado de ella hasta el día que Alice muriese, ¿cuál elegiría? En una ocasión contó hasta veintisiete envases de pastillas en aquel baño, frascos con nombres de ciencia ficción, como Atropina o Zantac, y un aluvión de órdenes: TOMAR UN COMPRIMIDO AL DÍA O ENTRE SEIS Y OCHO HORAS EN CASO NECESARIO. TOMAR UN COMPRIMIDO ANTES DE ACOSTARSE DURANTE UN MES Y LUEGO AUMENTAR LA DOSIS A UN COMPRIMIDO CADA VEZ HASTA LLEGAR A CUATRO. TOMAR DOS CÁPSULAS Y A CONTINUACIÓN UNA CÁPSULA CADA OCHO HORAS. UN COMPRIMIDO AL DÍA CON UN VASO DE AGUA. TOMAR CON LA COMIDA. EVITAR EL POMELO

Y EL ZUMO DE POMELO MIENTRAS SE TOMA ESTE MEDICA-
MENTO. NO TOMAR ASPIRINA NI PRODUCTOS QUE LA CON-
TENGAN SIN CONSULTAR CON EL MÉDICO. MANTENER EN EL
FRIGORÍFICO Y AGITAR BIEN ANTES DE USAR. SEA PRUDENTE
SI CONDUCE UN VEHÍCULO. EVITAR EL USO DE LÁMPARAS
SOLARES. NO CONGELAR. PROTEGER DE LA LUZ. PROTEGER
DE LA LUZ Y LA HUMEDAD. DISPENSAR EN UN RECIPIENTE
HERMÉTICO Y RESISTENTE A LA LUZ. BEBER MUCHA AGUA.
TRAGAR ENTERO. NO ADMINISTRAR ESTE MEDICAMENTO A
PERSONAS A QUIENES NO SE HAYA RECETADO. NO MASTICAR
NI TRITURAR... y así sucesivamente, *ad nauseam*, sobre todo
si se tiene en cuenta la suma creciente de sustancias quími-
cas inventadas por laboratorios que se mezclan en las tri-
pas: palabras que reducían una parte importante del resto
de la vida a hacer cola en la farmacia, consultar el reloj,
llenar vasos de agua y esperar, contar y tragar pastillas.

Una anciana estaba tumbada y murmurando en es-
panglish en el lugar en el que había dejado a Ezra. Una
recepcionista le indicó a Alice la unidad de hospitalización,
donde se encontró a Ezra recostado, en una habitación
con luz tenue y vistas rutilantes al río, con la ropa doblada
en un montón encima del radiador y con una bata de hospital celeste almidonada anudada con un lazo por detrás
del cuello. Estaba sujetando con las manos el embozo de la
sábana y miraba encantado con las cejas enarcadas a una
mujer con bata blanca y con una cola de caballo de color
platino que le caía por la espalda. El dolor en el pecho seguramente solo eran gases, le decía ella para tranquilizarlo.
Pero tenía la tensión arterial alta, así que se alegraba de
que pasara allí la noche, así lo cuidarían. Ezra sonreía encantado.

—¡Mary-Alice! Dice Genevieve que va a pedir pollo
para mí. ¿Tú quieres comer algo?

Cuando Genevieve se fue, Alice dejó la bolsita con las
pastillas de Ezra sobre la cama y se sentó en una silla al lado
de la ventana, mientras él hacía inventario del contenido.

La luz de un avión entró por la esquina inferior izquierda del marco de la ventana y fue subiendo hasta su ruta con lentitud y constancia, como una montaña rusa. Alice lo observó hasta que salió por la esquina superior derecha de la ventana y, al instante, otra baliza parpadeante apareció abajo a la izquierda e inició un ascenso idéntico por la misma pista invisible.

Ezra se tragó una pastilla.

—Ve, pequeña Uroxatral, hasta el último rincón, a todos los amigos que ama mi corazón...

Cuando apareció el tercer avión, Alice se apartó de la ventana.

—Te sangra el ojo.

—No tiene importancia. El oftalmólogo dijo que esto iba a pasar. No te preocupes, querida. Está mejorando, no empeorando.

Una mujer china menuda con un portapapeles en la mano entró en la habitación.

—Tengo que hacerle unas preguntas.

—Dispare.

—¿Cuándo ha orinado por última vez?

—Hace una media hora.

—¿Última deposición?

Ezra asintió.

—Esta mañana.

—¿Desfibrilador?

—Medtronic.

—¿Alergias?

—Sí.

—¿A qué?

—A la morfina.

—¿Qué le produce?

—Alucinaciones paranoides.

—¿Enfermedades?

—Cardiopatía. Enfermedad degenerativa de disco intervertebral. Glaucoma. Osteoporosis.

—¿Eso es todo?

Ezra sonrió.

—Por ahora.

—Le está sangrando el ojo.

—Lo sé. No se preocupe por eso.

—¿Contacto en caso de emergencia?

—Dick Hillier.

—¿Persona designada para la toma de decisiones médicas?

—También Dick Hillier.

—¿Quién es esta señorita?

—Mary-Alice, mi ahijada.

—¿Se va a quedar con usted esta noche?

—Eso es.

—¿Religión?

—Ninguna.

La enfermera lo miró.

—¿Religión? —repitió.

—No tengo religión —dijo Ezra—. Soy ateo.

La enfermera se quedó mirándolo un momento antes de dirigirse a Alice.

—¿Lo dice en serio?

Ella asintió.

—Creo que sí.

La mujer se volvió hacia Ezra.

—¿Está seguro?

Ezra flexionó los dedos de los pies bajo la sábana.

—Sí.

—Vaaale —dijo la enfermera, ladeando la cabeza y anotando tan terrible equivocación.

Cuando se fue, Alice preguntó:

—¿Por qué te preguntan esas cosas?

—Si dices que eres católico, cuando parece que se acerca el final mandan a un sacerdote. Si eres judío, mandan a un rabino.

—¿Y si eres ateo?

—Te mandan a Christopher Hitchens.

Alice se tapó la cara con las manos.

—La chica blanca con más facilidad...

—¡Ezra!

—¡Qué!

—No puedo...

—¿No puedes qué?

Ella apartó las manos

—¡Esto!

—No te entiendo, querida.

—Es que es... tan... duro.

—¿Y me lo dices ahora?

—¡No! No te haría eso. No te dejaría aquí solo. Te quiero. —Hasta ahí todo era cierto—. Me has enseñado tantas cosas y eres el mejor amigo que tengo. Es solo que no puedo... Es tan poco... normal.

—¿Quién quiere ser normal? Tú no.

—No, no quiero decir normal, sino... bueno para mí. En este momento. —Respiró hondo—. Si estoy contigo...

Ezra negó con la cabeza de manera evidente, como si a Alice la hubiesen informado mal sobre quién era él.

—Estás cansada, cariño.

Alice asintió.

—Lo sé.

—Y creo que alterada. Pero todo se va a arreglar.

Ella se sorbió la nariz y asintió de nuevo.

—Lo sé, lo sé.

Él la miró pensativo durante un momento, la mancha de sangre que tenía debajo del ojo parecía una lágrima detenida. Luego hizo una mueca de bondad y se inclinó un poco hacia delante para recolocar las almohadas. Alice se enjugó las lágrimas y se apresuró a ayudarle. De paso, sacó un mando a distancia del lugar por donde se había colado, detrás del hombro de Ezra.

—¡Ah! —dijo él alegremente mientras cogía el mando—. Tenemos televisión.

Apuntó a la pantalla con el mando, pulsó el botón de encendido y fue cambiando de canal hasta encontrar un resumen del partido. Nueva York ganaba por tres en el final de la novena entrada.

Vieron cómo eliminaban a Rentería.

—Boca.

Cuando Ortiz le lanzó una bola alta a Jeter, Ezra puso la palma de la mano boca arriba sobre la cama, invitando a Alice a que pusiera encima la suya. Él seguía mirando la pantalla.

—Alice —le dijo en un tono prudente—. No me abandones. No te vayas. Quiero tener una compañera en mi vida. ¿Sabes?, solo estamos empezando. Nadie puede quererte tanto como yo. Elige *esto*. Elige la aventura, Alice. Esto es la aventura. Esto es la desventura. Esto es vivir.

Un soniquete en la puerta.

Entró la enfermera con el pollo del hospital.

II

Locura

> *Nuestras ideas sobre la guerra* eran *la guerra.*
>
> WILL MACKIN, *Kattekoppen*

¿De dónde viene?
De Los Ángeles.
¿Viaja solo?
Sí.
¿Cuál es el propósito de su viaje?
Visitar a mi hermano.
¿Su hermano es británico?
No.
¿Entonces de quién es esta dirección?
De Alastair Blunt.
¿Alastair Blunt es británico?
Sí.
¿Y cuánto tiempo piensa quedarse en Reino Unido?
Hasta el domingo por la mañana.
¿Qué va a hacer durante su estancia?
Ver a mis amigos.
¿Solo durante dos noches?
Sí.
¿Y luego?
Vuelo a Estambul.
¿Su hermano vive en Estambul?
No.
¿Dónde vive?
En Iraq.

¿Y va a ir a Iraq a visitarlo?
Sí.
¿Cuándo?
El lunes.
¿Cómo?
En coche desde Diyarbakır.
¿Y cuánto tiempo va a estar usted allí?
¿En Diyarbakır?
No, en Iraq.
Hasta el día quince.
¿Y luego?
Volveré a Estados Unidos.
¿Qué hace allí?
¿En Estados Unidos?
Sí.
Acabo de terminar mi tesis.
¿Sobre?
Economía.
¿Y ahora está buscando trabajo?
Sí.
¿A qué se dedica el señor Blunt?
Es periodista.
¿Qué tipo de periodista?
Corresponsal extranjero.
¿Y se queda en su casa?
Sí.
¿En esta dirección?
Sí.
¿Solo durante dos noches?
Sí.
¿Ha estado antes en Reino Unido?
Sí.
Su pasaporte no tiene ningún sello.
Es nuevo.
¿Qué le pasó al anterior?
La lámina se despegó.

¿Cómo dice?

Esta parte se levantó.

¿Cuándo fue la última vez que estuvo aquí?

Hace diez años.

¿Con qué motivo?

Vine como becario de un consejo de bioética.

¿Tiene visado?

Sí.

¿De trabajo?

Sí.

¿Lo lleva encima?

No.

¿Lleva encima su billete a Estambul?

No.

¿Por qué no?

Es electrónico.

¿Itinerario?

No lo he impreso.

Muy bien, señor Yaafari. ¿Quiere hacer el favor de sentarse?

Fui concebido en Karrada, pero nací en las alturas, por encima del codo del cabo Cod. El único médico a bordo era mi padre, hematólogo y oncólogo, que la última vez que había asistido a un parto fue en la Facultad de Medicina de Bagdad, en 1959. Para esterilizar las tijeras con las que cortó el cordón umbilical, utilizó un trago de whisky de una petaca. Para hacerme respirar, me golpeó las plantas de los pies. Alhamdulillah!, exclamó una de las azafatas, al ver que era varón. ¡Ojalá lleguen a ser siete!

Al llegar a este punto del relato, mi madre solía poner los ojos en blanco. Durante muchos años, esto me lo tomé como desdén por el favoritismo hacia el género masculino que había en su país, si no como puro alivio por haberse librado de tener otros cinco hijos, del sexo que fuesen. Luego mi hermano, que cuando yo nací tenía nueve años, propuso una teoría diferente: ponía los ojos en blanco porque las azafatas se pasaron todo el vuelo inclinándose por encima de ella para encenderle los cigarrillos a Baba. Según la versión de Sami, también el whisky pertenecía a nuestro padre.

Respecto a la cuestión de mi nacionalidad, los funcionarios de inmigración le estuvieron dando vueltas durante tres semanas. Mis padres habían nacido en Bagdad (lo mismo que Sami, nacido el mismo día que Kusay Husein). El avión en cuestión pertenecía a las líneas aéreas iraquíes y, en opinión de Naciones Unidas, los nacidos durante un vuelo se consideran nacidos en el país en el que esté registrado el aparato. Por otro lado, nos estábamos mudando a Estados Unidos en una época de relativa cordialidad e incluso hoy un bebé que nace en espacio aéreo estadounidense tiene derecho a la ciudadanía, sea quien sea el propietario del aparato. Al final, me concedieron las dos: dos pasaportes con dos colores y tres lenguas, aunque mi árabe está muy oxidado y no aprendí ni una palabra de kurdo casi hasta los veintinueve.

Así que dos pasaportes, dos nacionalidades, ningún suelo natal. Una vez oí decir que, tal vez para compensar la falta de raíces, los bebés que nacen en aviones vuelan gratis en la línea aérea que los alumbró toda su vida. Y es una idea atractiva: la cigüeña que te trae al mundo sigue a tu disposición para que vayas donde quieras, hasta que te llega la hora de volver a la gran marisma celeste. Pero, que yo sepa, a mí nunca me ofrecieron dichas ventajas. Tampoco es que me hubieran servido de mucho. Al principio desarrollamos todas nuestras actividades clandestinas sobre tierra, por Amán. Luego Iraq invadió Kuwait y a todo el que tenía pasaporte norteamericano se le prohibió montar en cigüeñas iraquíes durante un periodo que terminó siendo de trece años.

¿Señor Yaafari?

Fui hacia ella.

Me gustaría volver a repasar con usted su itinerario. Viene de Los Ángeles, ¿verdad?

Sí.

Y ha reservado un vuelo a Estambul el domingo. ¿Correcto?

Sí.

¿Y sabe cuál es la compañía con la que vuela?

Turkish Airlines.

¿Y sabe a qué hora sale su vuelo?

A las siete cincuenta y cinco de la mañana.

¿Y qué pasa cuando llega a Estambul?

Hago una escala de unas cinco horas.

¿Y luego?

Vuelo a Diyarbakır.

¿Con qué compañía?

Con Turkish Airlines otra vez.

¿A qué hora?

No lo sé exactamente. Creo que sobre las seis.

¿Y luego?

Llego a Diyarbakır y me recoge un chófer.

¿Quién es ese chófer?

Un conocido de mi hermano.

¿De Iraq?

De Kurdistán, sí.

¿Y adónde le va a llevar el chófer?

A Solimania.

Donde vive su hermano.

Exacto.

¿Cuánto tiempo dura el viaje?

Unas trece horas.

¿Pero usted no ha visto a este hombre antes?

¿Al chófer? No.

¿No es peligroso?

Potencialmente.

Debe de tener usted muchas ganas de ver a su hermano.

Me reí.

¿Qué tiene tanta gracia?, preguntó la funcionaria.

Nada, dije. Sí, tengo muchas ganas.

Nuestra primera casa en Estados Unidos estaba en el Upper East Side. Era un apartamento de alquiler de un dormitorio en un quinto piso sin ascensor de un viejo edificio propiedad de la Facultad de Medicina de Cornell, para la que mi padre había empezado a trabajar. Sami dormía en el sofá. Yo dormía en una incubadora de un hospital neoyorquino. Cuando alcancé los dos kilos doscientos y mi madre se puso intratable con que la verticalidad proliferante de Manhattan no era lugar para criar niños, nos mudamos a Bay Ridge, donde el estipendio para vivienda que recibía mi padre daba para pagar la segunda planta entera de una casa de dos plantas, con gardenias en las jardineras y una terraza larga y soleada que acababan de cubrir con césped artificial. Mi primer recuerdo tiene lugar en esa terraza; me acababa de despertar de la siesta, alargué la mano para tocar a un gato que exhibía sus habilidades de funambulista en la barandilla de hierro y fui recompensado con un zarpazo sibilante en la cara. No menos de siete polaroids de mi mejilla rasgada atestiguan esa parte del recuerdo, aunque a veces me pregunto si he confundido despertarme de la siesta con el mero emerger de cuatro años de amnesia infantil. Mi madre dice que fue el mismo día en que Sami y ella me llevaron a la ciudad a ver *Peter Pan*. Lo único que recuerdo de aquello es a Sandy Duncan, que parecía estar crucificada a los cables que la sujetaban, lanzándose hacia nosotros, pero eso es todo, una sola diapositiva mental que desde luego no habría vinculado a la cicatriz de mi mejilla sin que me lo hubieran señalado.

Todo esto plantea una pregunta: ¿por qué mi madre me llevó a ver un espectáculo de Broadway si yo era demasiado pequeño para recordarlo luego?

La última vez que vi a mi hermano, a principios de 2005, me dijo que los padres no tienen modo de saber cuándo se despiertan los recuerdos de sus hijos. También me dijo que el olvido de nuestros primeros años nunca se cura del todo. Lo que recordamos de la vida son, si acaso, instantes.

¿Qué es lo que no recuerdas?, pregunté.

Más bien qué es lo que *sí* recuerdo. ¿Qué recuerdas tú del año pasado? ¿De 2002? ¿De 1994? No me refiero a los titulares. Todos recordamos hitos, trabajos. El nombre del profesor de Lengua de primero. Tu primer beso. ¿Pero qué es lo que pensabas, día tras día? ¿Qué decías? ¿Con quién te encontrabas en la calle o en el gimnasio y de qué manera reafirmaban o afectaban esos encuentros la idea que tienes de ti mismo? En 1994, cuando seguía en Hay al-Yihad, yo me sentía solo, pero no estoy seguro de que entonces me diera cuenta. Me compré un cuaderno y empecé un diario; una entrada normal diría algo así: 'Escuela. Kebabs con Nawfals. Bingo en el Club de Caza. Cama'. Ninguna sensación. Ninguna emoción. Ninguna idea. Todos los días terminaba con 'cama', como si pudiera haber aspirado a otra forma de concluir el ciclo. Es probable que entonces me dijese: Mira, si vas a dedicarle tiempo a esto, hazlo bien. Escribe lo que sientes, lo que piensas, lo que de verdad distinga cada día, si no, ¿qué sentido tiene? Debí de decirme eso porque, al cabo de un tiempo, las entradas del diario se fueron alargando, se volvieron más detalladas y analíticas. La más larga contaba una discusión que al parecer tuve con Zaid acerca de Claudia Schiffer. Y por lo menos una vez escribí unas líneas insufribles sobre cómo habría sido mi vida si no hubiese vuelto a Iraq. Pero hasta esos pasajes posteriores están acartonados, como si me preocupase por lo que le podrían parecer a otra persona.

Y después de seis semanas más o menos lo dejé, metí el cuaderno en una caja y no volví a abrirlo en veinte años. Cuando lo hice, me tuve que obligar a leerlo. Mi caligrafía parecía tan infantil, tan estúpida. Mis 'ideas' daban vergüenza. Lo más desconcertante era cuánto de lo que había escrito me resultaba irreconocible. No recuerdo discutir con Zaid. No recuerdo pasar tantos viernes por la tarde en el Club de Caza. No recuerdo haber deseado nunca, y no digamos haberme planteado, una vida distinta en Estados Unidos. ¿Y quién es esa Leila que tomó té conmigo un martes 'fresquito' de abril? Es como si hubiera estado inconsciente durante semanas enteras.

Le pregunté por qué había empezado a escribir un diario.

Tal vez, dijo, mi sentimiento de soledad era demasiado profundo. Tal vez pensé que, si dejaba algo por escrito, un registro en tinta de mi existencia, contrarrestaría mi..., mi desaparición. Mi supresión. Ya sabes lo que dicen: deja tu huella en el mundo. Pero en serio te lo digo, hermanito, ese cuaderno es una huella muy penosa.

En todo caso, desde entonces has dejado otras huellas.

Sami asintió.

Sí, huellas pequeñas.

Y ahora tienes a Zahra.

Esto fue hace cuatro años en el patio trasero de mi hermano en Solimania, donde, aunque estábamos a principios de enero, hacía casi 16 grados centígrados. Comíamos dátiles de un cuenco que nos íbamos pasando y tirábamos los huesos a los parterres de azafrán, que estaba empezando a brotar. Dos semanas después, Sami y Zahra se casaron. Ahora tienen una hija pequeña, Yasmine, que según Zahra tiene la misma boca que Sami, pero los mismos ojos que yo. Estoy de acuerdo en lo de la boca. Es una boca ancha que se alza un poco en las comisuras, incluso cuando no sonríe. Sin embargo, mis ojos tienen poco en común con los suyos más allá de un caprichoso tono verde.

Los míos suelen tener una expresión escéptica, con el ceño fruncido, mientras que los de Yasmine parecen estar constantemente inmersos en una melancolía prodigiosa. Entre la boca respingona y el arco quejumbroso de los ojos, es como si llevara puestas al mismo tiempo las dos máscaras del teatro. Hace poco puse una foto de ella de salvapantallas en el portátil y, todas las mañanas, cuando me siento y lo abro, creo detectar que de la noche a la mañana se ha producido en el rostro de mi sobrina un ligero ajuste de la proporción entre la comedia y la tragedia. Parece poder expresar un espectro de emociones amplísimo, unas emociones que parecerían imposibles si no fuese tras muchos años de observación y experiencia... y, sin embargo, solo tiene tres años, lo que hace que me pregunte si, de vez en cuando, no hay alguien que nace con la memoria ya encendida y nunca olvida nada.

¿Qué es lo que yo no recuerdo? Un montón. Contemplar en su conjunto las lagunas que tengo me corta la respiración. Aunque, según mi experiencia, tampoco funciona escribir las cosas, excepto quizá desde el punto de vista de que cuanto más tiempo pasas escribiendo, menos tiempo dedicas a hacer aquello de lo que no te quieres olvidar.

Se podría pensar que no hay nadie más difícil de borrar que mi hermano. Un hombre alto y fornido, de aspecto todavía más alto y robusto cuando lleva la bata blanca, que habla con una voz sonora, da voz a opiniones rotundas y necesita unas cuatro comidas completas al día. Cuando me habló de lo de impedir su desaparición, me reí. Le dije que me recordaba a *El increíble hombre menguante,* cuando Grant Williams sale por uno de los agujeros del bastidor metálico de la ventana y le suelta su monólogo final a una imagen fija de la Vía Láctea que poco a poco va invadiendo la pantalla: *Tan cerca, lo infinitesimal y lo finito... El más pequeño entre los pequeños. ¡Para Dios el cero no existe! ¡Yo sigo existiendo!* Pero ¿quién desaparece? No un hombre que se ríe a carcajadas. No un hombre cuyas manos, cuando toca el piano, hacen que una octava parezca un centímetro. La última vez que vi a mi hermano, recostado como un gigante en una silla de plástico de jardín, sonrió y se sacudió de los bíceps unas partículas invisibles, luego alzó la vista y oteó las nubes, que se dirigían fugazmente hacia el oeste como un éxodo a través del cielo kurdo. En aquel momento se parecía tanto a una criatura que ejercía su propio poder sobre el mundo, y no al revés, que me pareció ridícula la idea de que si no conseguía apuntar la hora a la que se acostaba ni lo que ganaba en el bingo pudiera desaparecer. Pero entonces desapareció.

Cuando llevaba sentado otros veinticinco minutos, me levanté y le pregunté a una de las funcionarias si podía ir al lavabo. Era una mujer joven con un hiyab lavanda y máscara de pestañas negra y espesa que les daba a los ojos, por lo demás agradables, aspecto de arañas. Con escepticismo, trajo a un colega varón para que me acompañara. El hombre era bastante más bajo que yo y, por alguna razón, me siguió como a un metro de distancia, así que tuve la sensación de estar llevando a un niño pequeño al lavabo, en lugar de ser yo el escoltado.

Mi acompañante apretó el paso cuando pasamos por un control que estaba desprotegido. La verdad, habría que estar realmente desesperado para intentar saltarse un control de pasaportes sin pasaporte. Y aunque uno se colase sin que lo detuviesen, ¿qué haría entonces, atrapado en Inglaterra sin pasaporte? ¿Pasar contrabando o estar tirando pintas de cerveza en algún lugar de provincias hasta que muriese? Me habían quitado el mío y a cambio me habían dado media hoja de papel que confirmaba mi condición de retenido. Ahora iba al lavabo con aquella hoja entre las manos, como si contuviera las instrucciones que necesitaba para orinar y tirar de la cadena. En lugar de esperar fuera, mi escolta me siguió y, tras ofrecerse a sujetarme el papel, permaneció al lado de los lavabos, haciendo tintinear las monedas que llevaba en el bolsillo mientras yo vaciaba la vejiga y luego me tomaba mi tiempo para enjabonarme, aclararme y secarme las manos. Era un entretenimiento. Mirar los mensajes del móvil habría sido también un entretenimiento, pero no tenía señal. Cuando volvimos a mi asiento, mi escolta asintió sin decir palabra y volvió a su puesto junto a la cola de ciudadanos de la Unión Europea. Delante de mí, no dejaban de presentar, desplegar, examinar, sellar y devolver pasaportes, después de verificar su autenticidad, y los propietarios ya iban pensando en la logística de la recogida de equipajes y en la continuación de su viaje. Entretanto, a la mujer que me había quitado el pasaporte no se la veía por ninguna parte.

Para acceder a la terraza de césped artificial, había que apretarse y pasar por el estrecho espacio que había en una habitación que contenía una sola cama individual y un piano vertical. La cama era de Sami. El piano estaba allí cuando nos mudamos. El hueco que había entre los dos era tan estrecho que mi hermano podía tocar la octava más alta del teclado solo con alargar el brazo mientras estaba acostado.

El piano tenía una forma sencilla de caja y estaba hecho de una madera oscura llena de muescas que el sol de media mañana había vuelto rojiza. Era un Weser Bros. antiguo, rehabilitado en la Segunda Guerra Mundial, cuando no bastaban para satisfacer la demanda los pianos nuevos que se construían y los fabricantes tuvieron la idea de restaurar modelos usados con brazos, patas, placas de teclas y rodillos nuevos; también ocultaron las clavijas de afinación en la parte superior con una larga tapa espejada para que el instrumento pareciese más pequeño. El espejo del nuestro tenía una raja en diagonal en una de las esquinas y gran parte de la superficie se había ido moteando con el tiempo. Creo que fue Saul Bellow quien dijo que la muerte es el reverso oscuro que un espejo necesita para que podamos vernos en él; ¿qué se hace entonces con toda la oscuridad que ya va trasluciendo?

Digo que era el piano de Sami, pero, en sentido estricto, era de nuestros caseros, Marty Fish y Max Fischer, que vivían abajo.

Fischer era el primer violín de la Filarmónica de Nueva York. Fish tocaba el piano en un bar musical del West

Village frecuentado por gente que disfrutaba escuchando temas populares destrozados por borrachos que los coreaban. Los Yaafari nos referíamos a los dos hombres como los Peces* y a Marty solo como Barbo, porque a mi hermano su extraordinaria forma ovoide le recordaba a las carpas que los pescadores de Bagdad abrían por la mitad y asaban en el Tigris. Maxwell Fischer, por su parte, era, de forma incontestable, demasiado distinguido como para tener mote. Era bávaro y titulado por el Conservatorio de París, se acicalaba con devoción y daba sus paseos matutinos con unas corbatas con estampado de cachemira que en las calles de Bay Ridge resultaban tan exóticas como liarse al cuello una cobra india. Tenía la voz aguda y suave y un acento alemán marcado que le daba a todas sus conversaciones un aura filosófica. Siempre sabíamos cuándo estaba en casa porque, en lugar de los sonidos apagados de Stephen Sondheim o Marvin Hamlisch, que indicaban que Barbo estaba luchando contra un bajón anímico, llegaban flotando los compases virtuosos de Elgar o de Janáček, cuyo sonido venía o bien de un par de altavoces de alta fidelidad que apreciaba mucho o bien del Stradivarius de Fischer en manos del propio Fischer, un violín del que alardeaba y que pulía como si fuera un instrumento quirúrgico. Barría el vestíbulo del edificio una vez al día y los sábados dedicaba tanto tiempo a pasar el aspirador que media hora después el silencio seguía resonando en los oídos. Me acabó resultando natural quitarme los zapatos cada vez que entraba en el piso de los Peces, mucho antes de que, cada vez que entraba en una mezquita, ya no tuvieran que decirme que me los quitara. Pero toda aquella pulcritud doméstica era cosa de Fischer. De haber vivido solo, Barbo habría dejado que el polvo se amontonase y que la ropa que había que planchar formara un montículo de colores pastel sobre el

---

* *Fish* en inglés significa 'pez'.

suelo del dormitorio. Lo único que Barbo limpiaba de manera voluntaria era su réplica al violín de Fischer: un Steinway de ébano de Makassar que con sus dos metros de longitud hacía que el salón pareciera más pequeño y que fue el motivo por el que relegaron el viejo Weser Bros. al piso de arriba.

La tendencia de nuestra madre a mitificar nuestra infancia podría hacer creer que Sami, que nunca había tocado un instrumento musical hasta entonces, se había sentado delante de aquel piano por primera vez en su vida y al atardecer ya sabía tocar alguna bagatela. Yo no creo que fuera exactamente así. Es probable que una versión más exacta tuviese que empezar con un hecho que ha desconcertado mucho a mis padres, y hasta cierto punto a mí también, y es que a mi hermano no le gustaba vivir en Estados Unidos. Casi desde el principio se quejaba de que echaba de menos a sus amigos de Bagdad y con toda intención se quedaba atrasado en los estudios, aunque no fuera menos inteligente que sus compañeros y desde que tenía tres años hablase inglés tan bien como hablaba árabe. En casa se mostraba taciturno y perezoso, se levantaba del sofá solo para comer o fumar marihuana en las pistas de baloncesto del parque con una chica de Trinidad que vivía detrás de la sinagoga de la calle contigua. Entonces, una tarde que Barbo había subido a arreglar una cañería, se entretuvo con el Weser Bros. el tiempo suficiente para sacar los primeros compases de Bohemian Rhapsody y Sami se levantó del sofá y le pidió que lo hiciera otra vez. Media hora después, el desagüe de la cocina seguía goteando mientras Sami y Barbo estaban sentados al piano, cadera con cadera. Sami se mordía el labio y Barbo tarareaba sus correcciones, le colocaba bien los dedos a Sami y golpeaba con indignación la pegajosa tecla blanca del re central. Así nos los encontraríamos casi todos los miércoles por la tarde a partir de entonces, en verano sus siluetas contra la terraza, en invierno con sendas tazas de té que empañaban

169

el espejo picado. En teoría no se podía ensayar pasadas las diez y media de la noche, pero Sami solía esperar a que el otro extremo del piso quedase del todo a oscuras y entonces volvía a tocar con un pie en el pedal de sordina y la cabeza agachada muy cerca del teclado, como si pudiera aspirar el sonido con la oreja. Naturalmente, tocar el piano sin hacer demasiado ruido solo es posible hasta cierto punto. Lo mismo sucede al intentar susurrar una canción. Pero nadie se atrevía a desanimar a mi hermano; él no era feliz y mis padres se sentían culpables. Por lo menos al tocar el piano no era un perezoso.

Él tampoco era ambicioso en el sentido más convencional. No daba recitales. No actuaba. Para Sami, el objetivo de tocar era sencillamente tocar, reunir los dedos con las teclas, uno tras otro o arracimados como cerezas, y disfrutar del resultado como quien disfruta escuchando un cuento. En su minúsculo dormitorio, que más que un lugar al que llegar era un lugar de paso, mi hermano se encorvaba sobre el piano con algo que se parecía a la necesidad sofocante que atrapa a los fumadores empedernidos, a los glotones o a las personas que mueven nerviosas las rodillas. Quizá le absorbiera alguna energía nerviosa. Quizá amortiguase algún dolor. No lo sé. La forma en que recorría las partituras podía parecer incluso un despilfarro, casi nunca tocaba una melodía más de dos veces y prefería seguir adelante: otra sonata, otro concierto, otra mazurca, nocturno o vals. Como si las notas formaran parte de una corriente infinita y Sami fuera el alambre de cobre por el que estas deseasen fluir. Por supuesto, de vez en cuando tropezaba con un pasaje difícil y lo tocaba de nuevo, pero esto sucedía menos de lo que cabría esperar. Y nunca, ni una sola vez (no puedo ni llegar a imaginármelo), gritó o le dio puñetazos a las teclas por haber perdido la paciencia. Siempre le he envidiado a mi hermano su relación con aquel piano. Es fácil reconocer a alguien que ha sido depurado por el tiempo.

Cuando llevaba sentado cuarenta minutos con el impreso en la mano, me levanté y le pregunté a la mujer del hiyab lavanda si se me permitía hacer una llamada.

¿Quién se encarga de usted?

No me he quedado con el nombre. Es rubia, con el pelo por aquí...

Denise. Déjeme ver si la encuentro.

Mi asiento seguía caliente.

Llevaba conmigo algo de material de lectura extracurricular sobre la teoría poskeynesiana de los precios, pero en lugar de abrirlo observaba a otros pasajeros llegar al final del laberinto metálico. Al final del recorrido, un hombre con turbante y una insignia colgada por una cinta al cuello dirigía hacia un mostrador a cada grupo nuevo o a cada viajero solitario. La gente avanzaba arrastrando los pies, con trajes y saris, tacones de aguja y pantalones de chándal, empujando cochecitos de bebé o cargando con almohadillas para el cuello, maletines, ositos de peluche y bolsas de compras festoneadas con acebo y lazos navideños en dos dimensiones. A veces solo sellaban un pasaporte, otras veces se oía una rápida sucesión en la que se sellaban dos o tres o cuatro pasaportes; como en las bibliotecas, hace ya mucho. El ritmo general de la gente que avanzaba y de los sellos que se estampaban tenía una especie de cadencia prolongada, como una improvisación de jazz que, pese a sus desviaciones, nunca perdiese el compás.

Entonces una mujer menuda que iba sola no pudo seguir avanzando. El cabello negro le llegaba por los hombros. Se quedó de pie delante del mostrador al que la habían mandado, con timidez, como si intentara volverse invisible. Asentía a todo lo que decía el funcionario de extranjería. Asentía incluso cuando, a juzgar por la cara del funcionario, no había entendido la pregunta. No llevaba equipaje, solo un pequeño bolso de satén bordado que sujetaba con las dos manos delante de sus caderas como si fuese una hoja de parra. El funcionario la miraba con amabilidad, aunque también con intensidad, como si intentase sostenerla con los ojos.

Cuando el funcionario le dio a la chica media hoja de papel como la mía, ella se dio la vuelta para sentarse y vi que era china.

No habían pasado ni cinco minutos cuando su funcionario volvió. Me sentó mal que aquello sucediese tan rápido, mientras que mi funcionaria se estaba tomando su tiempo.

El primer funcionario le dijo a una segunda:

Dile que estás aquí para traducir.

La intérprete se tiró de los pantalones y se agachó para hablar con la chica con unos sonidos breves y nasales que a mí me habrían sonado igual si hubiesen sido ese mismo idioma pero reproducido al revés. La chica asentía.

Dile que no se ha metido en ningún problemas, que solo nos preocupa su bienestar y que tenemos que hacerle unas preguntas antes de dejarla pasar.

La segunda funcionaria volvió a hablar y la chica asintió.

¿Cómo se llama su escuela aquí en Reino Unido?

La joven sacó un papel del bolso.

El funcionario señaló y dijo: ¿De quién es este número?

De su profesor.

¿Quién es su profesor?

'El profesor Ken.'

¿El profesor Ken la ha ayudado a conseguir el visado?

Sí.

¿No sabe el nombre de la escuela del profesor Ken?

'La escuela Ken.'

¿Cuánto tiempo piensa quedarse?

Seis meses.

¿Tiene vuelo de vuelta?

No, pero comprará un billete.

¿Dónde va a vivir?

El profesor Ken tiene una casa.

¿Dónde?

No lo sabe.

¿Cuánto dinero tiene?

El profesor Ken le ha dado una beca.

¿Saben sus padres que está aquí?

La chica asintió.

¿Tienen número de teléfono? ¿Un número al que podamos llamar?

La chica sacó un Nokia rosa y se lo mostró a la intérprete, que anotó algo.

Dile que no se ha metido en ningún problema. Que lo único que nos preocupa es que parece haber venido sin tener dónde quedarse y sin apenas hablar inglés.

Después de que la intérprete se lo tradujera, la chica habló de corrido por primera vez, en un tono agudo y apresurado, como para evitar el pánico. Luego se calló de repente y los dos funcionarios parecían no saber si había terminado.

Dice que ha venido a estudiar inglés, dijo la intérprete. Su familia sabe que está aquí. Tiene una beca del profesor Ken, que le ha tramitado el visado, y cuando haya recogido el equipaje se supone que tiene que llamar a este número y el profesor Ken vendrá a recogerla.

El primer funcionario frunció el ceño. Dile que va a tener que esperar un poco. Dile que no se preocupe por nada, que no se ha metido en ningún problema, que solo nos preocupa su seguridad y que tenemos que hacer unas comprobaciones generales. Queremos asegurarnos de que está en buenas manos.

Cuando la intérprete terminó de hablar, la chica gimoteó.

Dile que no se ha metido en ningún problema, repitió el funcionario, con más amabilidad que antes, pero esta vez la chica, que seguía gimoteando, no pareció haberle oído.

Según Calvin Coolidge, la economía es el único método mediante el cual nos preparamos hoy para conseguir las mejoras de mañana. Se piense lo que piense de Coolidge, esa afirmación parece más o menos acertada. Cuando me topé con ella por primera vez, poco después de empezar el curso de posgrado, pensé: Por fin voy a dedicarme a una profesión que encaja con mi neurosis.

Esto es porque siempre le estoy dando vueltas a la cuestión de cómo me voy a sentir más adelante en función de lo que esté haciendo ahora. Más adelante hoy. Más adelante esta semana. Más adelante en esta vida que se empieza a parecer a una serie de actividades diseñadas para hacerme sentir bien más adelante, no ahora. Saber que me voy a sentir bien más adelante hace que me sienta bastante bien ahora. Calvin Coolidge me daría su aprobación, pero, según mi madre, existe otro término para una manera de vivir tan superregulada, cuya traducción aproximada sería no saber vivir como un perro.

Serías más feliz, ha dicho alguna vez, si te parecieras más a tu hermano. Sami vive en el presente, como un perro.

A propósito, el nombre de mi hermano significa *alto, noble* o *elevado,* rasgos que uno difícilmente asociaría a un animal que va oliendo culos y que caga a la vista de todo el mundo. Pero supongo que mis padres, cuando le pusieron el nombre, no podrían haber predicho su espontaneidad canina, ni podrían haber sabido que al que nombraron *formar un hogar* cuando se hiciera mayor no tendría en su frigorífico más que siete sobres de salsa de soja y un cartón de huevos caducados.

En diciembre de 1988, en un vuelo de Bagdad a Amán, hubo dos temas que nuestros padres nos prohibieron sacar con los interlocutores iraquíes: Sadam Husein y el piano de Sami, por no hablar de los diez años de clases de música que le había dado el casero homosexual que vivía debajo. El tema del que mis tías y tíos preferían tratar en la mesa de la cocina de casa de mi abuela era, con diferencia, la exótica vastedad de mi condición de estadounidense: mi acento de Brooklyn, mi camiseta de Don Mattingly, mi inmaculado pasaporte azul marino y mi partida de nacimiento en relieve expedida por la ciudad de Nueva York. Esta última implicaba, por supuesto, que tenía derecho a presentarme algún día a la presidencia de Estados Unidos. Mientras Sami y yo practicábamos malabares con naranjas en el jardín con nuestros primos, nuestros mayores hablaban de esa posibilidad con la sobriedad y la trascendencia de una reunión del G7. Presidente Yaafari. Presidente Amar Alá Yaafari. Presidente Barack Hussein Obama. Supongo que no hay uno que suene mucho más improbable que el otro. Y, sin embargo, a los doce años yo sabía de sobra que la verdadera esperanza de mis padres era que hiciera lo que hicieron ellos y lo que se esperaba que casi seguro fuera a hacer mi hermano, es decir, ser médico. A un médico se le respeta. Un médico nunca se queda sin trabajo. Ser médico te abre puertas. A mis padres la economía también les parece respetable, pero ¿digna de confianza? No. Incomprensible, según mi padre. Y aunque es más probable alcanzar el despacho presidencial con un doctorado en Económicas que con una licenciatura en Medicina, mi madre ya no menciona mi elegibilidad, tal vez porque cree que ese cargo no le conviene a un hombre que es en gran medida incapaz, excepto de manera ocasional y por casualidad, de evadirse de una conciencia entrenada para saber cómo le va a hacer sentir más adelante cada acción que emprenda.

Tío Zaid y tía Alia vinieron por Navidad con sus cuatro hijas, las cuales, en fila y con los hiyabs rojos conjuntados, parecían un juego de muñecas rusas. Diez años antes me había sentado en el regazo de la mayor, Rania, con un pañal puesto, y ella me había dado de comer uno a uno los granos de color rubí de una granada. Ahora era mayor, demasiado bonita para mirarla directamente, igual que uno evita mirar al sol. Cuando entró en la cocina, se fue directa a mi hermano y le dijo: BeAmrika el dunya maqluba! Amrika es América. Maqluba significa 'al revés', y por eso también es el nombre de un plato de carne y arroz que se hornea en una fuente y al que se le da la vuelta antes de servirlo. El dunya maqluba significa 'el mundo está del revés', expresión que suele usarse para describir a personas o lugares en un estado de gran excitación, rayano en el caos. Mi hermano se echó a reír. Así es América en Navidad. ¡Hoy en día en América el mundo está del revés! Lo que esto traía a la memoria era una de aquellas ilustraciones sobre la paz mundial o sobre la armonía a pesar de la diversidad: gente de distinto color dándose la mano como una cadena de muñecos de papel y dando la vuelta al mundo. Solo en este caso, por una vez, era a los que estaban en América a quienes se les subía la sangre a la cabeza.

Según la cartografía moderna, las antípodas de mi dormitorio de Bay Ridge están en una ola del océano Índico a varios kilómetros al sudoeste de Perth, pero para un niño de doce años que viaja al extranjero por primera vez desde que era un bebé, bien podrían haber estado en el cuarto que tenía en casa de mis abuelos en Hai al-Yiha y que compartía con tres primos cuyos padres habían emigrado poco después de que nacieran sus hijos. (Mi padre y Zaid eran los mayores de doce hermanos: cinco se han ido de Iraq, cuatro se han quedado y tres han muerto.) Si alguien nos hubiera escuchado mientras estábamos acostados en las literas y nos quejábamos de lo que echábamos de menos de casa, se habría creído que éramos unos casanovas de altos vuelos cumpliendo diez años de cárcel. Sabah y Ali, que vivían en Londres, estaban preocupados por si algún hombre con la edad legal para conducir les usurpaba a la novia. Husein, que vivía en Columbus, estaba atormentado porque no podía ver a los Bengals jugar contra los 49ers en la Super Bowl y porque íbamos a tardar diez días en enterarnos del resultado. (Perdieron los Bengals.) Hoy ya puedes estar en la plaza Firdos de Bagdad y buscar en Google cómo van *en ese preciso momento* los Red Sox o los Yankees o el Manchester United o los Mongolia Blue Wolves; puedes mirar la temperatura que hace en Bay Ridge o en Helsinki, saber a qué hora es la pleamar en Santa Mónica o en Suazilandia o cuándo se va a poner el sol en Poggibonsi. Siempre está pasando algo, siempre hay algo de lo que estar al tanto, no hay horas suficientes para sentirse lo bastante al día. Mucho menos si también albergamos alguna ambición más noble. Hace veinte años, en cambio, en aquella Bagdad incomunicada, el tiempo pasaba muy despacio.

Una vez le oí decir a un director de cine que, para ser realmente creativo, hay que disponer de cuatro cosas: ironía, melancolía, sentido de la competitividad y aburrimiento. Al margen de mis deficiencias en las tres primeras áreas, aquel invierno en Iraq disfruté de tal abundancia de la cuarta que cuando volvimos a Nueva York había escrito mal que bien mi primer y único ciclo poético. ¿Qué más hice? Pasé horas y horas haciendo malabares, es decir, dejar caer y luego recoger naranjas en el patio trasero hasta que al anochecer ya no las veía. Con mi padre y Zaid visité las tumbas de los familiares enterrados en las afueras de Nayaf y por las noches nos sentábamos en la cocina y yo hacía garabatos en los márgenes de la cantidad desmesurada de deberes que tenía para compensar los días lectivos que me estaba perdiendo, mientras el abuelo se sentaba a mi lado y pasaba muy despacio las páginas de *Al-Thawra*. Una noche me vio mientras le añadía detalles a un buque de guerra que se iba a pique. Si vas a ser presidente de Amrika, dijo, tendrás que hacerlo mejor.

Fui con Sami al zoo de Zawra y les tiramos cigarrillos encendidos a los chimpancés y nos reímos de lo humanos que parecían cuando fumaban. Mi hermano acababa de licenciarse en Georgetown, donde había sido presidente de la Asociación Premédica y había escrito una tesis sobre cómo contener la tuberculosis entre las personas sin hogar. Un poco en contra de aquellos cimientos, menos de una semana después de que llegásemos a Bagdad y sin reparo aparente adoptó el pasatiempo nacional no oficial iraquí de fumar Marlboro Reds como un carretero. Desde la azotea de la casa de mi abuela se veía el Tigris a lo lejos y mi hermano, mientras fumaba y miraba Karrada de reojo, me contó que, en las noches calurosas de verano de los años setenta, mis padres y él subían allí los colchones para dormir con el alivio de la brisa del río. No hacía calor la noche que oí la historia; tampoco había ningún colchón en la azotea, solo una vieja manta afgana que Sami se había echado al hombro y se había traído de la sala de estar. Mi hermano se tumbó tranquilamente a la luz de la luna, acarició el espacio que tenía a su lado y, mientras contemplábamos las estrellas, predijo que no faltaba mucho para que Iraq recuperase su gloria. Carreteras sin baches; puentes colgantes relucientes; hoteles de cinco estrellas; las ruinas de Babilonia, Hatra y las estelas de Nínive con su majestuosidad restituida y abiertas a las visitas sin la supervisión de guardias armados. Los recién casados pasarían su luna de miel en Basora en lugar de en Hawái. Se quedarían extasiados con las dolma y el chai y no con los gelato. Los escolares posarían ante el zigurat de Ur, los mochileros mandarían postales de la mezquita Al Askari, los jubilados meterían en su equipaje tarros de miel de Yusufiya protegidos con plástico de burbujas. Bagdad acogería los Juegos Olímpicos. Los Lions de Mesopotamia ganarían el Mundial. Espera y verás, hermanito. Tú espera. Olvídate de Disneylandia. Olvídate de Venecia. Olvídate de los sacapuntas con forma de Big Ben y del carísimo café crème junto al Sena. Ahora le toca a Iraq. Iraq ha terminado con la guerra y vendrán de todas partes a ver su belleza y su historia por sí mismos.

Una vez me enamoré de una chica cuyos padres se habían divorciado cuando era muy pequeña. Me contó que, cuando su madre le dijo lo que iba a pasar (ellas dos y su hermana, entonces un bebé, se iban a mudar a otra casa al otro lado de la ciudad), le empezaron a preocupar cuestiones como qué te puedes llevar y qué no cuando te mudas. Una y otra vez le iba a pedir aclaraciones a su madre. ¿Puedo llevarme el escritorio? ¿El perro? ¿Los libros? ¿Los lápices de colores? Años después, un psicólogo le sugirió que aquella fijación con lo que podía y no podía llevarse quizá surgió porque ya le habían dicho lo que no podía llevarse: a su padre. ¿Y a qué podía aferrarse una niña pequeña si no era a su padre? Entonces no estaba preparado para evaluar la hipótesis, pero tenía mis dudas sobre la veracidad del propio recuerdo. Le pregunté a Maddie si no era posible que en realidad no recordara el momento real en el que preguntó aquellas cosas sino que, más bien, su madre le había contado la historia tantas veces que había adquirido el estatus de recuerdo de manera retroactiva. Al final, Maddie admitió que quizá el recuerdo había nacido en realidad del relato de su madre, aunque también me dijo que no veía la diferencia, ya que en ambos casos formaba parte de su vida y no iba a tomarse tantas molestias para engañarse a sí misma. También dijo que le sorprendía no recordar nada del momento real de separarse de su padre, a pesar de que fuese uno de los acontecimientos más críticos de su vida. Le pregunté qué edad tenía entonces. Cuatro, dijo. Cuatro para cinco. Como me parecía que mi memoria era superior y no se habría desprendido nunca de algo así, insinué que quizá Maddie fuese una de esas personas que no recuerdan nada de antes de los seis años. Yo por entonces era muy arrogante. No me sorprendería saber que cuando Maddie piensa en el tiempo que pasamos juntos, no recuerde haberme querido nada.

Años después volví a Bay Ridge después de licenciarme y mientras cenaba con mis padres, mi padre se puso a hablar de Schiphol, el aeropuerto de Ámsterdam. En concreto nos contó que, en neerlandés, schiphol significa cementerio de barcos, porque habían construido el aeropuerto en terreno ganado a un lago poco profundo célebre por sus muchos naufragios. Ya lo sé, papá, le dije, me lo contaste cuando tenía doce años. Me lo contaste cuando estábamos allí esperando el vuelo a Amán. No puede ser, dijo él. Lo he leído esta misma tarde. Bueno, puede que te hayas olvidado de que ya lo sabías, dije, porque recuerdo con toda claridad que estábamos sentados en la terminal esperando para embarcar, mirábamos la pista y pensábamos en los barcos enterrados debajo. Recuerdo que me imaginé los barcos como esqueletos, con huesos iguales a los humanos: fémures, peronés y las gigantescas cajas torácicas que eran los cascos.

Mmm, dijo mi padre.

Poco después añadí:

O puede que fuera Sami. A lo mejor fue Sami quien me contó lo de los barcos. En ese momento, mi madre levantó la mano y dijo que era la primera vez que oía hablar de un cementerio de barcos. También nos recordó que en diciembre de 1988, cuando yo tenía doce años, Sami estaba convaleciente de una mononucleosis y se pasó las escalas del vuelo a Bagdad despatarrado sobre el equipaje o postrado en un asiento. Bueno, dije. Incluso así me lo podría haber dicho. O tal vez me lo dijo al volver, cuando pasamos por Schiphol camino a casa. Entonces mi madre me miró con una expresión dolida que un momento después se ablandó con algo parecido a la lástima por mí y por mi amnesia selectiva. Tu hermano, Amar, dijo muy tranquila, no estaba con nosotros cuando volvimos a casa.

A medida que avanza, Denise tiene el pelo más de color nogal. Sus caderas también son más anchas de lo que recordaba, y llevaba en el pliegue del codo una carpeta de papel manila tan abultada que parecía que yo fuera Alger Hiss. Exageré mis movimientos al sentarme derecho en el asiento, marcar la página del libro que no había estado leyendo y levantar las cejas, con la expresión de alguien dispuesto a cooperar aunque estuviese desconcertado. Estaba desconcertado, pero mi tendencia a la cooperación se iba desvaneciendo.

Denise se sentó a mi lado y habló en voz baja, con discreción, mientras en sus ojos yo detectaba cierto estremecimiento, como si llevase esperando mucho tiempo un caso como el mío. Puede que incluso yo fuera su primer caso.

Señor Yaafari. Además de su pasaporte norteamericano, ¿tiene pasaporte o documento de identidad de otra nacionalidad?

Sí.

¿Ah, sí?

Sí.

¿Cuál?

Un pasaporte iraquí.

(Otra vez el estremecimiento.) ¿Cómo es eso?

Mis padres son iraquíes. Me sacaron el pasaporte cuando nací.

¿Lo lleva consigo?

Me agaché a abrir la mochila. Cuando saqué mi segundo pasaporte y se lo entregué, Denise empezó a pasar lentamente las páginas por los bordes, como cuando aga-rras una postal cuando la tinta todavía no está seca.

¿Cuándo lo utiliza?

Muy pocas veces.

¿Pero en qué circunstancias?

Cuando entro o salgo de Iraq.

¿Y eso le supone alguna ventaja?

¿Qué clase de ventaja?

Dígamelo usted.

Si usted tuviera dos pasaportes, le dije sin alterarme, ¿no utilizaría el británico cada vez que entrara o saliera del Reino Unido?

Por supuesto, dijo Denise. Eso es legal. Pero no conoz-co las leyes de Iraq, ¿no es cierto?

Sonreí sin querer y, de manera casi imperceptible, De-nise se encogió de miedo. Entonces, todavía con mi segun-do pasaporte en la mano, es decir, el único que me queda-ba, asintió despacio, comprensiva, se dio un golpecito en la rodilla con él, se levantó y se fue.

A veces creo recordar la granada. Su dulzura tánica, el zumo pegajoso que me corría por la barbilla. Pero hasta el día de hoy hay una instantánea Polaroid de aquel momento pegada en la puerta del frigorífico de Bay Ridge y otra vez no puedo estar seguro de si existiría el recuerdo si no existiera la fotografía.

En ambos Rania lleva un hiyab azul. La manera en que me sostiene, la manera en que la tela se le resbala por los hombros, envolviendo el pañal y sobre su blusa hace que parezca que estamos posando para una Maestà. ¿Cuántas veces abre un muchacho el frigorífico en su juventud? ¿Seis mil? ¿Nueve mil? Sea cual sea el número, bastaron para dejar una impresión indeleble. Cada vaso de leche, cada trago de zumo, cada trozo de las sobras de maqluba... Y, claro, mi hermano también la vería todos los días a lo largo de sus años de formación.

El siguiente diciembre, mis padres volvieron solos a Bagdad. Yo me quedé en Bay Ridge con el pretexto de que no quería perderme las pruebas universitarias de natación juvenil. Se quedaron a mi cargo los padres de un compañero de clase que tenía una cama nido llena de bultos y un póster de tamaño natural de la modelo Paulina Porizkova en su dormitorio. No me presenté a las pruebas del equipo de natación y cuando mis padres volvieron a finales de enero no me preguntaron cómo me había ido. Estaban preocupados porque mi hermano quería casarse con Rania.

También había mencionado que quería mudarse a Nayaf para estudiar en un seminario islámico de allí. Cuando mi padre me lo contó, mi madre se tapó la cara con las manos.

El problema no era necesariamente que Rania fuese nuestra prima hermana. Tampoco el riesgo mayor de tener hijos con trastornos genéticos recesivos, aunque mis padres habían dejado clara su opinión de que la fidelidad al clan no compensa que se cargue a un niño con algo que se puede evitar con un simple análisis genético. El problema era que casarse con Rania era una señal clara del propósito más general de volver a instalarse en Iraq, cuyos valores mi hermano afirmaba preferir a los de Estados Unidos, bastante menos decorosos. Y, no obstante, para que a juicio de Sami el compromiso fuese válido —para que concordase con los valores más decorosos que él prefería—, requería de la bendición de nuestros padres. Los de Rania ya habían dado la suya e incluso habían renunciado a la dote. Pero mi madre y mi padre no estaban tan dispuestos a sancionar el rechazo de Sami de la vida por la que habían abandonado sus raíces con tanto sacrificio. Decidieron que su bendición estaba supeditada a que Sami y Rania se casaran en Nueva York y a que Sami se licenciara en una universidad de Estados Unidos. Podría estudiar religión en vez de medicina si quería. Podría volver a Iraq luego si quería. Pero si quería casarse con Rania con la aprobación de sus padres, esas eran las condiciones, y mi hermano aceptó.

Esperábamos que llegara en julio a Nueva York con Rania y nuestra abuela. En el aeropuerto, sin embargo, nos encontramos a la madre de mi padre esperando sola en la puerta de llegadas. Había volado con ellos hasta Amán, donde tenían que hacer un transbordo con destino a El Cairo, pero las autoridades jordanas habían retenido a Sami y a Rania porque no se creyeron que fuesen a Estados Unidos a casarse. ¿Cuál es el verdadero motivo de que viajéis a Estados Unidos? Casarnos, dijo Sami. ¡Eso es mentira!, dijeron las autoridades. No viajaríais juntos si no estuvierais ya casados. No, insistió Sami. De verdad. Todavía no estamos casados, vamos a casarnos en Estados Unidos, donde viven mis padres y donde nos están esperando. Entonces tú debes de ser una puta, le dijo uno de los funcionarios a Rania. Una zorra. ¿Cómo si no explicas que estés viajando con un hombre que no es tu marido?

Al oír esto, Rania se desmayó, lo que los funcionarios se tomaron gustosamente como una confirmación de sus sospechas.

Así pues, Sami y Rania volvieron a Iraq mientras la abuela volaba sola a El Cairo, Londres y Nueva York. Iba a estar con nosotros siete semanas, mi abuelo se había quedado porque tenía que recuperarse de una operación de cadera. Pero entonces Iraq invadió Kuwait y las siete semanas se convirtieron en siete meses. Mi abuela no era la única desplazada; yo me había mudado al dormitorio de Sami y le había cedido a ella el mío, porque a mi madre le preocupaba que en el dormitorio de Sami *corre mucho el aire*, que en realidad creo que significaba *tiene un piano dentro*, algo que a mi abuela le habían enseñado a considerar un invento frívolo, aunque al parecer no tan frívolo como para resistirse a él cuando creía que no había nadie en casa.

De vez en cuando, Zaid nos llamaba para decirnos que estaban bien. La cadera de yiddo mejoraba. Alia cuidaba de los frutales. No mencionaba las sirenas antiaéreas o los misiles de crucero silbando por el cielo, pues, después de vivir toda la vida en un panóptico, los iraquíes estaban condicionados a creer que las paredes tienen oídos y que las ventanas tienen ojos y que nunca se sabe cuándo van a estar los vigilantes fuera de servicio, por lo que se supone que nunca lo están. Que también culpáramos al panóptico de los prolongados silencios de mi hermano ya era menos convincente. A Sami nunca le había gustado escribir cartas, así que yo no tenía derecho a esperar que me respondiese de igual manera a las locuaces novelas cortas que yo mecanografiaba y le enviaba más o menos una vez al mes.

Sin embargo, mi hermano ni siquiera hacía mención a las cartas, ni en las alegres postales de *¡Recuerdos desde Bagdad!* ni cuando llamaba, cosa que, según creo recordar, solo hizo un par de veces. La primera fue en Nochevieja, momento en el que nuestros padres habrían vuelto a Iraq si no hubiese habido guerra. Es evidente que el motivo de la llamada era desearnos un feliz 1991, inshallah, pero entonces Sami siguió diciendo que al final no iba a casarse con Rania. No parecía decepcionado. Al contrario, parecía del todo optimista; optimista y quizá hasta un poco aliviado. Rania se iba a estudiar historia del arte a París y él también se había replanteado el plan de mudarse a Nayaf y estaba pensando matricularse en la Facultad de Medicina de Bagdad. ¿Qué tienen de malo las facultades de medicina de Estados Unidos?, le pregunté cuando me tocó hablar por teléfono. Nada, respondió Sami alegremente. ¿Qué tienen de malo las facultades de medicina de Iraq?

La segunda llamada fue unos tres meses después, cuando Estados Unidos había empezado a retirar sus tropas y mi abuela estaba haciendo el equipaje para irse a casa. Esta vez, Sami habló solo con nuestro padre, quien, después de colgar, cogió su chaqueta del perchero y salió a dar un paseo. Cuando volvió, entró en mi dormitorio, donde estaban la maleta de mi abuela, llena en sus tres cuartas partes, y, apoyadas contra mi pecera repleta de dados, las tarjetas de embarque para Londres, El Cairo y Amán. Se sentó en mi cama y le cogió las manos a su madre. Entonces le dijo que su marido Ahmed, con el que llevaba casada cincuenta y siete años, había tenido una embolia aquella mañana y había muerto.

¿Señor Yaafari?

Abrí los ojos y la vi al otro lado del mostrador del control de extranjería. Era evidente que se negaba a reducir la distancia que nos separaba.

Quisiéramos hacerle unas preguntas más. ¿Quiere pasar?

Subimos por una escalera mecánica hasta la zona de recogida de equipajes, donde Denise consultó las pantallas. Luego recorrimos toda una amplia sala para localizar mi maleta, sola al lado de una cinta transportadora que estaba parada. Levanté el asa extensible, incliné la maleta sobre las ruedas y seguí a Denise desandando buena parte del camino hasta la escalera mecánica y luego a la izquierda entramos en Objetos a Declarar. Allí nos esperaba un funcionario de aduanas y, mientras yo subía la maleta a la mesa metálica, él se puso unos guantes de goma morados.

¿Ha hecho usted la maleta?

Sí.

¿Le ha ayudado alguien a hacerla?

No.

¿Sabe todo lo que contiene la maleta?

Sí.

Mientras el hombre revolvía los calcetines y la ropa interior, Denise reanudó su interrogatorio, apenas maquillándolo de charla banal.

Bueno. ¿Qué temperatura hace en Iraq en esta época del año?

Bueno, depende de dónde estés, claro. En Solimania debe de ser bastante suave, digamos que cincuenta grados Fahrenheit.

¿Cuánto es eso?, le preguntó Denise al funcionario de aduanas. ¿Diez, doce grados centígrados?

Ahí me pillas.

Bueno, ¿y cuándo vio por última vez a su hermano? Volvió a abrir mi pasaporte iraquí.

En enero de 2005.

¿En Iraq?

Sí.

¿Él también es economista?

No, es médico.

El funcionario de aduanas sostuvo en alto un paquete envuelto en papel de regalo rosa y amarillo. ¿Qué es esto?

Un ábaco, dije.

¿Un ábaco de los de contar?

Eso es.

¿Por qué tiene un ábaco?

Es un regalo para mi sobrina.

¿Cuántos años tiene su sobrina?, preguntó Denise.

Tres.

¿Y cree que le gustará un ábaco?, preguntó el funcionario de la aduana.

Me encogí de hombros. El funcionario de aduanas y Denise me examinaron un momento la cara y luego el funcionario empezó a arrancar un trozo de cinta adhesiva. El papel era fino y la cinta al despegarse se llevó consigo parte del color y dejó una franja blanca. El funcionario miró dentro del extremo abierto y sacudió un poco el paquete. Todos oímos las cuentas de madera entrechocando al deslizarse por las varillas metálicas. Un ábaco, repitió el funcionario con incredulidad, antes de intentar volver a envolverlo sin mucho empeño.

Seguí a Denise, subimos otra vez por la escalera mecánica y a través de un pasillo estrecho llegamos a una habitación donde me señaló con un ademán una silla que estaba frente a un escritorio. Se sentó al otro lado y se puso a mover el ratón de un ordenador. Pasaron unos segundos

190

y le pregunté si, en caso de que aquello fuese a durar más, podía hacer una llamada.

¿Al señor Blunt?

Sí.

Ya le hemos llamado.

Al final, Denise encontró lo que estaba buscando y se levantó, cruzó la habitación y movió el ratón de otro ordenador. El monitor parecía más nuevo que el primero y estaba conectado a un complicado conjunto de equipos auxiliares que incluía un portaobjetos de cristal reluciente y una cámara que parecía una Cyclops minúscula. Me hizo una foto con la expresión más neutra posible y luego me tomó las huellas dactilares, todo en digital. Para obtener un juego de huellas completo y aceptable, Denise tuvo que apretarme todos los dedos entre sus índice y pulgar y hacer girar la yema sobre el brillante portaobjetos por lo menos dos veces, en ocasiones tres, con uno de los pulgares cuatro. Denise no me parecía atractiva ni había nada sugerente en la manera en que me manipulaba los dedos, así que me sorprendió que aquel contacto físico prolongado empezase a excitarme un poco. Estar cooperando unidos por nuestro deseo de apaciguar a aquel ordenador difícil de complacer, con sus X rojas y sus desdeñosos soniditos metálicos, me dio la sensación de que solo estábamos *jugando* al control de aduanas y que en cualquier momento la madre de Denise iba a llamarla para ir a cenar y a mí me liberarían.

Pero cuando terminó la toma de huellas dactilares, pasamos a una segunda habitación con una mesita cuadrada y tres sillas metálicas. La mitad superior de una de las paredes era un vidrio opaco en el que mi reflejo más que una imagen en un espejo era una silueta. Por debajo del vidrio se extendía en horizontal una tira larga roja de plástico, o de goma, como lo que se presiona en el autobús para solicitar parada. En el vidrio habían pegado un aviso: POR FAVOR, NO SE APOYEN EN LA TIRA ROJA O SALTARÁ LA ALARMA.

Denise y yo nos sentamos frente a frente con mis pasaportes y su abultada carpeta de papel manila en medio. Luego Denise se lo pensó mejor y cambió la silla de sitio para que estuviésemos en ángulo recto uno respecto al otro. Sentada muy erguida, abrió la carpeta y sacó una pila de papeles y les dio unos golpecitos para alinearlos. Después me explicó que iba a hacerme una serie de preguntas, que anotaría mis respuestas y que me daría la oportunidad de revisarlas. Si estaba conforme con lo que había escrito, firmaría al pie de cada página, dando así mi aprobación. No se me ocurría una alternativa más justa para aquel proceso y, no obstante, mientras ella me lo explicaba empecé a tener el mal presentimiento que tienes cuando aceptas jugar al tres en raya y el otro jugador empieza primero.

Los siguientes veinte minutos, Denise y yo repetimos casi al pie de la letra la misma conversación que habíamos tenido tres horas antes, cuando llegué al final del laberinto metálico. Esta repetición llevó más tiempo, claro, porque Denise tenía que anotarlo todo con su caligrafía curvilínea de colegiala y, además, cada vez que llegaba al pie de una hoja, llevaba tiempo que me la pasara y esperase a que yo la leyera y firmase mi consentimiento. Por supuesto, responder preguntas que ya había respondido me parecía una pérdida de tiempo, pero no tardé en lamentar mi impaciencia, porque cuando por fin empezamos a avanzar fue para adentrarnos en un territorio más siniestro.

¿Le han detenido alguna vez?

No.

¿Es Amar Alá Yaafari el nombre que le pusieron al nacer?

Sí.

¿Ha utilizado alguna vez otro nombre?

No.

¿Nunca?

Nunca.

¿Jamás ha dado como si fuera suyo un nombre distinto al de Amar Alá Yaafari a un agente de la ley?

No.

Denise me observó con mucha intención un momento antes de escribir aquel último no.

¿Puede contarme con más detalle lo que hizo aquí en 1998?

Me acababa de licenciar en la universidad y me concedieron un año de prácticas en el Consejo de Bioética Toynbee. También estuve como voluntario en un hospital los fines de semana.

¿Cuál era su dirección durante su estancia?

Tavistock Place, número 39. No me acuerdo del número del piso.

¿Y por qué fue a vivir ahí?

Era el piso de mi tía.

¿Sigue siéndolo?

No.

¿Por qué no?

Murió.

Lo siento. ¿De qué?

Cáncer.

Denise dejó de escribir.

De páncreas, añadí.

¿Y ahora vuelve a Londres por primera vez en diez años? ¿A ver a unos amigos?

Sí, para encontrarme con Alastair Blunt.

¿Solo dos días?

Miré el reloj. Sí.

Estaba pensando... Es un viaje largo para pasar solo cuarenta y ocho horas. Ni siquiera cuarenta y ocho horas.

Bueno, como ya le he dicho, el domingo vuelo a Estambul. Ha sido el billete más barato que he podido encontrar.

¿Qué relación tiene con el señor Blunt?

Somos amigos.

¿Tiene usted novia? ¿Pareja?

No.

¿No tiene pareja?

No. En estos momentos, no.

Ni trabajo.

No.

Denise me sonrió con tristeza. Bien, supongo que no es un buen momento para ponerse a buscar, ¿verdad?

Por un instante pensé que se refería a una novia.

Bueno, le dije a la ligera, ya saldrá algo.

Cuando se quedó sin preguntas, nuestras caligrafías combinadas llenaban casi trece páginas. Muy bien, dijo Denise alegremente mientras se levantaba y se colocaba bien el pantalón en las caderas. Voy a llevarle a la sala de espera mientras hago unas consultas generales.

¿Y luego qué?

Luego le hablaré de su caso al jefe de extranjería que esté de servicio.

¿Cuándo?

No lo sé.

Perdone, le dije, sé que usted está haciendo su trabajo, ¿pero no podría decirme qué es lo que están buscando? ¿Cuál es el problema?

No hay ningún problema. Solo tenemos que comprobar unas cosas. Los antecedentes de sus pasaportes, eso es todo. Como ya le he explicado, son solo unas consultas generales.

La miré.

¿Tiene hambre?

No.

¿Necesita ir al lavabo?

No, pero estoy preocupado por mi amigo. Se supone que nos íbamos a encontrar en la ciudad en menos de una hora.

Se lo hemos explicado al señor Blunt. Sabe que usted está aquí y que solo estamos haciendo unas consultas generales.

Primero me había fijado en otra. Luego fui a ver una representación de *Las tres hermanas* en la que uno de mis compañeros de residencia hacía del teniente Tuzenbach y Maddie hacía de Olga, y ahora ni siquiera me acuerdo del nombre de la otra chica. Como tantas producciones de los estudiantes de la Ivy League, esta era tan delirante que daba la impresión de que el joven de veintiún años que estaba al frente por fin podía tachar *dirigir una obra de teatro* de la lista de cosas que tenía que hacer para conseguir una beca Rhodes. La noche que yo asistí, la chica que hacía de Anfisa se había tomado una píldora del día después en el almuerzo y, cuando llegó el momento de su entrada en el tercer acto, estaba en el baño, vomitando en el inodoro. Así que Maddie abrió el acto sola, dijo las frases de las dos actrices, destiló la información más crucial sintetizada en un monólogo fascinante que presuponía que (a) Anfisa estaba demasiado cansada como para dar el paseo desde la ciudad, donde (b) se había declarado un gran y voraz incendio que había traumatizando a Olga hasta tal punto que acabó oyendo voces y hablándoles a personas que no estaban presentes. ¡Y qué si se ha quemado!, exclamaba Maddie/Olga/Anfisa. Menuda ocurrencia... ¡Y todos desnudos, además! *[Abriendo un armario y arrojando prendas al suelo.]* Tenemos que llevarnos este vestido gris, Anfisa..., y este... y esta blusa también... ¡Ay, tienes razón, claro que tienes razón, aya, no podemos llevárnoslo todo...! Será mejor que llame a Ferapont. Cuando entró la imperativa Natasha, Maddie estaba acurrucada en un diván con un mantel de encaje en la cabeza, temblorosa y delirante. Eh, ¿Anfisa?, aventuró

Natasha. ¿Qué estás...? Maddie se giró bajo la capucha y le dirigió a Natasha una mirada significativa. ¡Anfisa!, exclamó Natasha, cuando por fin se dio cuenta. ¡No te atrevas a sentarte en mi presencia! Y en aquel momento Maddie se levantó, se quitó de la cabeza el chal improvisado y, representando de nuevo a Olga, dirigió a su compañera de reparto una mirada fulminante. ¡Perdona, Natasha, pero qué grosera has sido con el aya!

Bueno, pensé que era una de las mejores actuaciones que había visto jamás. De no ser por los tradicionalistas escandalizados que estuvieron susurrando a mis espaldas, no habría sospechado que había salido algo mal. Aquella noche, cuando el teniente Tuzenbach volvió a nuestra *suite* con un poco de maquillaje color calabaza todavía en el cuello, me enteré de que Maddalena Monti había salido elegida para los papeles principales del semestre y ya se codeaba con los estudiantes de último año que iban a hacer el posgrado en Los Ángeles y Nueva York. Después, como una palabra con la que te topas por primera vez y luego te encuentras por todas partes, Maddalena empezó a aparecer en mi camino o sus alrededores varias veces por semana: leyendo en el comedor, fumando delante del laboratorio de idiomas, estirando las piernas en la biblioteca, bostezando en silencio. Me parecía guapa, de la manera en que lo son ciertas muchachas que no le dan ninguna importancia a la belleza. Era una belleza voluble, socavada en un instante por su boca sardónica o por esas cejas que se arqueaban en ángulos de una depravación caricaturesca. Un momento después, aquellos mismos rasgos que la convertían en una electrizante Olga o Sonia o lady Macbeth, se transformaban en la radiante simetría de una Yelena o una Salomé. Al principio, yo desconfiaba de aquella incoherencia que se reflejaba en sus estados de ánimo. Sospechaba que era deliberada y había sido calculada para manipular y seducir y, peor, que Maddie era poco consciente de los motivos y consecuencias de su conducta. Pero, a la larga, llegué a pensar que, de hecho, era la propia Maddie la que sufría más que nadie su tendencia a la volubilidad y, además, que aquella era probablemente la razón por la que yo la atraía: era un antídoto para lo que a ella le gustaba menos de sí misma. Y, en contra de la impresión de que no se percataba de las causas y efectos de su psique, era capaz de expresar con brillantez confesiones sobre lo que sí conocía de sí misma. Cuando llevábamos cuatro viernes comiendo juntos, le pregunté por qué no intimaba más con sus compañeras de la residencia. No me llevo bien con otras mujeres, respondió Maddie. Me hacen sentir superflua.

La noche antes de las vacaciones de Navidad del primer curso, Maddie vino a mi habitación mordisqueándose el pulgar y consultó el calendario que colgaba detrás de la puerta del armario. Estaba embarazada de un estudiante de posgrado de la Facultad de Clásicas, aunque nunca supe su nombre ni cómo terminaron en la cama. Alguien del centro de salud del campus le había informado de que tenía que estar embarazada por lo menos de cinco semanas antes de poder abortar. El 13 de diciembre, concluyó Maddie, si no quería hacerlo un día después de lo necesario. El 13 de diciembre de 1994 era la fiesta del Miraj y yo iba a estar en Bay Ridge vistiéndome para ir a la mezquita. Maddie me llamó desde casa de su madre en las afueras de Albany y me confirmó que, al final, no había podido hacerlo. Estaba ansiosa por hacerme comprender que no se debía a escrúpulos morales del último momento. A escondidas de su madre, había ido en coche al centro de planificación familiar del centro, se había registrado y había pagado en metálico por la intervención, se había puesto una bata de papel, había entregado las muestras de sangre y orina necesarias, se había tendido para que le hicieran una ecografía y luego se había sentado en la sala de espera con media docena de mujeres más. Había un televisor encendido y la noticia de lo que acababa de pasar en Massachusetts interrumpió lo que estaban viendo. Un hombre con un fusil había disparado y matado a la recepcionista del centro de planificación familiar de Brookline. Luego subió la calle hasta una clínica de embarazos de riesgo y había disparado y matado a la recepcionista. ¿Dónde está Brookline?, le preguntó a Maddie la chica que estaba sentada a su lado. Muy lejos, le aseguró Maddie, no había razón para preocuparse. Pero entonces empezó a sonar el teléfono de la clínica y llegaron dos policías que les dijeron a las mujeres de la sala de espera que tenían que vestirse e irse a su casa.

Y ahora no sé si puedo volver.

Maddie, ¿quieres tener un hijo?

No.

¿Quieres tener un hijo y darlo en adopción?

No.

Esperé.

Sé que tengo que hacerlo, dijo, solo que no quiero ir sola.

Aquella noche me arrodillé al lado de mi padre en la mezquita y pensé en cómo sería acompañar a abortar a una chica que no estaba embarazada de mí. Había niños presentes, muchos más de lo habitual, y mientras ellos escuchaban con los ojos muy abiertos e inquietos la historia de Mahoma y Gabriel ascendiendo al cielo, yo me sentía halagado y perverso al mismo tiempo. Luego, en el aparcamiento, mis padres me presentaron a la hija de unos amigos libaneses, una chica guapa con el pelo largo y brillante y ojos inteligentes perfilados a la perfección con delineador. Venía de Princeton, estaba en primero de biología evolutiva. Le propuse que nos viésemos una tarde para tomar café antes de volver a la universidad, pero nunca la llamé.

Maddie llamó a mi puerta la semana después. Llevaba puesta una falda.

¿Se supone que me tenía que arreglar?, pregunté.

Ah, dijo en voz baja. No. He pensado que me sentiría mejor si iba arreglada.

No hablamos mucho más. La misma frialdad del aire parecía reprocharnos tanto nuestra misión que cuando pasamos por una cafetería que parecía animada le propuse que entráramos a tomar algo caliente. Maddie dijo que no, tenía que estar en ayunas, así que entré a comprarme algo y seguimos andando. La clínica no era para nada lo que me esperaba. Había imaginado vagamente que tendría un aspecto más, digamos, clínico, que tal vez sería un edificio moderno de bloques de hormigón, pero Maddie iba a abortar en una casa de tres plantas con un tejado a dos aguas, varias chimeneas y un césped que se extendía ante el edificio y todo junto le daba más bien un aire de psiquiátrico victoriano. No me permitieron entrar con el vaso de chocolate caliente, así que entró ella sola para el ingreso. Me quedé en la puerta y la vi caminar hasta el mostrador de la recepcionista, donde, con la capucha puesta y las manos en los bolsillos, parecía una esquimal preguntando por una dirección. Al lado del ordenador de la recepcionista había un árbol navideño en miniatura hecho de papel de aluminio y adornado con una guirnalda de luces de colores que parpadeaban muy rápido, luego despacio, luego cuatro veces como una luz estroboscópica de discoteca, luego se apagaba durante un largo momento de suspense hasta que el ciclo comenzaba de nuevo.

¿Por qué estaba yo allí? Tenía dieciocho años. Había tenido relaciones sexuales con dos chicas, una vez con cada una, con un condón tan bien colocado que podríamos haber grabado un vídeo educativo. Tal vez por esa razón censuraba un poco el estado de Maddie, claro que ni siquiera un condón puesto con el mayor de los cuidados permanece siempre en su sitio y/o intacto. En cualquier caso, aquello no iba sobre mí. Se podría trazar un círculo alrededor de mi moral y de mí y otro alrededor de la moral de Maddie y ella y no se superpondrían. Yo no tenía nada que ver con aquel embrión. No le había pedido a Maddie que abortara. Luego ella iba a estar en su habitación y yo en la mía, retomando alguna lectura atrasada con un cuenco de fideos cocinados al instante después de haberle concedido unas horas de mi tiempo, pero nada más.

De todas formas, ¿tanto me importaría a mí que nuestros respectivos círculos se superpusieran?

De repente mi moral, fuera la que fuese, me pareció muy anticuada, demasiado abstracta. Tiré el resto de la bebida, entré, le dije a la recepcionista que era el acompañante de Maddalena Monti y le pregunté cuánto tiempo creía que iba a tardar. Ella me respondió que estaba todo muy tranquilo y que Maddie no tendría que esperar mucho, pero que el anestesiólogo iba con retraso, así que era probable que tardase tres horas como mínimo. Me senté en la sala de espera y cogí un número atrasado del *New Yorker*. Por un altavoz invisible sonaba muy bajito Ob-La-Di, Ob-La-Da. Solo había otra persona en la sala, una mujer que estaba tejiendo, justamente, un jersey de bebé. Estuve un rato mirando a las agujas de punto practicando esgrima, luego hojeé la revista hasta que me distrajo un anuncio que ofrecía ¡El mejor pomelo rojo rubí de Indian River, Florida! MADURADO EN EL ÁRBOL—DESBORDANTE DE ZUMO—CON EL DULZOR DE LA HUERTA—NO NECESITA AZÚCAR—¡SATISFACCIÓN GARANTIZADA!

Sonó el teléfono de la recepcionista.

... No, aquí no... No... Aquí no importa nada de eso, cariño. Puedes venir y no importa que... Entre cuatro y siete, depende de lo avanzada que estés... Te hacemos aquí el examen y la ecografía... ¿Vives cerca?... Muy bien, habla con él y llamadme los dos juntos y fijamos una cita para que vengáis... Todo es confidencial, cariño... No, no... De lunes a sábado... ¿Sabes cuál es su horario, para concretar la cita ahora?... De acuerdo. Pero no... No... Ajá. Mira, no... Si fuera tú, no lo traería, cariño. Olvídate de eso, y... No tienes que volver a llamarnos. Ven antes de las seis y media, ¿vale?... Me llamo Michelle... ¿Vale? Vale... Adiós.

Mucho después, cuando Maddie salió con el abrigo en el brazo, parecía más pequeña, aunque no sabía por qué había de parecerlo.

Me muero de hambre, dijo.

En el camino de vuelta a Silliman compramos donuts en la cafetería y, cuando llegamos a mi habitación, Maddie me pidió algo de beber. Encontré una botella de Midori en la repisa de la chimenea, propiedad de mi compañero de cuarto, que no iba a regresar hasta la semana siguiente. Maddie llenó media taza con aquel jarabe esmeralda y se lo bebió, haciendo muecas. ¿A qué se supone que tiene que saber esto?, preguntó. Miré la botella. A melón, respondí. Una variedad dulce, supongo.

Ella se quitó las botas y se acostó en mi cama. Puse un CD y me senté a hojear el catálogo de los cursos de primavera. El CD era de Chet Baker y las tres primeras canciones muy melódicas, deprimentes incluso, así que estaba a punto de levantarme a buscar otra cosa cuando nos salvó la que considero que es la única canción optimista del álbum:

> They all laughed at Christopher Columbus when he said the world was round.
> They all laughed when Edison recorded sound.
> They all laughed at Wilbur and his brother when they said that man could fly.
> They told Marconi, wireless was a phony; it's the same old cry!
> They laughed at me, wanting you, said I was reaching for the moon.
> But oh, you came through; now they'll have to change their tune!
> They all said we never could be happy; they laughed at us, and how.
> But ho-ho-ho, who's got the last laugh now?*

---

* 'Todos se reían de Cristóbal Colón cuando decía que la Tierra era redonda. / Todos se reían cuando Edison grabó el sonido. / Todos se reían de Wilbur y de su hermano cuando decían que el hombre podía volar. / Le decían a Marconi que lo del inalámbrico era una farsa, ¡siempre la misma queja! / Se reían de mí por desearte, decían que quería llegar a la Luna. / Pero viniste a mí y ahora tienen que cambiar de canción. / Todos decían que nunca podríamos ser felices; se rieron de nosotros, vaya que si lo hicieron. / Pero, ja, ja, ja, ¿ahora quién ríe el último?'

Creía que Maddie estaba dormida, pero cuando llegó la parte de trompeta, habló sin abrir los ojos.

¿Sabes quién es Bob Monkhouse?

No. ¿Quién es Bob Monkhouse?

Un humorista británico que le gusta a mi padre. Creo que sigue vivo. Y tiene este chiste: Cuando era niño, le decía a todo el mundo que de mayor quería ser humorista y se reían. Bueno, ahora ya no se ríen.

Dos años después, cuando Maddie me dijo que también quería estudiar medicina, me reí. Me reí con la altivez con la que una maestra del ballet le informa a una enana de que jamás va a ser primera bailarina. Pero, veinticuatro horas después, Maddie se sentó delante de un asesor académico para hablar de la logística que le hacía falta para pasar de sus estudios de arte dramático a antropología y solicitar un curso de adaptación de posgrado en muchas de las facultades de medicina a las que yo me había presentado. Reaccioné con una indignación febril. Y supongo, dije, que el mes que viene querrás ser astronauta o campeona de Wimbledon o clarinetista de la Filarmónica de Nueva York. No, dijo Maddie con mucha calma. Voy a querer ser médico. Voy a querer ser médico porque he estado leyendo a William Carlos Williams y he llegado a la conclusión de que la suya es una vida ejemplar. Ah, comprendo, dije con desdén, aunque no había leído a William Carlos Williams. Así que también vas a ser una poeta sobrevalorada. Y, en medio de un aguacero, Maddie se fue de mi habitación y estuvimos tres días sin hablarnos. En aquel periodo forzoso de reflexión, llegué a la conclusión de que mi novia iba a ser una doctora realmente espantosa. No dudaba de su inteligencia ni tampoco había observado que fuese muy aprensiva ante la sangre o el dolor. ¡Pero esa manera de ser! El modo vehemente y vertiginoso en que habitaba el mundo: nunca era puntual, llevaba la rebeca del revés, Amar, dónde están mis gafas, mi carné de identidad, ¿alguien ha visto mis llaves? En un día bueno, el caos era casi incontrolable, pero, en el escenario, Maddie era otra cosa. Actuar la organizaba. La metía en vereda. Le regulaba las velocidades, como una carretera de varios carriles y, en general, impedía que sus emociones colisionaran. Era buena actriz y, además, y ahí radicaba la elegancia de la afinidad, actuar era bueno para ella. Le daba sentido a ella; nos daba sentido a los dos. Maddie era la artista, yo el empírico. Juntos abarcábamos un rango impresionante de disciplinas humanistas, de enriquecimiento mutuo. O eso creía yo, y por eso me parecía un capricho perverso y hasta ingrato que ella quisiera ser otra cosa, cualquier otra cosa, pero sobre todo algo tan prosaico y poco glamuroso. ¡Una doctora! ¡Maddie! Era, por decirlo así, como si una primera bailarina quisiera convertirse en enana.

No hay duda de que en parte me sentía así porque yo no quería ser médico. Quizá Maddie se había dado cuenta o quizá hasta sintiera lástima del pobre de su novio y de su condición de reprimido, porque me perdonó tácitamente mi rabieta y se dedicó a reajustar el rumbo de su vida sin preocuparse por las miradas cínicas que yo le dirigía. Entretanto, de las ocho facultades de medicina que estaban estudiando mi candidatura, me aceptó solo una. Curiosamente, la que más me interesaba. Sin embargo, después de abrir el sobre, que parecía más fino de lo que en realidad era, me tumbé en la cama y me quedé mirando al techo hora y media. Luego fui a la oficina de Servicios de Orientación de la Universidad sintiéndome, supongo, como un hombre que se escabulle a un club de striptease aunque su hermosa mujer le esté esperando en casa en ropa interior. Ya se había pasado la mayoría de los plazos de solicitud que había en la carpeta BECAS DE INVESTIGACIÓN. De los demás, me quedé con dos: un puesto de ayudante en un laboratorio oncológico de Seattle y otro de coordinador de publicaciones para un comité asesor de bioética en Londres. El último aparecía descrito como un trabajo de nueve meses, con el vuelo incluido y un salario de cien libras semanales. Lo solicité. Tres semanas después, un hombre con el inolvidable nombre de Colin Cabbagestalk me dijo por teléfono que, si de verdad me interesaba el puesto, era mío. Algo en su tono, acelerado pero cauteloso, me hizo pensar que yo era el único que se había presentado.

Aquel verano de 1998 yo estaba viviendo con Maddie en Morningside Heights. Subarrendamos un estudio en Broadway y nos pasamos ocho semanas no haciendo casi nada salvo lo que queríamos hacer, o sea, tomar mucho café, comer gofres, dar largos paseos alrededor del embalse o de un lado a otro de Riverside Park y leer revistas de principio a fin en el baño. Nunca me había sentido tan libre, tan desprovisto de obligaciones. Además, mantener lo nuestro a flote tenía un poco de la emoción de un affaire clandestino, pues ni Maddie les había dicho a sus padres que vivíamos juntos ni yo había sido del todo sincero con los míos. Ahora parece ridículo que no pudiésemos contárselo, pero en su momento seguíamos actuando como niños aunque nos irritase que nos trataran como a tales. No es inverosímil pensar que para mis padres habría sido un alivio saber que estaba enamorado de una católica no practicante que iba a estudiar en la Facultad de Medicina de Nueva York. Sería preferible una chica musulmana, claro, pero por lo menos si estaba con Maddie era improbable que en poco tiempo fuera a reunirme con el otro hijo que tenían al otro lado del mundo. En cuanto a la madre de Maddie, su supuesta oposición parecía ser no tanto por motivos religiosos como por una simple preferencia por alguien con un apellido que sonase algo más blanco. Pero nosotros seguimos con nuestra artimaña. Cuando mis padres vinieron de visita, guardé las cosas de Maddie en un armario. Cuando vinieron su madre y su padrastro en tren desde Loudonville, Maddie los alojó en el piso de una antigua amiga del instituto que vivía en York, en Maine. En el buzón dejamos el nombre del casero, su voz en el contestador automático y cada vez que sonaba el teléfono fijo lo ignorábamos por sistema. No me compré un móvil hasta el Día del Trabajo, un Motorola del tamaño de un zapato que tenía que sacar por la ventana para tener señal, cuando la había.

Una vez cenamos con la amiga del instituto. Maddie la invitó a pizza y vino y la conversación fue avanzando hasta un punto en el que nuestra invitada se sintió lo suficientemente cómoda para preguntarme si me parecía que la religión obstaculiza la curiosidad intelectual. Al contrario, dije. Yo creo que la búsqueda de conocimiento es una obligación religiosa. Al fin y al cabo, la primera palabra revelada en el Corán es ¡Lee!, y la tercera frase dice: ¡Lee, que tu Señor es el más generoso! El que ha enseñado con el cálamo, ha enseñado al hombre lo que no sabía. Pero la religión, insistió nuestra invitada con una confianza impresionante, solo te permite preguntar unas cuantas cosas antes de llegar al porque sí. Hay que tener fe. Bueno, dije, el problema que tú tienes con la religión es el que tiene prácticamente cualquier persona que no tiene fe: que la religión ofrece respuestas irreductibles. Algunas preguntas simplemente no se pueden responder de forma empírica. Dónde está la prueba empírica que responda a si habría que hacer descarrilar un tren y que muriesen los trescientos pasajeros si eso fuese a salvar la vida de una persona que estuviese atada a las vías. O por ejemplo: ¿es verdad porque lo veo o lo veo porque es verdad? Lo esencial de la fe es que a los creyentes no les molestan las respuestas irreductibles. A los creyentes les reconforta y hasta les enorgullece saber que tienen la fortaleza de hacer suyas las respuestas irreductibles, con lo difícil que es eso. Todo el mundo, hasta los que no son religiosos, depende a diario de respuestas irreductibles. La religión se limita a ser sincera al respecto y le da a esa confianza un nombre concreto: fe.

No fue un discurso impecable, al fin y al cabo lo improvisé y estaba achispado, pero de todos modos me alegré de que hubiese salido el tema, porque me pareció vislumbrar en el horizonte una conversación sobre eso entre Maddie y yo, aunque ella durante la cena estuvo más callada que de costumbre. Al día siguiente no salió el tema, ni tampoco antes de que Maddie empezase las clases de adaptación y yo me fuese al extranjero. Todos aquellos paseos. Todas aquellas horas enredados en la cama. A veces me pregunto si escondemos a nuestros amantes de los demás porque así nos es más fácil escondernos de nosotros mismos.

El consejo de bioética trabajaba en el sótano de una casa de estilo georgiano en Bedford Square, en Bloomsbury, un bonito jardín oval que por la noche frecuentaban adictos a la metadona que tiraban las jeringuillas que descartaban y que yo luego me encontraba siempre en el camino de casa al trabajo. El piso de mi tía era agradable, cuatro habitaciones muy cuidadas en un bloque de edificios de antes de la guerra, pero no pasaba mucho tiempo allí. Solía darme un baño (no había ducha), compraba un café y un dulce en la cafetería que había al final de la calle, hacía mis ocho horas en el consejo de bioética y luego me ponía a leer en un pub o veía una película en el Renoir antes de llamar a Maddie desde la cama. Los fines de semana salía a correr. No en los parques, que eran demasiado irreales, con ese césped impecable y esos parterres de mosaicos florales. Si corría alrededor del Inner Circle, no llegaba a ninguna parte. En su lugar, prefería ir por el camino de Southampton Row hasta Kingsway esquivando a los que iban de compras y los cochecitos de bebé, giraba a la derecha en Aldwych y llegaba al Strand. Luego les echaba una carrera a las sombras de los autobuses de dos pisos que cruzaban el puente de Waterloo y saltaba los escalones de Southbank y me unía a los transbordadores y las barcazas para deslizarme resueltamente junto a ellos. En el instituto había descubierto que me gustaba correr no por una pista sino solo por Shore Park, que a primera hora de la mañana ofrecía unas vistas etéreas de la parte baja de Manhattan, que se alzaba como la Ciudad Esmeralda de Oz. Supongo que sería más exacto decir que me gustaba más la sensación de haber corrido que el correr propiamente dicho. De todos modos, sí sentía placeres inmediatos, como la soledad y la sensación de ser una persona en movimiento, pese a no estar seguro de qué dirección iba a tomar. Si alguien me hubiera dicho que a los veintidós años estaría viviendo en Londres, que habría conseguido unas prácticas dignas, una plaza en una facultad de medicina y una novia formal en Nueva York, me habrían parecido logros fabulosos y envidiables. Pero Bloomsbury me parecía demasiado sombrío. Cuando corría, veía una calzada impávida bajo mis pies y me dejaba abrumar por la inmensa distancia que había puesto entre mi casa y yo y, aunque me gustaba el trabajo (me pasaba los días laborables editando artículos para boletines sobre los trasplantes de órganos de animales a seres humanos, sobre terapias de células madre y sobre cultivos transgénicos), el personal tenía de media por lo menos quince años más que yo. Tras el envite de las exigencias universitarias, aquella nueva curva de aprendizaje me resultaba demasiado suave, sus revelaciones decepcionantes y su ritmo lento y monótono. Más que estupendo y digno de envidia, en Londres me sentía como cuando das un paso de más al final de un tramo de escalera: sorprendido por una planicie inesperada y por el golpe sordo y duro.

El cuestionario ¿Estás preparado? que venía con la solicitud para ser voluntario en el hospital infantil del barrio me hizo dudar de un montón de presunciones que yo tenía muy arraigadas:

¿Tienes madurez emocional y eres capaz de lidiar con situaciones difíciles con delicadeza?

¿Sabes escuchar?

¿Eres responsable, digno de confianza, entusiasta, receptivo y sensible?

¿Aceptas que los demás te orienten y mantienes la calma bajo presión?

¿Sabes comunicarte con los pacientes, con sus familiares y con el personal?

A este formulario le siguió otro titulado Igualdad de oportunidades para verificar mi sexo, estado civil, raza, formación académica y discapacidades, en caso de que las tuviera. También me planteaba una serie de casillas para marcar si tenía pocos recursos, si carecía de domicilio fijo, si tenía antecedentes penales, si era refugiado o solicitante de asilo, si era familia monoparental y/u otros. No pude evitar pensar que sería más fácil otorgar igualdad de oportunidades si no se sabían las respuestas a esas preguntas. De todas maneras las respondí, claro, solo dudé en la casilla de los pocos recursos, a la cual desde luego se ajustaba el salario que recibía del consejo de bioética, pero entendí que en cierto modo se refería a otra cosa.

Para ir a la entrevista me corté el pelo y me compré una corbata. Delante de un cartel de una jirafa que me miraba fijamente, una mujer que estaba agobiada me informó de que las comprobaciones de mis antecedentes penales podían tardar hasta ocho semanas. En realidad tardaron cinco y me incorporé un sábado que coincidía con Halloween. Lo llamo incorporación porque así lo llamó por teléfono la misma mujer agobiada, pero en cuanto me reuní con ella en el vestíbulo y me enseñó la sala de juegos de la planta baja, me dejó porque tenía que atender una urgencia en la guardia de endocrinología y no volví a verla en todo el día.

Allí donde ella me había dejado encargado de echar una mano donde me pareciese, lo primero que pensé fue que era un tanto cómico tener que pasar cinco semanas de comprobaciones policiales para estar en una sala llena de niños disfrazados de gatos, payasos, princesas, abejorros, mariquitas, piratas, superhéroes y, sí, policías. Lo segundo que pensé fue que en mi vida me había sentido tan fuera de lugar. La iluminación era demasiado brillante. El alboroto de los niños, que reían, gritaban y maullaban, sonaba unos cuantos decibelios más alto que a lo que estaba acostumbrado en el consejo de bioética, por no hablar del silencio sepulcral del piso de mi tía. Los demás voluntarios (todos llevábamos camisetas de un color amarillo girasol y en la espalda ponía en letras azules *Estoy aquí para ayudar*) estaban sentados en unas sillas minúsculas, con las rodillas levantadas como si fueran saltamontes, o en esa postura, tan incómoda para adultos que no practican yoga, con las piernas cruzadas en el suelo. Me senté a regañadientes, entre los quejidos de mis rodillas preatríticas, al lado de una Blancanieves absorta en pegar macarrones recubiertos de purpurina en una máscara de cartón. ¿Qué es eso?, pregunté con una voz más aguda y alta que la mía. Una máscara, replicó la niña sin mirarme. Miré su obra durante un rato y luego me fijé en un diminuto espadachín que llevaba el parche del ojo colocado en la frente y estaba apilando bloques. No le dije nada. Aquellos niños no me necesitaban. Bien podría haber sido que mi disfraz fuera *Estoy aquí para ayudar*. De hecho, conforme avanzaba la tarde, empecé a sentir que eran ellos los que me estaban ayudando a mí, entre otras razones por aquella demostración constante de lo sencilla y humilde que puede ser la existencia: pones un bloque encima de otro. Ahora otro. Ahora otro. Luego los tiras al suelo. Lo repites.

Aquel día no ayudé a nadie. Una hora antes de terminar mi turno, apareció en la puerta una mujer vestida con una abaya y con una niña de la mano. La niña aparentaba siete u ocho años y, aparte de un poco delgada, parecía sana a más no poder. Le habían dibujado seis bigotes de gato en la cara, pero no llevaba disfraz, sino una camiseta lila de manga larga y unos vaqueros unos cuantos centímetros más cortos que los calcetines blancos con volantes que tenía puestos. En aquel momento yo estaba apoyado contra la pared, con las piernas estiradas, mientras un par de princesas (o bailarinas, no se podía saber) ordenaban y volvían a ordenar en el suelo y alrededor de mis tobillos una reunión de peluches liliputienses. La mujer de la puerta se quedó mirando un buen rato, luego nos señaló y trajo a la niña. Hnana, dijo, eligiendo una marioneta en forma de rana. Toma. La niña la cogió, metió la mano dentro y se tiró en el suelo. Su cara era llamativa, dulce y como de niño, con unas largas pestañas y el pelo negro y liso por encima de los hombros, recogido con esmero detrás de las orejas. Los bigotes parecían una indignidad de la que podría haber prescindido. Tenía la rana en el regazo, panza arriba, y en un momento de distracción se rascó un hombro con la nariz del muñeco. Entretanto, las bailarinas o princesas seguían preparando la convención de peluches con mucha ventriloquía en tonos agudos y saltos por encima de mis piernas nada propios de unas bailarinas. El tul rosa de las faldas hacía frufrú y aleteaba cada vez que ellas, vacilantes, brincaban. Me pareció que no habían reparado en la niña nueva hasta que, espontáneamente, una de ellas cogió un conejo, se dio la vuelta bruscamente sobre sus rosadas piernas regordetas y se lo tendió.

¿Lo quieres?

La niña nueva negó con la cabeza.

¿Y esto? La otra princesa le ofreció un búho.

La niña nueva volvió a negar con la cabeza. Luego sacó la mano de la rana, señaló a la colección de animales y dijo una palabra tan bajito que ninguno la oyó.

Son, quizá. O sol.

Hsan, susurré. Caballo.

La niña asintió y me miró con sorpresa. Una de las otras chicas le lanzó el caballo. La niña nueva dejó la rana, cogió el caballo y, ruborizándose un poco, se puso a peinarle las crines de hilo con los dedos. Recogí la rana de marioneta que estaba tras ella y metí la mano dentro. Ojalá fuese yo un caballo, le hice decir en árabe a la rana. La niña sonrió.

Ya sin los disfraces, se veía más claramente la iniquidad de la enfermedad. Veías los síntomas, o más bien su invisibilidad, y, sin poder evitarlo, intentabas predecir las posibilidades de la pobre criatura. Un brazo o una pierna escayolados no estaban tan mal. Solían ser de un accidente en el patio de recreo y en ocho semanas terminaban disolviéndose en el anecdotario familiar. Una mancha roja de nacimiento que cubriese media cara parecía mucho más injusto, aunque con tiempo y láser se la podía terminar convenciendo para que desapareciera. Más duras de contemplar eran las desfiguraciones estructurales, como la microtia, que en latín significa 'oreja pequeña', o la enfermedad de Ollier, la hiperproliferación de cartílago, capaz de convertir una mano en algo tan nudoso y retorcido como el jengibre. Leí acerca de esos y de toda clase de trastornos en el sótano del consejo de bioética, donde un estante repleto de diccionarios de medicina se convirtió en mi más fiel compañero a la hora de comer. No siempre me era fácil establecer un diagnóstico. Los médicos del hospital no siempre compartían las mismas conclusiones y, como yo no era más que un simple voluntario que se quedaba con los niños mientras jugaban, por lo general no me sentía con derecho a preguntar, así que me guiaba por lo que podía ver: protuberancias en las articulaciones, piernas torcidas, temblores por todo el cuerpo. Lo que se puede ver se puede aprehender. En cambio, el sigilo de la leucemia o de un tumor cerebral, aunque fuese uno tan grande como una mandarina, era aterrador. No es una teoría que tenga lógica, ni siquiera es una teoría. ¿Cómo puede ser una teoría algo con unas excepciones tan flagrantes? Es indiscutible que no existe ninguna correlación entre la visibilidad y la gravedad de las enfermedades, aunque las invisibles tienen un poder especial. Tal vez porque parecen deshonestas. Insinceras. Una marca de nacimiento puede ser mala suerte, pero al menos no te pilla por sorpresa. Así que, cada vez que veía a un niño nuevo cruzando el vestíbulo, buscaba esperanzado una señal de algo que fuese tolerable, incluso curable, como una suela que se puede volver a fijar al zapato con un chorro de pegamento. Por favor, que la enfermedad no le ataque desde dentro. Por favor, que no padezca una de esas cosas invisibles.

Desde un punto de vista práctico, hacía aquello por motivos profesionales, para hacerme una idea del ambiente hospitalario y para trabajar mi trato con el paciente, pero, a decir verdad, me agotaba tanto el aspecto emocional que lo que parecía estar trabajando eran más bien mis ganas de tomarme una cerveza. Un sábado al final de mi turno, Lachlan, un compañero voluntario, me propuso que fuese con él y unos amigos a tomar una pinta a un pub que había a la vuelta de la esquina. Allí estaba Alastair con dos o tres personas más, deseando explicarme el significado del Nuevo Laborismo, la inanidad de la Cool Britannia y el carácter flatulento de la cerveza Young's Bitter. También hablamos de Afganistán, aquella noche u otra, o más bien de los ataques con misiles que había ordenado Clinton unos meses antes, que en opinión de la mayoría del grupo eran una distracción muy oportuna de sus problemas domésticos, por llamarlos de algún modo. Yo tenía mis dudas. Después de todo, no fue Clinton quien ordenó los ataques a las embajadas en Dar es-Salaam y en Nairobi, y miré de reojo a Alastair cuando dije eso, porque me había dado cuenta de que era un pensador independiente y perspicaz y yo no quería de ninguna manera estropear una oportunidad de ser de su misma opinión. Pero Alastair no participaba mucho en este tipo de conversaciones. Se sentaba en un rincón con la mitad de la cara cubierta por la sombra que proyectaba un estante lleno de juegos de mesa, somnoliento, vigilando el otro extremo del bar como quien está obligado a esperar durante mucho tiempo sin desearlo. La otra mitad de la cara, iluminada desde arriba, parecía cetrina y demacrada, poco acorde con su edad y, si no lo hubiese conocido, si hubiese ido allí solo y lo hubiera observado a cierta distancia mientras se tomaba una pinta tras otra, lo habría tomado por una vieja gloria o un fracasado; en cualquier caso, por un alcohólico malogrado. A decir verdad, las primeras noches que pasamos juntos Alastair me tomó por un recién llegado un tanto tedioso. Pero claro, eso es precisamente lo que yo era y, aunque Alastair tal vez fuese un alcohólico, no se había malogrado. Todavía no.

Una noche le pregunté de dónde era.

De Bournemouth, respondió, luego se levantó para ir al baño.

Otra noche, la chica que limpiaba la mesa me preguntó de dónde era.

De Brooklyn.

Pero sus padres se criaron en Bagdad, dijo Lachlan.

Alastair se inclinó sobre la mesa y me miró con interés.

¿En qué parte de Bagdad?

Karrada.

¿Cuándo se fueron?

En el setenta y seis.

¿Musulmanes?

Asentí.

¿Suníes o chiíes?

Lachlan estaba atrapado entre los dos y se levantó para cederme su asiento, aunque poco después de cambiarme de sitio se hizo evidente que Alastair sabía mucho más que yo del Iraq contemporáneo. Hacía diez años que yo no iba y ya no me acordaba del nombre de la tribu chií a la que pertenecía mi familia. Además, cuando admití que nunca había probado la sopa de cabeza de cordero, me miró con

213

tal incredulidad que parecía que hubiese dicho que yo era de Parma y que nunca había probado el jamón. Aun así, surgió cierto espíritu de camaradería y pronto, mientras los demás hablaban de cricket o de los culos de las camareras, Alastair me hablaba de las temporadas que había pasado no solo en Bagdad, sino también en El Salvador, en Ruanda, en Bosnia y en Beirut, donde, mientras yo era un adolescente y me dedicaba a colocar por orden alfabético mis cromos de béisbol y hacía el examen de aptitud escolar en Bay Ridge, él estaba zafándose de Hezbolá y fumando hachís en el antiguo hotel Commodore. Aquellas historias me cautivaban y hasta me daban un poco de envidia. No es que yo quisiera tener ningún roce con extremistas paramilitares, claro, pero me habría gustado poder decir que me había zafado de ellos.

En cuanto empecé a beber los sábados por la noche con los de allí, las salidas a correr de los domingos dieron paso a días enteros de Radio 4 y a las arenas movedizas de quedarme cavilando en la cama, no tanto por la resaca, aunque sí que bebía mucho (una mañana me despertaron las cadencias surrealistas de la predicción del tiempo en alta mar y creí por un momento que me había causado daños irreparables en el cerebro), sino porque mis nuevos sábados por la noche, que eran la quintaesencia de lo británico y estaban llenos de camaradería, se parecían mucho a lo que había ido a buscar y que ya no tenía por qué seguir buscando. El primer náufrago del programa *Los discos de la isla desierta* que escuché fue Joseph Rotblat, premio Nobel de la Paz, que había ayudado a inventar la bomba atómica y que luego se pasó el resto de la vida intentando compensar las consecuencias. Por entonces era ya un nonagenario y hablaba con un tono apremiante, con acento polaco y la voz rota y áspera por la edad, y le explicó a la entrevistadora que, después de Hiroshima, juró cambiar su vida en dos aspectos importantes. Uno era cambiar el objeto de sus investigaciones de las reacciones nucleares a las intervenciones quirúrgicas, y el otro, dar a conocer los peligros potenciales de la ciencia y conseguir que los científicos fuesen más responsables. Sus selecciones musicales (los ocho discos que se llevaría consigo si lo desterrasen a una isla desierta), se diferenciaban poco de aquellos ideales: Kol Nidrei, Last Night I Had the Strangest Dream, Where Have All the Flowers Gone?, A Rill Will Be A Stream, A Stream Will Be A Flood, interpretados por la Asociación de Médicos Suecos en el Concierto para la Prevención de la Guerra Nuclear...

Su ambición, dijo Sue Lawley cuando dejó de oírse a los médicos suecos, es más que un mundo sin armamento nuclear. Usted quiere un mundo sin guerras. ¿Cree que llegará a suceder o solo sueña con la posibilidad?

Tiene que suceder. Tengo dos objetivos para lo que todavía me queda de vida. Uno a corto plazo, la desaparición de las armas nucleares, y otro a largo plazo, la desaparición de la guerra. La razón por la que esto me parece importante es que, aunque eliminemos las armas nucleares, no podemos desinventarlas. Si en el futuro hay un conflicto grave entre grandes potencias, podrían volver a usarlas. Además, y esto nos lleva a la responsabilidad que tienen los científicos, hay otros campos de la ciencia, en especial la ingeniería genética, que podrían dar lugar al desarrollo de nuevas armas de destrucción masiva, quizá más fáciles de conseguir que las nucleares. Por lo tanto, la única posibilidad es evitar la guerra, que no haya necesidad de ella. De ningún tipo de guerra. Tenemos que conseguir que la guerra deje de ser una necesidad social reconocida. Tenemos que aprender a solucionar los conflictos sin confrontaciones militares.

¿Cree usted que existe una posibilidad real de que eso ocurra?

¡Creo que ya estamos avanzando por ese camino! A lo largo de mi vida he visto los cambios que se han producido en la sociedad. He vivido dos guerras mundiales. En ambas, Francia y Alemania, por ejemplo, eran enemigos mortales. Se exterminaban entre sí. Ahora la idea de que estos dos países entren en guerra es inconcebible. Y esto es extensible a otros países de la Unión Europea. Esto supone una revolución enorme. La gente no se da cuenta del gran cambio que se ha producido. Tenemos que educarnos en la cultura de la paz y no en la cultura de la violencia en la que vivimos ahora... Como dijo Friedrich von Schiller: Alle Menschen werden Brüder. Todos los hombres serán hermanos. Esto, espero, llegará.

Antes de que finalizara la entrevista y se reanudara el tema musical, que contenía graznidos de gaviotas, Rotblat también contó que, en 1939, aceptó una invitación para estudiar física en Liverpool y dejó a su mujer sola en Polonia, porque el salario no alcanzaba para mantener a los dos. El verano siguiente, después de que le diesen un pequeño aumento, volvió a Varsovia a recoger a Tola, su mujer, que sin embargo no pudo viajar por un ataque de apendicitis. Así pues, Rotblat volvió solo a Inglaterra, esperando que ella le siguiera en cuanto estuviese bien, pero, dos días después, Alemania invadió Polonia y todos los medios que tenía para contactar con su mujer desaparecieron. Hasta que no pasaron varios meses no pudo comunicarse con ella gracias a la Cruz Roja y hacer planes para sacarla de Polonia a través de un amigo que tenía en Dinamarca. Entonces Alemania invadió Dinamarca. Intentó sacar a su mujer a través de unos amigos de Bélgica e invadieron Bélgica. Luego lo intentó con Italia, donde uno de sus profesores conocía a un escolta de Milán que estaba dispuesto, pero el día que Tola partió para encontrarse con su enlace, Mussolini le declaró la guerra a Gran Bretaña y la devolvieron a la frontera italiana. Eso fue lo último que Rotblat supo de ella.

Aquella noche, cuando le conté la historia a Maddie, ella parecía distante e indiferente. Cuando la presioné, se quedó callada un rato y luego carraspeó y dijo algo acerca de que, cuando conocemos el final de una desgracia, estamos tentados a preguntarnos por qué su protagonista no evitó de mejor manera su destino.

¿O crees que todo depende de Dios?, me preguntó un momento después, con un tono que no invitaba a la afirmación. ¿De una decisión divina? ¿De la voluntad divina?

¿Y si lo creyera?

Ahora me parece imposible no haber visto llegar el final de mi relación con Maddie, pero entonces creía que, si bien lo que sentía por mi novia había empezado a enfriarse no mucho después de conseguir el espectacular premio que ella misma representaba, separarnos por eso era como serme infiel a mí mismo. Me inquietaba que el Amar de un año antes pudiera ser tan contradictorio con el Amar actual y supongo que, en mi determinación de fingir que por lo menos nada había cambiado (que no era tan voluble y vanidoso como para dejar de desear a una mujer después de habérmela ganado), no había contemplado la posibilidad de que Maddie también pudiese cambiar. El último domingo antes de Navidad, Sue Lawley anunció que su náufrago de la semana era el humorista inglés Bob Monkhouse. Asombrado, descolgué el teléfono y marqué los muchos dígitos de Maddie, pero no contestó.

Empezó a sonar Stormy Weather, intenté llamarla otra vez. Vaughn Monroe, Racing With the Moon. Ravel. El Adagio para cuerda de Barber. Mientras sonaba You Have Cast Your Shadow On The Sea interpretada por Monkhouse y Cast, lo intenté por cuarta vez, con una resaca agravada por una inquietud biliosa provocada por el hecho de que la mujer que desde hacía tres años y medio era mi novia no respondiera a las siete menos cuarto de la mañana, hora de la Costa Este, de un domingo.

¿Qué me dice de su libro?, preguntó Sue Lawley.

Las obras completas de Lewis Carroll.

¿Y si solo pudiera llevarse...?

¿Uno?

¿... un solo Lewis Carroll?

Bueno, supongo que *La caza del Snark* es mi obra favorita de Carroll. Pero no podría prescindir de *El País de las maravillas* ni de *A través del espejo*. ¿Sería...? ¿Podría llevarme *Las aventuras completas de Alicia*, por favor?

Entendía por qué Maddie pensaba que yo era un hipócrita. A primera vista, es paradójico ser tan cauto en la vida, tan metódico y meticuloso, y al mismo tiempo afirmar que se tiene fe en la intervención suprema de Dios. ¿Por qué dejar el tabaco si Él ya ha decidido que te va a eliminar en un accidente de autobús la semana que viene? Pero la predestinación teológica y el libre albedrío no son necesariamente incompatibles. Si Dios tiene un poder manifiesto sobre el conjunto de la existencia, cabe imaginar que ese poder se extiende, siempre que lo desee, a su capacidad de sustituir un destino concreto por otro destino. En otras palabras, el destino no está definido sino que es indefinido, puede mutar mediante las acciones deliberadas del hombre; Alá no va a cambiar la condición de un pueblo hasta que ellos no cambien lo que tienen dentro de sí. Dios no ha predeterminado el curso de la existencia humana, pero es evidente que conoce todos los caminos posibles y puede alterarlos según nuestra voluntad y los límites de su universo. O como le había dicho a Maddie la semana anterior: Imagínate una pista de autos de choque. En un auto de choque eres libre para conducir en la dirección que quieras y, al mismo tiempo, el vehículo está conectado mediante un poste al techo, que le suministra energía y limita los movimientos a los que predetermina la rejilla. De una forma parecida, Dios, con su enorme pista de autos de choque, crea y comanda las posibilidades de la acción humana que los hombres luego llevan a cabo. Y al hacerlo de esta manera (girando a derecha e izquierda, avanzando o retrocediendo, chocándonos con los demás o manteniendo una distancia respetuosa) decidimos aquello en lo que nos vamos a convertir y asumimos la responsabilidad de las elecciones que nos definen.

Por el silencio contenido que percibí al otro lado del teléfono me di cuenta de que en principio Maddie no estaba en contra de lo que le estaba diciendo. También me di cuenta, por la duración de su silencio, de que el verdadero problema no era que tuviéramos opiniones divergentes sobre el alcance de la voluntad divina. Nuestro problema era un profesor de medicina de cuarenta y nueve años que se llamaba Geoffrey Stubblebine. Pero no importa. De vez en cuando, todos desaparecemos por la madriguera del conejo. A veces esa parece la única manera de escapar del aburrimiento o de las exigencias de la vida que llevábamos antes, la única manera de darle al botón de reiniciar y dejar atrás el lío que hemos montado con tanto libre albedrío. A veces lo único que queremos es que alguien nos sustituya durante un tiempo, que le ponga freno a nuestra libertad, que ha acabado siendo demasiado libre. Demasiado solitaria, demasiado desprovista de estructura, demasiado autónoma y agotadora. A veces nos metemos en la madriguera o dejamos que nos arrastren a ella y, a veces, no del todo inadvertidamente, nos caemos en ella.

No estoy hablando de coerción. Que nos empujen ya es otra cosa.

En el pequeño vestíbulo de la sala de espera, un hombre fornido que llevaba un chaleco amarillo fluorescente etiquetó mi equipaje y lo tiró en un estante como si fuese un saco de plumas. Otro hombre un poco menos robusto, aunque tampoco mucho, me quitó la mochila y hurgó entre mi ropa. Me permitieron quedarme con el dinero que llevaba en los bolsillos, 11,36 dólares, pero no con el móvil, porque tenía cámara. Mientras esperábamos a que Denise rellenara más formularios, el hombre que me había palpado la entrepierna con esas manos calientes, me señaló con gesto amigable una máquina expendedora.

¿Una taza de té?

No, gracias.

¿Un plátano? ¿Un bocadillo de queso y pepinillos? ¿Patatas fritas?

Tenían todo eso expuesto como si fuese un puesto de limonada en la mesa que había entre nosotros.

Negué con la cabeza. Estoy bien.

Denise me dio otro papelito. Entre. Tardaré lo menos posible.

La sala de espera era un espacio grande de techo bajo y sin ventanas, salvo por la ventana por la que nos vigilaban los guardias y nosotros a ellos, y tenía asientos suficientes para setenta u ochenta personas. Por el camino, me imaginé que quizá me volviese a encontrar con la joven china que había volado medio mundo a instancias del dudoso profesor Ken, pero en aquel momento la única otra persona que había allí era un hombre negro y alto que caminaba muy inquieto frente a la pared del fondo. Llevaba un gorro de punto rojo y un dashiki largo de color crema, y mientras iba de un lado a otro entre las cámaras de espejo convexas colgadas en las esquinas, su reflejo, con una guinda en lo alto, crecía y encogía, crecía y encogía. Me senté a varios asientos de distancia. Un televisor atornillado al techo estaba encendido pero con poco volumen y se veía una especie de programa de entrevistas. Una mujer le enseñaba a otra a preparar un pastel griego de Año Nuevo. Esto incluía unas complicadas explicaciones para esconder una moneda de la buena suerte, seguidas por cómo cortar el pastel para evitar algo a lo que se refirieron como un serio enfrentamiento por la posesión de la moneda. Lo estuve viendo con aburrimiento un rato y luego me levanté a leer los anuncios que estaban pegados a las paredes.

Se ofrecían almohadas y mantas así como las normas de actuación en once idiomas en caso de incendio. Al lado de un teléfono público estaban los números de la Oficina de Asilo y Refugio y del Servicio Jurídico de Atención a Inmigrantes solo en inglés. También estaban los números de la capilla del aeropuerto y de los ministros disponibles de otras religiones: el reverendo Jeremy Benfield, el reverendo Gerald T. Pritchard, fray Okpalaonwuka Chinelo, el rabino Schmuley Vogel, Sonesh Prakash Singh. Sin haberlo pensado me puse a buscar con los ojos un nombre árabe. Mohamed Usman. Imán Mohamed Usman. Centro Musulmán de la Comunidad de Heathrow, 654 Bath Road, Cranford, Middlesex, TW59TN.

A pocos pasos, habían colocado sobre una mesa plegable de madera de imitación, dándole la misma importancia a cada una, una Biblia hebrea, una Biblia del rey Jacobo, una Reina-Valera y dos Coranes (uno en inglés y otro en árabe). Fijada a la mesa, al lado de los ejemplares del Corán, una alquibla señalaba que La Meca estaba más o menos en la misma dirección en la que estaba el servicio de señoras. Debajo de la mesa había tres alfombras de oración enrolladas dentro de un cubo, como baguettes gigantes, si bien a una distancia respetuosa, aunque sobreentendida, habían pegado otro letrero solo en inglés: NO SE PERMITE DORMIR EN EL SUELO.

El hombre negro se sentó y empezó a frotarse los ojos con el dorso de las manos. Llevaba en los pies unos mocasines polvorientos sin calcetines, la piel de los tobillos se había puesto de color ceniza. El pronóstico del tiempo para aquel fin de semana en Londres era de temperaturas apenas superiores a los cero grados y, por un momento un tanto absurdo, me imaginé que a él lo habían detenido por carecer de calzado apropiado. Al fin y al cabo, el Servicio Nacional de Salud no puede andar hospitalizando por hipotermia o gangrena a todos los extranjeros que vayan desabrigados. Señor, ¿no lleva usted calcetines en diciembre? Muy bien. Tome asiento. Le voy a hacer unas preguntas generales. Tardaré lo menos posible.

Al otro lado de la sala había una segunda mesa cubierta de material laico, colocado con menos cuidado: periódicos en inglés, castellano, francés y chino; un ejemplar de *Vogue* en japonés muy manoseado, dos entregas de *Crepúsculo* en francés, una novela rosa española y una edición alemana de *Come, reza, ama.* Me resigné y me senté otra vez frente al televisor. El hombre negro caminaba de nuevo de un lado a otro. Ahora, además, hacía ruidos, unos gruñidos y gemidos cortos e intermitentes que parecían involuntarios y que me recordaban a un pianista que le gusta a mi hermano, uno excéntrico que hace unos sonidos parecidos cuando toca, como con un esfuerzo o un éxtasis artístico. Tenía agarrado el libro sin abrir en el regazo. La hora a la que había quedado con Alastair en The Lamb había llegado y se había pasado. Cortaron el pastel griego de Año Nuevo.

Grozni fue la peor. En dos meses mataron a veinticinco mil civiles. Oscuros días invernales esquivando los cráteres que habían dejado las bombas y tropezando en la plaza Minutka con los cadáveres marcados con lazos de mártires. Los soldados rusos capturaron a algunos de los chechenos que no habían muerto todavía en los bombardeos y los metieron en sótanos, mientras en las calles sus madres lloraban y suplicaban que los liberasen. Por las noches, Alastair y los demás periodistas dormían a ochenta kilómetros de distancia, en una guardería incautada en Jasaviurt en unas literas minúsculas que habían juntado para montar camas que, de todos modos, seguían siendo demasiado pequeñas. Se taparon la nariz con unos pañuelos para protegerse de la peste de los cuerpos aún sin lavar que estaban en una habitación que seguía decorada con dibujos y acuarelas infantiles: conejos y magos, mariposas y unicornios, familias de monigotes cogidos de las manos bajo un arcoíris que salía de un caldero de oro. Hierba verde en la parte de abajo. Arriba, una franja azul como si fuera el cielo. Ni soñaban ni recordaban haber soñado; intentar correr bajo el peso dificultoso del chaleco antibalas durante todo el día ya era bastante sueño. En cuanto a los chechenos: los combatientes chechenos parecían muy contentos por morir. ¿Y por qué no iban a estarlo? La voluntad de morir es muy poderosa, sobre todo cuando se utiliza contra quienes prefieren no morir. Me matas de hambre, me humillas, arrasas mis ciudades y me quitas la esperanza; ¿qué esperas?, ¿que no me vea obligado a hacerte frente con mi vida?, ¿que no quiera ser un mártir, la única distinción que me queda? Tú, hombre débil, que te conmueves con las madres rusas y los arcoíris, vete a tu casa, a por tu Año Nuevo en Inglaterra, a por tu regalo navideño y a por tu cotillón con copa incluida. No necesitamos tu reconocimiento. No necesitamos que seas 'testigo' de nada. A tu 'empatía' le falta imaginación. Hasta los rusos son mejores que tú; ni siquiera a los rusos les incomoda tomar champán en unas tazas metálicas y abolladas, tener que echarse el aliento en las manos ni andar pisoteando una nieve llena de pis. Para ti, esto es una novedad. Para nosotros, es una cárcel. Y luego el mundo pregunta que por qué. ¿Por qué se matan entre ellos? ¿Por qué no lo arreglan? ¿Por qué tiene que morir tanta gente? Tal vez sea más adecuada la pregunta ¿Por qué hay tanta gente que no desea vivir?

Algunos sábados, cuando brillaba el sol, unos cuantos voluntarios llevábamos a un par de los niños enfermos a jugar a uno de los jardines públicos cercanos. Mi compañero en esas salidas solía ser Lachlan, un hombre con el que había unos silencios agradables y con una cultura general excepcional. Una tarde estábamos sentados en Bloomsbury Square, vigilando de reojo a los niños de los que estábamos a cargo, cuando Lachlan señaló las verjas de hierro que había al final del parque y me dijo que durante la Segunda Guerra Mundial habían desmantelado y fundido las originales para fabricar munición. Las nuevas eran más cortas y no se cerraban en todo el día. La plaza llevaba abierta al público desde entonces. Después de aquello, no pude pasar por Bloomsbury Square sin preguntarme adónde habría ido a parar la antigua verja de hierro. A qué frentes. En qué cuerpos. Más o menos por entonces se empezaba a reconocer que la intención de eliminar las armas de destrucción masiva de Sadam se dirigía a su primer anticlímax. Blair declaró que había llegado la hora de devolver a Estados Unidos la ayuda prestada sesenta años antes y garantizaba el compromiso de Gran Bretaña para descubrir lo que quedase del arsenal almacenado con propósitos genocidas. Cuarenta y ocho horas después, Clinton anunció que Iraq tenía la intención de cooperar; un mes después, la Comisión Especial de las Naciones Unidas informó de que en realidad Iraq no estaba cooperando y hete aquí que empezó el bombardeo británico-estadounidense. Los ataques aéreos de la operación Zorro del Desierto los vi con Alastair en The Lamb, nuestro lugar habitual, que tenía unas guirnaldas navideñas colgadas del techo y que había transformado el bar en un descuidado bufé con pasteles de carne y un caldero de imitación lleno de vino caliente con coñac. Durante la retransmisión del ataque (con la traca final justo antes de la tregua de los aliados en honor al Ramadán), la BBC estuvo alternando secuencias con dos paletas de color opuestas pero igual de cautivadoras: una, borrosa y granulada, con siluetas de palmeras delante de columnas de humo sepia y destellos anaranjados; la otra, inundada del color verde Midori propio de la visión nocturna. Una explosión sobre el Tigris iluminó de repente el agua con la claridad inocente de la luz diurna. Dejadme en paz, parecía decir el río bajo el fugaz resplandor blanco. Yo no os he hecho nada. Dejadme en paz.

Aquella noche también retransmitieron por televisión que la cámara baja había destituido a Clinton por dos cargos. Esta vez, cuando empezaron las burlas sobre su agenda política en el exterior, yo no dije nada.

Alastair tampoco hablaba mucho y bebía con una voluntad más sombría que de costumbre. Por entonces había empezado a preguntarme si, en algún momento de la década anterior (quizá en Ruanda o en Grozni o, quizá, de manera tan gradual que no se podía culpar a ninguna abominación en concreto), aquel hombre, como suele decirse, había perdido la cabeza. No parecía haberla perdido del todo, era como si se la hubieran quitado durante un tiempo para tenerla bajo custodia y luego fuesen a devolvérsela bajo la severa advertencia de que la usara solo para tener pensamientos inocuos. Por eso, supuse, estaba él allí, ob-

servando la evolución de las cosas desde un pub de Bloomsbury en lugar de desde la azotea de un hotel de Bagdad. Le
pregunté por qué la visión nocturna era verde.

Fosforescencia, contestó Alastair. Usan el verde porque el ojo humano es capaz de diferenciar más tonos de
verde que de ningún otro color.

Podrías escribir un libro, le dije un rato después.

Alastair respiró hondo y se quedó mirando los restos
espumosos de su cerveza, que se deslizaban lentamente hacia abajo por dentro del vaso. Cuando se le ocurrió una
respuesta, pareció aliviado. No era una respuesta de verdad, pero serviría.

Hay un viejo dicho, dijo, que afirma que un periodista
extranjero que viaja a Oriente Medio y se queda allí una
semana, luego vuelve a su casa y escribe un libro en el que
da una solución sencilla a todos los problemas. Si se quedase un mes, escribiría un artículo para un periódico o una
revista lleno de 'si', 'pero' y 'por otro lado'. Si se quedase un
año, no escribiría nada de nada.

Bueno, dije, no es obligatorio que soluciones nada.

No, dijo Alastair, cogiendo el vaso. Y tú tampoco.

Que no se encontrara ningún arsenal químico, bioló-
gico, radiológico o nuclear aquel invierno solo contribuyó
a avivar un pánico maniqueo. Con ese telón de fondo,
fundir la verja de una plaza ajardinada para fabricar balas
de cañón y fusil parecía tan pintoresco que hasta inspiraba
nostalgia. Desde luego, sentado al sol en Bloomsbury
Square, escuchando el canto de los tordos piando en la
copa de los árboles, no parecía probable que los chapiteles
fueran a ser llamados a filas. Claro que, si alguien hubiera
sugerido que estrellar aviones comerciales contra los rascacielos de los enemigos pudiera llegar a ser un medio efecti-
vo de la guerra moderna, tampoco me habría parecido verosímil.

Un día se nos acercó un niño con una oreja vendada
para pedirnos algo de comer. Le di una galleta de avena.

Con las migas cayéndosele de la boca, el muchacho anunció: Me estoy comiendo una galleta.

Así es, dijo Lachlan.

Te quiero, dijo el niño.

Yo también te quiero, dijo Lachlan.

El niño observó a las palomas que picoteaban el suelo antes de dirigirse a mí.

Me estoy comiendo una galleta, dijo.

Ya lo veo, respondí.

Te quiero.

Asentí. Yo también te quiero.

Nos lo repitió tres o cuatro veces (*te quiero* y *me estoy comiendo una galleta*) hasta que, cuando se terminó el paquete y quizá también el amor que sentía por nosotros, el niño volvió corriendo a por las palomas, que se dispersaron cojeando.

Al rato vino mi amiguita, la que hablaba árabe, y me miró astuta. Le ofrecí una galleta, que rechazó.

Le dijo a Lachlan en inglés y con mucho cuidado:

Mi papá quiere que sea un niño.

¿Cómo?

¡Baba dice que soy un niño!

Entonces, de pronto, se dio la vuelta y salió corriendo.

¡Vaya!, dijo Lachlan. ¿A qué viene eso?

No tengo ni idea. ¿Sabes qué le pasa?

Lachlan negó con la cabeza. Solo que es más pequeña de lo que parece.

Un tiempo después supimos que la niña tenía una forma rara de algo llamado hiperplasia suprarrenal congénita. Lo normal es que la glándula pituitaria produzca un estimulante llamado hormona adrenocorticotropa, o ACTH, que el torrente sanguíneo conduce hasta las glándulas suprarrenales, encima de los riñones. En ellas, la ACTH transmite la necesidad de cortisol, una hormona esteroide que tiene muchas funciones cotidianas esenciales. Pero el cortisol no cobra vida de manera espontánea, sino que se deriva de unos precursores que las enzimas convierten en cortisol. En un organismo afectado por la HSC, falta la enzima clave, lo que causa que la línea de montaje se interrumpa justo antes de que se produzca el cortisol. El resultado es que aumentan los precursores, pero nunca hay bastante cortisol. Como la presencia del cortisol suprime el envío de ACTH, la glándula pituitaria emite más y más y las glándulas suprarrenales reciben tantos estímulos que se hinchan de forma anormal.

El cortisol es necesario para la actividad endocrina normal, la regulación del crecimiento, el metabolismo, el funcionamiento de los tejidos, las pautas del sueño y el estado de ánimo. Si no se trata, la deficiencia de cortisol puede ser fatal y causar hipoglucemia, deshidratación, pérdida de peso, mareo, hipotensión e incluso insuficiencia circulatoria. También son problemáticos los síntomas que se derivan del desarreglo de los precursores del cortisol, que incluyen un exceso de andrógenos, llamados también hormonas sexuales masculinas. Como resultado, a un niño de tres años afectado de HSC le puede salir pelo en las axilas y un acné tan feo como el que puede tener su canguro. De la misma manera, una niña con ese trastorno puede presentar rasgos masculinos desde muy temprana edad: vello corporal, crecimiento acelerado, incluso preferir los camiones y los tractores a las tazas de té y las muñecas. Cuando llegue a la pubertad, puede que la voz se le vuelva más grave, que no se le desarrolle el pecho y que menstrúe muy poco o nada. En teoría, pocos casos tendrían que llegar a esa fase de virilización, porque algún indicio anterior debe de haber provocado una visita al médico, quien le habrá recetado esteroides sintéticos para reducir los niveles de andrógenos en el organismo.

A veces, el problema se observa incluso al nacer. En vez de tener un clítoris de tamaño normal, un bebé con dos cromosomas X puede nacer con un clítoris hipertrofiado, como un pene muy pequeño. La uretra y la vagina se pueden haber fusionado en una sola abertura y los labios estar unidos por completo y tener aspecto de escroto, aunque una ecografía revelaría que, en el interior, la niña tiene un útero completamente normal, trompas de Falopio, ovarios y cuello uterino. De hecho, si tuviese que pasar por una cirugía reconstructiva, tendría todo lo necesario (salvo el esperma de alguien, claro) para poder concebir en un futuro. Mi amiguita árabe había nacido con unos genitales ambiguos, pero no tan ambiguos como para que ni sus padres ni un obstetra, allá en Siria, creyesen conveniente considerarla sino una niña. Hacía poco, sin embargo, otros indicios, como la creciente anomalía fálica entre las piernas, había llamado la atención a sus padres y la ingresaron. Era indiscutible que había que regular los niveles de cortisol, pero seguía en pie la cuestión de qué hacer con el sexo. Los médicos opinaban que habría que darle un tratamiento de reemplazo hormonal y quizá también una genitoplastia feminizante y que siguiera siendo niña. La madre compartía esa opinión, pero el padre tenía un punto de vista diferente. En su país un niño era superior. Un niño supone prestigio. Un niño es motivo de orgullo. En su país hasta se puede decir: mejor un hombre estéril que una mujer fértil. De hecho, decía el padre, siempre he pensado que era un niño. Ha sido un error desde el principio. Parece un niño, se comporta como un niño. Su vida sería mucho más fácil si fuese un niño. Es un niño.

La HSC no tiene cura. Es una enfermedad genética por la que la doble hélice hereda dos copias de un gen defectuoso, una copia de cada progenitor. Lo normal es que el gen sea recesivo frente a su homólogo dominante, pero si ambos padres son portadores, hay un 25% de posibilidades de que el hijo herede ambos genes defectuosos y padezca la enfermedad. Esto deja un 50% de posibilidades de que el hijo herede un solo gen defectuoso (y se convierta en portador) y un 25% de que herede solo genes normales y no se vea afectado. Debido a la probabilidad de que ambos padres hayan heredado el mismo gen mutante de un antepasado común, la herencia autosómica recesiva abunda sobre todo entre los hijos de parejas consanguíneas. Cuanto más cercano sea el parentesco, mayor será la proporción de genes compartidos y mayor el riesgo de que los hijos sean homocigóticos respecto a un gen compartido. En otras palabras, la herencia recesiva es muy común en algunas culturas en las que, por razones tribales de supervivencia (para reforzar los vínculos familiares, para que la mujer no pierda su nivel social dentro de la jerarquía, para facilitar la unión de parejas adecuadas y preservar así las tradiciones, valores, posesiones y riqueza de la familia), no es solo aceptable, sino lo habitual y lo que se fomenta, contraer matrimonio entre primos hermanos.

En diciembre de 2003, unos siete meses después de que Bush diese por cumplida su misión y las Naciones Unidas levantasen la mayoría de las sanciones impuestas a Iraq, volví a ver a mi hermano, después de trece años. Yo estaba viviendo en West Hollywood, llevaba tres semestres de doctorado de Económicas y había volado desde Los Ángeles a París y de ahí a Amán, donde se suponía que en el aeropuerto me iba a recoger un conductor y me iba a llevar al hotel donde me estarían esperando mis padres, que habían viajado desde Bay Ridge. Nos llevarían en coche desde Amán hasta Bagdad en unas diez horas a través del desierto. Antes de las sanciones y de la invasión posterior, se podía volar de Amán a Bagdad en menos de una hora, así que cuando uno llegaba a Amán significaba que ya casi había llegado. Ahora significaba que estaba más o menos a mitad de camino.

Cuando llegué al aeropuerto no había ningún conductor o, más bien, había muchos conductores, todos deseando llevarme, pero ninguno con un cartel con mi nombre. En un momento determinado me di cuenta de que la dirección del hotel donde se alojaban mis padres estaba anotada en un cuaderno que me había dejado en el avión con destino al Charles de Gaulle. Una hora después, dejé de buscar a mi contacto e hice unas cuantas entrevistas con mucha suspicacia hasta que encontré a un hombre dispuesto a llevarme a cinco hoteles diferentes por una tarifa fija de doscientos cincuenta mil dinares, unos ochenta dólares.

En el coche, cuando el hombre supo que mi destino final era Bagdad, empezó a delirar de ambición. ¡Yo te llevo! ¡Yo te llevo ahora mismo! ¡Estarás allí por la mañana!

Es muy posible que me hiciera esa oferta con intención de venderme a unos secuestradores en medio del desierto. Le di las gracias y le expliqué cortésmente que quería descansar un poco en mi hotel antes de continuar el viaje. Entonces, el conductor se quedó no solo impertérrito, sino encantado. ¡Sí! Perfecto. Descansa, volveré más tarde y te llevaré por la mañana. Bien podría haber dicho: Mejor todavía, haré los preparativos para venderte en el desierto y luego estaremos listos para irnos.

Mis padres estaban en el tercer hotel. Cuando me acerqué al mostrador, el recepcionista estaba hablando por teléfono. Se colocó el auricular en el hombro y le pregunte si el señor Alá Yaafari y su mujer estaban ahí alojados. ¿Y usted es...? Su hijo. El recepcionista levantó las cejas. Señaló el auricular que tenía en el hombro. Es su conductor. Quiere saber dónde está usted. ¿Dónde está él?, pregunté. En el aeropuerto, dijo el recepcionista. No, dije, vengo del aeropuerto y le juro que ese hombre no estaba allí. El recepcionista asintió, me miró con amabilidad, luego volvió a acercarse el auricular al oído y transmitió mi mensaje. Siguió una apagada retahíla de invectivas que nos crispó a los dos. Entonces el recepcionista volvió a mirarme como si estuviese escuchando a alguien describiéndome como se describe una cartera o un reloj perdido y, mientras la voz al otro lado seguía reprendiéndole, colgó.

¿Sabe qué?, me dijo, negando con la cabeza. Conozco a este tipo. No estaba allí.

Abrió la puerta mi madre, que llevaba un pañuelo en la cabeza. En Bay Ridge no solía llevarlo y por primera vez pensé que el severo óvalo negro que le enmarcaba la cara le destacaba los mofletes de un modo nada favorecedor. Había empezado también, por la edad, a caminar un poco doblada hacia delante, como si al inclinarse preservara o hasta generase algo de impulso. En los últimos tiempos, cuando llamaba a casa y hablaba con mi padre, me respondía a las preguntas sobre cómo estaban los dos con un informe de lo bien o mal que había dormido mi madre la noche anterior. Su insomnio y los efectos que tenía eran como una experiencia paranormal y mi padre me advertía de su presencia igual que me advertía una vez al mes de que Fátima no estaba teniendo un muy buen día. Ahora, en Amán, aunque cuando llegué sonrió de forma maternal, se veía que necesitaba dormir. Esperaba que pudiera descansar un poco en el coche. También esperaba poder descansar yo en el coche, pero en cuanto nos abrazamos, mi padre me llevó aparte y me dijo que, si bien mi madre podía dormir durante todo el viaje, uno de nosotros tenía que quedarse despierto todo el tiempo. Íbamos a salir en plena noche para llegar a Iraq al amanecer. Además, de noche o de día, la mayor parte del viaje sería monótono, kilómetros y kilómetros de matorrales y dunas, así que era igual de importante estar atentos por si el conductor cabeceaba o, según dijo mi padre, estaba tramando algo raro.

Era el mismo conductor que se había supuesto que me estaría esperando en el aeropuerto. Me saludó con un aire de suficiencia benevolente y de exasperación contenida. Su Chevy Suburban blindado, con los cristales tintados y la parte trasera alargada y cuadrada, parecía un coche fúnebre. No habría podido dormirme ni aunque lo hubiera intentado. Cada vez que aceleraba me sobresaltaba. Cada par de faros que avanzaban hacia nosotros parecían abrirse paso a través de la oscuridad con un sigilo amenazante. El conductor agarraba el volante con ambas manos, movía la rodilla y se mordía el labio. Era fumador, obviamente; el vehículo apestaba y todos los compartimentos extra estaban rebosantes de cigarrillos, docenas de paquetes de Marlboro con la etiqueta CHINA DUTY FREE encajados encima de las viseras y en los bolsillos de detrás de los asientos, pero antes de salir mi padre le había preguntado si no le importaba abstenerse del tabaco. Casi toda la primera hora de viaje estuve sopesando en silencio los pros y los contras de esa petición. Si nuestro conductor necesitaba nicotina para llevarnos a Bagdad sanos y salvos, que fumara. No nos íbamos a morir por ser fumadores pasivos durante diez horas. Por otro lado, mi padre, que acababa de dejar el tabaco, había pagado mucho por el servicio, tres mil quinientos dólares. ¿Por qué no iba a ser como él quisiera?

Llegamos a la frontera poco antes de las cuatro. El chófer aminoró la marcha, abrió la guantera y sacó un fajo de billetes de veinte dólares. Bajó el cristal de la ventanilla y fue sacando billetes y repartiéndolos entre los policías de la aduana como si fuese el peaje normal. ¿Algún extranjero?, preguntó en árabe uno de los policías.

Nuestro conductor negó con la cabeza. Todos iraquíes.

Entonces se puso a repartir paquetes de Marlboro, dos paquetes a cada policía. Luego subió la ventanilla y parecía que se iban a poner a hacernos señales para que siguiéramos adelante cuando uno de los policías que estaba en la carretera se dio la vuelta y levantó la mano.

La ventanilla volvió a bajar y el conductor sacó otros dos paquetes de tabaco que el policía se metió en el bolsillo sin más miramientos. Entonces dijo algo de Bagdad. El conductor asintió. El policía se fue.

Yo estaba en uno de los asientos del medio y me volví para mirar inquisitivamente a mi padre. Mi madre, con sus ojos oscuros y el pañuelo ceñido a la cabeza, parecía un búho.

¿Qué ocurre?

Quieren que llevemos a alguien a Bagdad.

¿Un policía?

El conductor asintió.

¿Un agente de inteligencia iraquí?

Sin dejar de mover la pierna, el conductor se agachó para mirar por debajo del retrovisor y no respondió.

¿Qué deberíamos hacer?, preguntó mi padre.

Por favor, dijo el conductor. Finja que duerme. No hable.

Tengo que ir al lavabo, dijo mi madre en voz baja.

Lo siento, replicó el conductor en un tono perentorio, y se volvió para mirarnos. No podemos parar hasta que él lo diga. Tienen que guardar silencio o su acento los va a delatar. Intentaré ir lo más rápido que pueda, pero, por favor, no hablen.

Se estaba acercando ya un hombre alto con barba y uniforme de faena gris. El conductor quitó el seguro y el agente abrió la portezuela del pasajero y se sentó delante de mí haciendo que el vehículo se inclinara. Sabah al-khair, dijo el hombre. Sabah al-noor, respondió el conductor. Buenos días. Los Yaafari no dijimos nada. El conductor colocó el seguro, puso el coche en marcha y volvió a conducir. Los policías de la carretera se despidieron con la mano. El nuevo pasajero ajustó y reajustó su asiento y redujo a la mitad el espacio libre para mis piernas. Luego sacó de la visera un paquete de Marlboro, le quitó el celofán, sacó un pitillo y no dejó de fumar durante las seis horas siguientes.

La casa de mi abuela era más pequeña de lo que recordaba y mi hermano más grande. No más gordo, ni más fofo ni más ancho, como nos pasa a algunos cuando envejecemos, sino de mayor tamaño, de una manera compacta y proporcionada, como si para ahorrarme espacio en la memoria lo hubiese reducido un veinte por ciento.

También era más guapo de lo que recordaba, con las mejillas más sonrosadas y el gesto más sonriente, con largas arrugas que le salían del entorno de los ojos. Cuando por fin mis padres y yo entramos en el salón de mi abuela, Sami se levantó, se puso las manos en las caderas y me estuvo sonriendo durante un buen rato, como si supiera que se estaban viniendo abajo mis prejuicios. ¿Y cuáles eran mis prejuicios? Que sería más, y al mismo tiempo menos, como el Sami que yo recordaba. Más aniñado. Menos aniñado. Le estaban saliendo canas por detrás de las orejas, pero eso era menos asombroso que las cosas en las que parecía casi exactamente igual. La rectitud del nacimiento del pelo. Las peculiares sombras alrededor de la boca. Aquellas reliquias animadas me perturbaban, pero de un modo extrañamente agradable, igual de extrañamente agradable que puede ser pasar al lado de un desconocido en la calle y percibir doce años después el olor del champú de tu profesor de química del instituto. Creemos que hemos evolucionado, creemos que nos hemos desprendido de la escoria de la memoria, y luego basta con aspirar el aroma de cierto champú para que hagamos una asociación con un fotograma de 1992.

Una tarde estábamos sentados en el jardín y, mientras Sami fumaba un pitillo, recogió una naranja de la hierba y me la tiró para que la pelara. Se había licenciado en medicina unos años antes y ahora era médico residente en Al-Wasati, el hospital de cirugía correctiva. Antes de la guerra, la mayoría de sus casos eran rinoplastias, implantes de senos, liposucciones y prótesis de cadera; ahora se pasaba los días restañando heridas de misiles, sacando con pinzas fragmentos de metralla y vendando quemaduras. Corría el rumor de que el Ministerio de Sanidad iba a financiar prótesis de orejas para los hombres a los que les habían cortado una o ambas por desertar del ejército de Sadam en los años noventa y parecía que mi hermano esperaba que así fuera. Al fin y al cabo, decía, si se dedicaba a reconstruir orejas en lugar de restañar heridas de misiles significaría que la lucha se había calmado un poco, ¿no?

Nos quedamos un rato en silencio y luego le mencioné al niño que conocí en el hospital infantil de Londres y que había nacido con una oreja que parecía un haba. Mi hermano apagó el cigarrillo en la hierba y respondió con ironía: Ojalá aquí solo tuviéramos que arreglar errores de la naturaleza.

Y, sin embargo, parecía muy tranquilo. No ante la situación, claro, sino por las decisiones que había tomado en la vida. Desde luego, nadie podía recriminarle que su trabajo no tuviese importancia. Después de la invasión, y pese a la presencia de soldados estadounidenses abrumados patrullando la ciudad, Al-Wasati había sido el único hospital de Bagdad que no fue saqueado hasta dejarlo inutilizable. Nueve meses después aún seguía falto de suministros y de personal, porque un número cada vez mayor de médicos se negaba a acudir a la ciudad o sencillamente había huido del país. El día que mi padre y yo fuimos a ver a mi hermano al hospital, un trayecto que en tiempo de paz habríamos hecho en veinticinco minutos, nos llevó hora y media. Había estallado un camión cisterna en alguna parte y eso había provocado un embotellamiento y la sobrecarga del hospital por la afluencia nueva de víctimas. Un hombre lloraba fuera en la entrada, mientras a otro lo tendían en una camilla. El que lloraba se tapaba la cara con las manos. Luego levantó los brazos al cielo y gritó: ¿Por qué? ¿Por qué? ¿Por qué hacen esto? ¿Es por dinero? ¿Por qué? Al entrar, en una camilla había un niño de unos diez años con las piernas envueltas en vendas empapadas de sangre y parpadeando con una resignación como de otro mundo. Nadie parecía acompañarle y, mientras mi padre y yo esperábamos y buscábamos a Sami, un médico se nos acercó y señaló al niño.

¿Quién está a su cargo?

No lo sabemos, respondió mi padre.

El médico se dio la vuelta y le gritó a la turba que deambulaba, lloraba y rezaba en el vestíbulo:

¡¿Quién está a cargo de este niño?!

¡Waled!, gritó alguien.

Mientras el médico seguía mirando al niño con el ceño fruncido, muy poco satisfecho de lo que veía, una enfermera nos condujo al comedor del personal, donde tenían puesta una telenovela árabe en el televisor de la esquina, y apareció mi hermano con una bata quirúrgica. En el quirófano le esperaba un hombre joven al que la noche antes le había alcanzado la metralla. Mi padre le preguntó si podíamos ver la intervención.

¿Esto fue ayer?, le preguntó Sami al hombre tendido en la mesa de operaciones.

El hombre asintió. Al atardecer. Había salido a buscar pan.

Sami le practicó dos orificios en el torso, justo debajo de los brazos, para drenarle la sangre de los pulmones. El hombre chilló. Le habían administrado una dosis pequeña de anestesia, pero como la anestesia era una de las cosas que escaseaban en el hospital, no le dieron más.

Allahu Akbar!, gritó el hombre.

Necesito más luz, dijo Sami.

Un ayudante cambió el ángulo de luz de la lámpara sobre el cuerpo del hombre mientras otros dos hombres, uno a cada lado, lo sujetaban. Mi hermano introdujo unos tubos en los orificios bajo los brazos y luego ajustó la posición para que la piel se separase de la caja torácica hacia un lado y otro, como una plastilina inteligente.

¡Ningún musulmán le haría esto a otro musulmán!, gritó el hombre. ¡A mi hijo de dos años le han destrozado la cara! ¿Por qué hacen esto? ¿Por qué?

Sami le clavó una jeringuilla en el abdomen. Cuando empezó a hurgar otra vez en los orificios entubados cerré los ojos, me di la vuelta y me fui. Media hora después, cuando volví al quirófano, estaba vacío. En el comedor habían apagado el televisor y dos hombres que esperaban a que hirviese el agua de una tetera discutían si la captura de Sadam cuatro días antes era verdad o una mentira difundida como propaganda por Estados Unidos. Encontré a mi padre y a mi hermano en el vestíbulo, de pie al lado del niño con las piernas ensangrentadas, mi padre con los brazos cruzados como si tuviera frío y mi hermano fumando. Había otro médico al lado de Sami, también fumando. Supuse que era Waled. Al otro lado de la camilla había tres hombres más, dos con dishdashas, las túnicas típicas de

Iraq, y el tercero con una kufiya roja y blanca anudada bajo una espesa barba negra. Lo encontramos encima de Wazik, decía uno de los hombres. Dice que vive en Zayuna. Dice que se llama Mustafá. Dice que no ve a sus padres desde la semana pasada. Hasta ese momento no había mirado con detenimiento a los hombres que estaban junto al niño, el cual, incluso mientras estaban hablando de él, seguía con su parpadeo insólito mirando a la pared, y entonces vi que el de la barba negra y el pañuelo rojo y blanco atado alrededor del cuello era Alastair.

En la puerta principal de Al-Hamra ponía en un cartel: POR FAVOR, DEJEN LAS ARMAS EN EL MOSTRADOR DE SEGURIDAD. GRACIAS POR SU COOPERACIÓN.

Dentro, sentado tras el mostrador de recepción, había un hombre con un jersey pardo de cuello alto y haciendo un crucigrama en árabe. Sobre el mostrador tenía un reloj de bolsillo, un detector de metales y un Kalashnikov apuntando a mi entrepierna mientras Sami y yo levantábamos los brazos para que nos cachearan.

Al otro lado de dos pesadas puertas de madera ya estaba en marcha la fiesta navideña de los periodistas. Las paredes rojas del restaurante, los manteles rojos y los apliques a media luz daban la impresión de que aquello fuera un lujoso club nocturno en el purgatorio. En un rincón había dos camareros de pie, firmes, callados, con pajarita y camisas tan finas que se les transparentaba el contorno de las camisetas de tirantes. En otro rincón, un tercer iraquí estaba tocando estándares de jazz en un piano vertical de color dorado, mirando a la sala. Las entrañas del piano estaban parcialmente tapadas con una cortina de estampado floral a juego con las de las ventanas. Aunque es verdad que fuera estaba oscuro y los cristales estaban reforzados con una malla de acero muy gruesa, por lo que parecía que no había ventanas.

En el centro de la sala departía un grupo festivo de corresponsales, cámaras, fotógrafos y empresarios, se servían bebidas y cortaban puros. Casi todos eran hombres, aunque también había unas pocas mujeres, entre ellas una con vaqueros blancos ajustados a la que había arrinconado un hombre que, con acento francés, le explicaba que la situación se parecía a la de Vietnam. Intentas aplastar la resistencia y así inflamas a la población neutral. Encontramos a Alastair al lado de la piscina, en una mesa iluminada por velas y llena de botellas y ceniceros, hablando con un joven de Estados Unidos que por la gorra que llevaba pertenecía al Alto Comisionado de las Naciones Unidas para los Refugiados. Los dos hombres daban caladas a sus puros, el de Estados Unidos con bastante menos habilidad y, como Alastair ya no llevaba la kufiya, vi que, aunque la barba era auténtica, el color negro no.

Cualquiera que hubiese estado atento en los años noventa, decía, cualquiera que hubiese aprendido algo de Yugoslavia, Bosnia y Somalia, habría anticipado esto. Si desmantelas el ejército, si despides a todos los que han trabajado para el gobierno, si les quitas el trabajo, el sueldo y el orgullo, ¿qué esperas? ¿Que se pongan a jugar al parchís hasta que te plantes en la puerta de su casa y les des una papeleta para ir a votar? Y si saben dónde estaban escondidas antes las municiones y tú no las vigilas, ¿de verdad te sorprende que las usen contra ti?

En la piscina se reflejaban una serie de focos fluorescentes, como si fueran una hilera de lunas relucientes. En un extremo de la piscina había una barra para hacer flexiones de brazos y, mientras hablábamos, se acercó a ella una silueta musculada de forma admirable y se puso a elevarse de manera vigorosa. El de ACNUR, que tenía acento sureño y se cambiaba el cigarro de mano una y otra vez como si el extremo apagado le estuviese quemando, dijo:

Bueno, ¿teníamos elección?

En realidad, dijo otro de los americanos, ¿por qué no se ha hecho nada antes? Como cuando Sadam andaba asesinando kurdos y chiíes por organizar una rebelión por una sugerencia no muy sutil por nuestra parte. Eso hizo que matasen a mucha gente delante de nuestras narices porque nuestras tropas recibieron la orden inexplicable de no intervenir. Por mucho que estuvieran allí. Por mucho que se pueda decir que el ataque violó el acuerdo de alto el fuego de Schwarzkopf. ¿Por qué no hicimos nada entonces?

Pareces un excepcionalista, dijo Alastair.

¿Y?, dijo el estadounidense. El excepcionalismo es problemático solo si se usa para justificar malas políticas. La ignorancia sí que es un problema. La complacencia es un problema. Pero aspirar a un comportamiento excepcional, excepcional en lo generoso, en lo sensato, en lo humano, es lo que cualquiera que haya tenido la buena suerte de haber nacido en un país excepcionalmente rico, instruido, democrático debería hacer...

El de la gorra de ACNUR estaba de acuerdo con él y exhaló unos anillos de humo de forma oblonga que se disolvieron en la neblina colectiva que había sobre la piscina. Menos de dos años después en la misma piscina estarían flotando trozos de cuerpos de terroristas suicidas, pero aquella noche, una Navidad en Iraq relativamente calmada después de que hubiesen capturado a Sadam, era imposible no esperar que, después de todo, el arco del universo moral no fuese tan amplio e inflexible. Vi a mi hermano encender un cigarrillo sin quitarle los ojos de encima al hombre que estaba haciendo dominadas en la barra y pensé que no estaba escuchando la conversación o que la había ignorado como indigna de su participación. Pero entonces, con la vista clavada en el hombre de la barra, Sami suspiró y dijo:

¿No es posible que lo que de verdad quiera Occidente es que Oriente Medio no le incomode? ¿Que no suponga una amenaza, que no le cobre mucho por el gas, que no le amenace con armas químicas o nucleares? Si no fuera por eso, ¿no le traería sin cuidado?

No, dijo el hombre de ACNUR. Creo que el estadounidense medio es sincero cuando dice que quiere que Iraq sea una nación pacífica y democrática. Una nación libre y laica. Aunque sabemos que no va a poder serlo a corto plazo.

Pero no querríais que fuésemos más ricos que vosotros, más poderosos que vosotros, que tuviéramos más influencia internacional y el mismo potencial aparentemente infinito que vosotros.

El de la gorra de ACNUR se quedó perplejo.

Bueno, intervino Alastair con calma, es difícil de imaginar, pero, desde el punto de vista geopolítico, sería un acontecimiento interesante.

Dentro, los periodistas, cámaras y empresarios estaban sentados alrededor de una mesa larga y cortando un jamón glaseado con miel que la madre de alguien había enviado por FedEx desde Maine. Me senté con Alastair en un extremo de la mesa, hasta donde nos pasaron dos platos de jamón y él se comió los dos. Lo observé mientras tanto y me di cuenta de que parecía más animado que la última vez que lo había visto, cinco años antes en Londres. Ahora su cuerpo parecía más tenso y alerta, como si, bajas aparte, de verdad prefiriese vivir en una zona de guerra. Le pregunté si alguna vez se sentía hipócrita al censurar la guerra y al mismo tiempo sentirse atraído por su energía. Alastair asintió y dijo, mientras seguía masticando: Sí, es cierto, hay algo emocionante, incluso adictivo, en la idea de vivir cada momento solo medio paso por delante de la muerte. Pero si no fuese por los que están dispuestos a hacerlo, los que arriesgan la vida para presenciar y documentar lo que está ocurriendo, ¿cómo íbamos a saber los demás qué es lo que hacen los gobiernos en nuestro nombre? Le recordé que la misma proliferación del pseudoperiodismo, la cacofonía de conjeturas, prioridades partidistas y sensacionalismo, que parece orquestada sobre todo para provocar y entretener, por lo general me dejaba con la sensación de saber menos que nunca acerca de lo que el gobierno estaba haciendo en mi nombre. Alastair se encogió de hombros y asintió como dándome la razón. Bueno, sí, el infierno de los imbéciles siempre está ahí.

Aquella noche Alastair también me contó que ocho años antes, en Kabul, su equipo y él estaban recogiendo después de un segmento, cuando un chico afgano corrió hacia él y le arrebató la bolsa de fotógrafo. Pocos minutos después apareció un policía y Alastair lo paró para describirle al chico: 1,70, catorce o quince años, camisa celeste y kufiya verde oscuro. Se fue por allí. Minutos después el policía volvió con el chico y le dio la bolsa a Alastair, quien le dio las gracias. El policía ordenó al niño que se disculpara, cosa que hizo. Entonces el policía sacó la pistola de la cartuchera y le pegó un tiro en la cabeza al chico. Puedes imaginarte, dijo Alastair, cuántas veces he recreado la escena en mi memoria y lamentado mi participación involuntaria. Y si la violencia aumenta los ingresos publicitarios de tu jefe y tú eres el que informa de la violencia, no es difícil ver cómo, también en ese aspecto, estás perpetuando la violencia. Así que no, no siempre duermo tranquilo por las noches. Pero si lo dejo, cosa que sopesé muy en serio después de aquello, creo que la alternativa me volvería loco. Cuando trabajo, cuando estoy puesto de adrenalina, no es que me halle en un estado contemplativo precisamente. Pero cuando vuelvo a casa, cuando salgo a cenar o me siento en el metro o empujo el carro de la compra por los pasillos del supermercado entre el resto de clientes con sus listas meticulosas, empiezo a desbarrar. Si observas lo que hace y deja de hacer la gente con su libertad, es imposible no juzgarlos. Terminas percibiendo que la sociedad por lo general pacífica y democrática se mantiene en un estado de suspensión delicadísimo que precisa de equilibrio hasta en su última molécula, de manera que el más leve sobresalto, una sola persona que, por autocomplacencia o egoísmo, no haga caso de su fragilidad, podría echar abajo todo el puto sistema. Te pones a pensar que todos pertenecemos a la misma especie, capaz de un mal tan espantoso, y te preguntas cuál es tu responsabilidad con la humanidad mientras estás vivo y a qué juega Dios con nosotros, por no mencionar lo que implica preferir volver a Bagdad a estar en tu casa en Angel con tu mujer y tus hijos leyendo *Si le das una galletita a un ratón*. Si la paz y la contemplación me sacan de quicio, si hay en mí alguna cuestión bioquímica que ansía el estímulo del espectáculo violento y la proximidad del conflicto, ¿qué lugar ocupo yo en el espectro? ¿De qué sería capaz en otras circunstancias? ¿Hasta qué punto soy diferente a 'ellos'?

No sabía que creías en Dios.

No creo o, más bien, soy agnóstico. Un agnóstico de trinchera. Hay un poema de Mandelstam que dice: *'No pude distinguir en la bruma | tu forma atormentada y huidiza. | ¡Dios!, dije por error, | sin haberme propuesto hablar'.* Ese es el resumen. ¿Y tú?

Sí.

¿En Alá?

Asentí.

Alastair dejó la cerveza.

¿Qué?

Nada. Yo... Eres economista. Científico. No lo sabía.

Cuatro hombres sentados a nuestro lado con unos chalecos antibalas jugaban al Texas hold'em con una baraja de cartas de las que habían repartido a las tropas con fotos de los cincuenta y dos miembros más buscados del partido Baaz y comandantes revolucionarios y era Ali el Químico quien encabezaba el *flop*. Habían diseñado y distribuido las cartas para que los soldados se familiarizasen con los nombres y las caras de aquellos a quienes tenían que capturar o matar en los asaltos. El concepto era heredero de otra baraja con la que los pilotos de la fuerza aérea en la Segunda Guerra Mundial jugaban al gin rummy. Las cartas mostraban las siluetas de los aviones de combate alemanes y japoneses. Es una táctica extraña este modo de informar de a quién hay que exterminar mediante un medio que es costumbre asociar con el juego y el entretenimiento. Cabe preguntarse si las ventajas instructivas no quedan socavadas por la escandalosa implicación de que para Estados Unidos la guerra se asemeja a un juego. A mi lado estaban jugando a uno en el que Sadam era el as de picas, sus hijos Kusay y Uday los de tréboles y corazones respectivamente y la única mujer (Huda Salih Mahdi Amash, también conocida como Sally la Química, que había estudiado en Estados Unidos), el cinco de corazones. Trece de las cartas, incluidos los cuatro doses, en lugar de una foto tenían un óvalo negro genérico que parecía el contorno de una cabeza con capucha, como la Parca. Y sin embargo eran estas cartas, pensé cuando el hombre más cercano a mí ponía en la mesa una mano de color, las cartas sin cara, las que causaban un efecto más humano. Quizá porque la ausencia de facciones sugería de inmediato que también tú podrías haber sido Adil Abdalá Madi (dos de diamantes) o Ugla Abid Sakr al-Kubaisi (dos de tréboles) o Gazi Hamud al-Ubaidi (dos de corazones) o Rashid Tan Kazim (dos de picas). Si tu bisabuelo hubiera conocido a otra mujer, si tus padres hubieran cogido aquel vuelo más tarde, si tu alma hubiese llegado a la vida en un continente distinto, un hemisferio distinto, un día distinto.

Entretanto, el escándalo de risas y tintineos y cantos de borrachos había empezado a competir con un crescendo lento pero firme procedente del piano que estaba en la esquina. Miré y allí estaba mi hermano compartiendo el banco con el pianista que habían contratado, los dos mirando su mitad del teclado mientras mantenían una conversación y los cigarrillos que sostenían entre los labios se movían arriba y abajo. La música ya no era de Cole Porter o de Irving Berlin, sino una especie de jazz febril sin principio, mitad, ni fin, solo un ciclo de arrebatos, oleadas en bucle y contracciones, improvisaciones largas y frenéticas que llegaban a sonar tan triunfales como apocalípticas... En algunas partes me recordaba al acompañamiento musical de una pelea de una película muda o a una persecución de Charlie Chaplin o a titulares históricos que van apareciendo uno tras otro. Y así siguió hasta bien entrada la noche, mucho después de que se terminase el jamón y se fuesen a dormir casi todos los periodistas, los freelance y los cámaras, mucho después de que los camareros retirasen los manteles manchados y de que las cartas con reverso de camuflaje volviesen a sus cajas, mucho después de que la piscina cerúlea se hubiese asentado como un cristal y de que la columnita de ceniza del cigarrillo de mi hermano se hubiera hecho lo bastante larga para inclinarse y caer.

Dejé el *Vogue* japonés y me acerqué a la ventana de observación, por la que vi a los guardias intentando sacar una botella que se había quedado atascada en la máquina expendedora. Cuando le di unos golpecitos al vidrio, los dos hombres se levantaron al mismo tiempo y el que estaba más cerca se lanzó hacia la puerta.

Pensándolo bien, sí que me tomaría algo, dije.

Mientras iban a buscarme agua, otro funcionario, un hombre al que no había visto antes, cruzó el vestíbulo sin decir nada, entró en la sala de espera, se acercó al hombre negro y se sentó. Mientras él hablaba, el hombre negro miraba fijamente el suelo, se frotaba los ojos y parpadeaba mucho. Algo acerca de Lagos. Arik Air. Ni rastro de la señorita Odilichi en Croydon. Me senté a unos metros de distancia con el agua en la mano y seguí con mi análisis de analfabeto de la edición japonesa de *Vogue*. Era la hora de la oración de la tarde o ya se había pasado (no había forma de saberlo estando dentro de aquella sala iluminada con fluorescentes), pero en aquellas circunstancias decidí que lo mejor iba a ser quedarme donde estaba, absorto en Coco Rocha y en el raso.

Cuando se fue el funcionario, pasaron unos cuantos minutos sin incidentes. Luego, el hombre negro se levantó, fue al lavabo de hombres y empezó a gemir.

Un momento después, los gemidos se convirtieron en unos golpetazos cada vez más fuertes y rápidos.

Me levanté y volví a la ventana de observación. Los guardias habían conseguido sacar la botella de zumo y estaban sentados con los pies sobre la mesa, charlando y compartiendo una bolsa de patatas fritas. Cuando se percataron de mi presencia y volvieron a abrir, les dije que creía que el hombre del baño podría estar haciéndose daño.

Los guardias pasaron corriendo y sacaron al hombre de los brazos y por la fuerza. Lo arrastraron hasta una silla, le obligaron a sentarse y se colgaron cada uno de un lado de su cuerpo para intentar controlarlo y que no se retorciera. De vez en cuando él intentaba liberarse de ellos con un tirón violento. Luego volvía a desplomarse, con la cabeza hacia atrás y las palmas de las manos mirando al techo, y en aquella postura parecía un mártir esperando los estigmas.

Los dos guardias no parecían saber qué hacer. Primero me miró uno y luego el otro, como si sopesaran hasta qué punto podían confiar en mí para que fuese a buscar ayuda. Entretanto, en el televisor que estaba sin sonido pusieron un titular sobre un piso que había explotado en Eupatoria, en Crimea. En las islas Marshall se había declarado el estado de excepción y Suzuki estaba sopesando hacer recortes en su producción por la crisis financiera. Qué curioso que, cuando te ves apartado involuntariamente del mundo, sus problemas empiezan a parecer menos mala suerte de los inocentes que una consecuencia que por su estupidez se estaban buscando. Y así nos quedamos, yo dándole sorbos al Evian al lado de la puerta y los guardias agarrando al imprevisible nigeriano, hasta que a las cinco y diez volvió Denise, por quien había empezado a sentir un afecto casi filial, con un sándwich frío de pollo al curry y un pelirrojo llamado Duncan que iba a ocuparse de mi caso porque el turno de Denise había terminado.

Al principio, Solimania no me pareció tan diferente de Bagdad. El aeropuerto abierto más cercano estaba a catorce horas en coche y con al menos una frontera internacional de por medio. Hombres que pasaban de la mediana edad andaban torpemente con la cabeza gacha y las manos detrás de la espalda y los rosarios colgando de tres dedos. Casi toda la energía eléctrica la producían los generadores de los patios traseros y las azoteas. Había agua corriente solo la mitad del día y, en cuanto llegaba, la gente empezaba a llenar los depósitos gigantes de los tejados. Casi todos fumaban. En realidad, esa podría ser una lista completa de las semejanzas.

Entre las diferencias estaba, por ejemplo, el lenguaje. La primera mañana, mi padre y yo salimos a buscar una casa de cambio y tuvimos que recorrer una manzana entera antes de darnos cuenta de lo raro que era que pudiéramos leer bastante bien las letras y la pronunciación de los letreros, pero que ninguno de los dos tuviera la menor idea de lo que significaban. Tanto el kurdo como el árabe se escriben fonéticamente y los alfabetos son casi idénticos, aunque el kurdo, como el persa, tiene unas cuantas letras más. Así que buscábamos un banco o una casa de cambio, confiando en que las palabras kurdas para banco o casa de cambio fuesen similares a las árabes, pero no encontramos ninguno hasta que llegó el chófer kurdo de Sami y nos llevó. La palabra banco es la misma, pero casa de cambio se dice distinto y, aunque nunca he aprendido la etimología que hay detrás de esta pequeña asimetría, me imagino que es la manifestación de siglos de disidencia ideológica y cultural.

Otra diferencia: la seguridad. En la carretera, no lejos de Duhok, hay una bifurcación. Giras a la derecha y en nada estás en las afueras de Mosul. Giras a la izquierda y acabas en el Kurdistán profundo. Enseñar un pasaporte de Estados Unidos habría tenido resultados muy diferentes según la dirección en que fuésemos. Fuimos a la izquierda, no sin pagar un precio: el trayecto hasta Solimania desde Zakho, en la frontera turco-iraquí, era de unas nueve horas. Si tomábamos un atajo y bajábamos a Mosul y luego atravesábamos Kirkuk, tardaríamos cinco horas más o menos. Eso si llegábamos. Mi abuela y mi primo venían por Kirkuk y estábamos muy preocupados de que Husein no fuera capaz de llevar el pasaporte estadounidense y el iraquí sin enseñar el que no era en la frontera kurda.

Un año después de mi última visita a Iraq, estábamos en Kurdistán para celebrar el compromiso de mi hermano con Zahra, que acababa de licenciarse por la Universidad de Bagdad, que se había criado en Solimania y que había convencido a Sami para que aceptara un trabajo en el hospital universitario de allí para que pudieran formar una familia en el norte, que era relativamente pacífico. Aunque no era como regresar a Bay Ridge para montar su propio consultorio encima del oftalmólogo irlandés de la Cuarta Avenida, mi hermano no podría haber hecho más felices a mis padres con aquella noticia, y también yo sentí un cierto alivio abrupto. Once meses antes, un doble ataque suicida a las oficinas de los dos partidos políticos más importantes de Kurdistán había matado a más de cien personas y herido por lo menos a otras tantas, pero hasta aquello entraba dentro de una incidencia de la violencia menos frecuente, menos omnipresente y menos indiscriminada que la de Bagdad, donde cada vez se agravaba más. Y en Solimania las cosas funcionaban; no según los criterios occidentales, por supuesto, pero, en comparación con el resto del país, resultaba alentador ver lo eficaz que era Kurdistán. Faltaba menos de un mes para las elecciones de la nueva Asamblea Nacional y los kurdos parecían creer que formaban parte de algo trascendente. El Partido Demócrata Turco dominaba en los dos estados del este y la Unión Democrática del Kurdistán dominaba en Solimania, aunque la bandera kurda (la tricolor italiana, pero con las franjas horizontales y un sol dorado en el centro) ondeaba en todas partes. Las pocas veces que veía ondear la bandera iraquí, era la antigua, la anterior a Sadam, sin la frase Alá es grande. Pues claro que creemos que Alá es grande, me dijo el chófer kurdo de Sami, pero también creemos que Sadam no debería haberlo puesto en la bandera para aparentar ser él un paladín de la fe.

El día del compromiso, salí a dar un paseo con Hasán, el padre de Zahra. El tiempo dejaba un poco que desear: llovía todas las mañanas, estaba nublado todo el día, el sol se ponía muy temprano porque estábamos en un valle profundo. Pero el paisaje era asombroso: montañas en todas direcciones cubiertas de una vegetación parecida a la de las montañas de Santa Mónica. De hecho, era sorprendente lo mucho que me recordaba Iraq al sur de California. Si la zona de alrededor de Bagdad es como los desiertos al este de Los Ángeles, entonces Solimania sería como Santa Clarita, donde las montañas empiezan a ser lo bastante altas para que sus cimas se cubran de nieve.

Para ser sexagenario, Hasán era un caminante asombroso. También era maestro de profesión y, por lo que yo veía, de lo más idóneo. Cada vez que le hacía una pregunta, incluso algo inofensivo como ¿Aquí siempre está nublado en invierno?, él sonreía encantado y decía Ah, sí, muy buena pregunta, y la respuesta esconde un relato asombroso. Y luego seguía una disquisición de cuarenta y cinco minutos que empezaba con relación a tu pregunta, pero luego se ramificaba para incluir anécdotas y observaciones referentes a muchos otros asuntos misteriosos, cuando no del todo inofensivos. Así, en las tres horas de subidas y bajadas hasta Goizha, hablamos de Aristóteles, Lamarck,

Debussy, el zoroastrismo, Abu Ghraib, Hannah Arendt y las contingencias aún desconocidas del desmantelamiento de Baaz, y Hasán demostró cierta resiliencia filosófica incluso respecto a los temas más solemnes. En un momento dado, dije que había oído que se estaba construyendo un hotel nuevo en la ciudad y que eso me parecía una señal positiva, y Hasán me detuvo para anunciarme que, aunque construyeran cien hoteles nuevos seguirían siendo insuficientes, porque el número de turistas que iba a venir a Kurdistán sería abrumador. No, no, dijo, cuando le miré de reojo. No pienses en el presente, piensa en el futuro. Ojalá te quedases más tiempo. Te enseñaría algunos de los sitios maravillosos que tenemos en las montañas y los valles. Ya verás. Vendrán de todas partes.

Piensa en el futuro. Y, sin embargo, si expresara la impresión que prevaleció en mí de las siete semanas en total que pasé en Iraq entre diciembre de 2003 y enero de 2005, sería para aventurar que el futuro significaba allí algo muy diferente de lo que significaba en Estados Unidos, por ejemplo. En Iraq, incluso en el norte, que, por comparación, era más próspero, hacía tiempo que el futuro era considerado una eventualidad mucho más nebulosa, siempre y cuando uno esperara seguir vivo cuando llegase esa eventualidad. La noche de su compromiso, durante la cena, mi hermano intentó explicarle a la que iba a ser su familia política qué eran los propósitos de Año Nuevo. En Estados Unidos, dijo, es tradición hacer la promesa de cambiar aspectos de tu comportamiento en el año que empieza. La familia de Zahra pensó que era una locura. ¿Quién eres tú para pensar que puedes controlar tu comportamiento futuro?, preguntaron. Bueno, respondió mi hermano, algunas cosas se pueden controlar. Se puede tomar la decisión de comer más verdura o hacer más ejercicio o leer un poco antes de dormir, a lo que la madre de Zahra, que era técnica de radiología en el hospital universitario, contestó: ¿Pero cómo sabes que vas a poder permitirte comprar verduras el mes que viene? ¿O quién te dice a ti que mañana no vaya a haber un toque de queda y no vayas a poder ir al gimnasio o a correr por el parque cuando salgas de trabajar? ¿O quién te dice que no vaya a funcionar el generador y vayas a tener que leer con una linterna hasta que se acaben las pilas y luego con una vela hasta que se consuma y luego ya no vayas a poder leer en la cama y tengas que dormir, si es que puedes?

Por otro lado, al día siguiente, después de cruzar la ciudad en coche para ver un Yamaha de segunda mano que mi hermano había visto anunciado en internet, desayunamos en una cafetería al lado de tres periodistas, dos estadounidenses y uno escocés, que le estaban contando su plan al conductor. Primero queremos ir aquí. Luego, a las once, nos iremos a este otro lugar y a la una y media iremos aquí. El conductor los escuchaba confuso y con el gesto torcido. La cosa fue a mejor. ¡Ah!, dijo una de los estadounidenses, y el día quince hay una reunión en Arbil a la que quiero ir. Entonces pareció que al conductor le hubieran pedido que los llevara a Shanghái y estuvieran de vuelta el martes. Arbil estaba lejos. El día quince estaba lejos. En Iraq, cuando se plantea una posibilidad tan remota, suele responderse: Bueno, mira... Alá es generoso, lo que significa: Bueno, vale, de acuerdo. Ya lo hablaremos cuando llegue el momento. Pero si la periodista no está en Arbil dentro de dos semanas, para ella será una sorpresa. En el ínterin, ella va a planificarse como si fuese a estar en Arbil el día 15. Si se entera de que va a haber otra reunión en otro sitio ese mismo día, es probable que se diga: Ay, no puedo ir, voy a estar en Arbil. De Arbil nos separan dos semanas y doscientos kilómetros, pero entretanto nuestra resuelta estadounidense ya está en ese momento y en ese lugar. Bueno, ya veremos. Alá es generoso.

El Yamaha era un piano de media cola negro y lustroso que había pertenecido a una británica que vivió en Solimania treinta años, hasta que murió su marido y volvió a

Shepherd's Bush, en Londres. También era evidente que había dejado atrás al joven de aspecto descontento cuyos bíceps indicaban que le interesaba menos el piano que intentaba vendernos que las pesas que tenía desperdigadas por toda la alfombra persa que había debajo. Cuando Sami le preguntó si le permitía levantar la tapa del Yamaha y tocar algo para hacerse una idea del sonido, el hombre hizo un gesto displicente con la mano y se fue a freír ajos a la cocina. No era ninguna sorpresa que el piano estuviera desafinado, pero a mi hermano esa disonancia, en vez de decepcionarle, pareció intrigarle como si fuera un misterio médico fascinante y benigno que había que resolver. Tras un breve y distorsionado torbellino de Mozart, fue pulsando y reteniendo una nota larga tras otra, imagino que para confirmar que todas tenían en sí mismas la pureza y resonancia de un instrumento respetable; solo temblaban y se atascaban cuando se las combinaba. Mientras, estuve dando vueltas por la pequeña habitación con las manos en los bolsillos, pensando en Arbil. Estaba decidido a no pensar en el futuro ni tampoco en el pasado, sino solo en lo que me estuviese pasando *justo ahora* (algo que, por desgracia, podía ser un poco como tratar de dormir y no lograrlo porque no puedes dejar de pensar que estás intentando quedarte dormido). Un póster del Che Guevara hecho con caligrafía ornamental árabe me recordó que aún no había cambiado de fecha la reunión con mi director de tesis argentino. Una pila de números de *Hawlati* que estaba sobre una mesa baja con cercos de vasos me recordó el ansia de reciclaje que había abandonado hacía dos meses. En la mesa había también una lata de Wild Tiger abierta y un cenicero de porcelana con forma de paquete de Camel arrugado, lo que acababa por completar una especie de decorado de piso de soltero kurdo y que, como era inevitable, me llevó a hacer comparaciones con mi propia vida doméstica y eremita. Pero por unos instantes, distraído por lo asombrosamente logrado que estaba el cenicero, conseguí no pensar en mi soltería ni en mi tesis ni en cuándo sabría los resultados de mi última solicitud de beca ni en el largo viaje en coche hasta Bagdad que mis padres y yo pensábamos hacer al día siguiente (ni siquiera pensaba en la deriva o el valor de mis pensamientos) y supongo que otra manera de explicar todo eso es que era feliz.

Mientras Sami contaba un fajo de billetes de cien dólares, pasé por encima de unas pesas para acercarme al piano y verlo mejor. Detrás colgaba un espejo enorme con un marco dorado y de él, cuando vi mi reflejo, nada me decepcionó, pues sorprendentemente, como todos los espejos, apenas pudo devolverme una idea de los mundos dentro de otros mundos que una sola conciencia puede contener, una superficie humana que era demasiado apagada y estática como para transmitir el incesante caleidoscopio que lleva dentro. Fortalecido por el nuevo entorno, los enérgicos paseos por la montaña y el espíritu lleno de posibilidades que da el advenimiento de un nuevo año, en Solimania me había sentido más en sintonía con la vida y con un potencial más rico que en mucho tiempo, quizá desde aquel primer verano universitario con Maddie. En Solimania, sin la carga de la rutina e inspirado por la tranquilidad y la aparente satisfacción de mi hermano, me imaginé llegando a una especie de bifurcación, un desvío significativo que acercaría más que nunca mi vida a la suya y a nuestros antepasados iraquíes. Aquí estaba el futuro. Aquí estaba teniendo lugar una de las revoluciones más importantes de mi paso por el mundo. Envalentonado por el pasaporte adicional que llevaba en el bolsillo, quise asistir y participar de su fructificación.

Así me sentía. Pero en el espejo que estaba detrás del nuevo piano de Sami yo no parecía un hombre rebosante de potencial. Al contrario, con unos vaqueros que ya tenían once años, barba de una semana y una cazadora de Gap, más bien parecía la encarnación de una frase que leería más tarde, algo sobre la claustrofobia metafísica y el destino sombrío de ser siempre una sola persona. Un problema, supongo, que solo la imaginación puede resolver. Pero incluso alguien que se gane la vida con la imaginación al final está siempre sometido a una misma limitación: puede ver en el espejo el tema que prefiera, desde el ángulo que más le guste; incluso puede mirar y quedarse fuera del cuadro, que es lo mejor para desnarcisar la mirada; pero no puede soslayar que siempre es él quien sostiene el espejo. Que no pueda verse en el reflejo no significa que otros no puedan.

Después de acordar las condiciones de entrega, mi hermano y aquel kurdo taciturno se pusieron a vaciar el banco del piano. Los vi sacar un montón de partituras viejas, papel pautado con un puñado de notas manuscritas que se terminaban después de unos cuantos compases y un libro de poemas de Mohamed Salih Dilan. Había también una postal antigua de la Royal Opera House, que mi hermano insertó con admiración en la esquina inferior izquierda del espejo, y una edición de 1977 de una *Antología de Stephen Crane*. Me confiaron el libro mientras hacían el inventario y tras pasar la vista distraídamente por Un experimento sobre la miseria, Un experimento sobre el lujo y Un episodio de guerra, me encontré con esto: Quizá podría decirse —si uno tuviera el valor de hacerlo— que la literatura más banal del mundo ha sido la que han escrito los hombres de un país en torno a los hombres de otro. El contexto era un artículo sobre México de 1895, pero, dadas las circunstancias, el agravio parecía personal y premonitorio y en el coche en el camino de vuelta a casa de mi hermano dije que me recordaba a algo que Alastair había dicho una vez de que cuanto más tiempo pasa un periodista extranjero en Oriente Medio, más difícil le resulta escribir sobre él. Dije que la primera vez que le oí decir eso me pareció una excusa, una coartada para fracasar en el arduo trabajo que es escribir bien, pero cuanto más tiempo pasaba con Alastair y, yendo al caso, en Oriente Medio, más simpatizaba con la idea. Al fin y al cabo, la humildad y el silencio seguramente son preferibles a la ignorancia y la arrogancia. Y tal vez Oriente y Occidente sean de verdad irreconciliables para toda la eternidad, como una curva y su asíntota, condenadas por la geometría a no cruzarse jamás. Mi hermano no pareció impresionado. Comprendo lo que dices, dijo, mientras aminoraba por un grupo de adolescentes que salían de un restaurante de comida rápida llamado MaDonal. ¿Pero no fue Crane quien dijo también que un artista no hace más que beber de la memoria, aunque lo haga de manera indirecta?

Mis padres y yo llegamos a Bagdad el mismo día que asesinaron a su gobernador, Ali al-Haidri, y a seis de sus guardaespaldas, lo que hizo que mi optimismo se viniera abajo y añadió a mi lista creciente de diferencias entre el norte y el sur que el último estaba mucho más politizado, aunque tenía sentido que así fuese: Bagdad era la capital, la situación en el norte era mucho más estable y, en lo que concernía a los kurdos, los resultados de las elecciones estaban asegurados de antemano. Por supuesto, aparte de mi hermano y su chófer, de Zahra y sus familiares, yo no conocía a nadie en Solimania, mientras que en Bagdad mis padres y yo estábamos rodeados por una familia numerosa que siempre ha sido un grupo bastante politizado. De los ocho tíos y tías que seguían viviendo en la ciudad, dos trabajaban en la Zona Verde y tres, Zaid incluido, se presentaban a las elecciones. Pero en ello también contaba lo que veía en las calles, como el cartel que había al final de la calle de mi abuela, que decía: Para que el país sea mejor para nuestros hijos. Esto se veía encima de la foto de una urna y la fecha en la que deberían ir todos a votar, lo que hacía un tanto difícil no interpretar su significado como: Sí, para nuestra generación es probable que sea una causa perdida, un desastre aterrador y sin esperanza, pero si votamos quizá nuestros hijos hereden un país mejor. Alá es generoso.

De hecho, todo el mundo que veía en Bagdad tenía miedo, mucho más que el año anterior. Les daba miedo que les robaran, les disparasen, los acuchillaran, los tomaran como rehenes o los hicieran saltar por los aires en una explosión. No salían de noche. Cada día cambiaban de trayecto para ir al trabajo. Una tarde, el chófer de Zaid se dio cuenta de que un coche, el mismo coche, había estado en nuestro campo de visión durante todo el recorrido entre Hay al-Yihad y al-Yadriya. A veces iba delante de nosotros, otras detrás, otras a uno o dos carriles de distancia, pero siempre cerca. El chófer de Zaid insistía en que era probable que fuese una casualidad, pero de todos modos salió de la carretera principal y condujo por al-Baya un rato antes de retomar el camino. Funcionó. O quizá no tendríamos que habernos preocupado, o nuestros perseguidores se habían rendido o habían concluido su reconocimiento del día. La cuestión es que los bagdadíes siempre tenían estas cosas en mente, mucho más que el año anterior. Entonces, a finales de 2003 y principios de 2004, la gente había estado recelosa. Las conversaciones giraban o en torno a preguntas como: ¿Quién es esta gente y a qué se debe su repentino interés por traernos la libertad? ¿Qué quieren de verdad? ¿Cuánto tiempo se van a quedar? Sin embargo, en enero de 2005, las preguntas principales de sus conversaciones eran: ¿Por qué son tan cabrones? ¿Tenían planeado desde el principio que las cosas fuesen así? ¿Es de verdad posible que sean tan incompetentes? ¿Van a dejarnos dirigir nuestro propio país, aunque no les guste nuestra constitución?

Habéis ido a la Luna nada menos, me dijo un amigo de mi tío cuando supo que yo era estadounidense. Sabemos que si quisierais podríais arreglar esto.

Pero yo quería arreglarlo, ¿no? ¿O lo que quería era que se arreglara? Una semana antes, inspirado paradójicamente por la conversación que había tenido con mi hermano sobre la aparente futilidad de todo aquello, había reanudado mi intento de llevar un diario. (Un propósito de Año Nuevo, es cierto.) Pero, cada vez que me sentaba a escribir durante la semana siguiente en Bagdad, me acordaba de ese momento en *El rojo y el negro* en que el narrador anuncia que, en lugar de una conversación política, el autor lo que quiso fue dejar una página llena de puntos porque la política en una obra narrativa es como un disparo en medio de un concierto. El ruido es ensordecedor, pero no confiere ninguna energía, no armoniza con el sonido de ningún otro instrumento. (Eso demostraría muy poca gracilidad, le advierte el editor al autor, y que una obra tan frívola carezca de gracilidad es funesto. Si sus personajes no hablan de política, esto ya no sería Francia en 1830 y su libro no sería el espejo que usted pretende que sea...) Bueno, también a mí me habría gustado sustituir todas las conversaciones políticas que tuve en Bagdad en 2005 por una página llena de puntos, pero de haberlo hecho, todo lo que hubiese conseguido al final habría sido una Moleskine llena de puntos. Y, en cualquier caso, mis familiares, sus amigos y yo no éramos personajes de una obra narrativa, sino gente real que hacía frente a vidas reales en las que la política no era solo *como* un disparo en medio de un concierto, a veces era *realmente* un disparo en medio de un concierto, lo que hacía que la urgencia de hablar sobre ella fuera aún más urgente. Mis familiares, que me imploraban como si yo tuviera línea directa con la Sala de Crisis de la Casa Blanca y los recursos en exclusiva para abogar en su favor, me describían cómo era Bagdad antes. Me decían que no hacía tanto, en los años setenta, tenía el aspecto que hoy tiene Estambul: llena de turistas y gente de negocios, una próspera capital cosmopolita de un Oriente Medio en alza. Antes de Irán, antes de Sadam, antes de las sanciones y de la operación Libertad Iraquí y ahora aquello, Iraq también había sido un país culto, cultivado, comercial y lleno de belleza, y la gente venía de todas partes para verlo y formar parte de él. ¿Y ahora? ¿Ves, Amar, este caos delante de nuestra puerta, esta locura? Por las noches, consciente de lo inadecuados que eran los puntos, estudiaba con detenimiento los libros, las fotografías y las cartas que mi abuelo había conservado de su época gubernamental, y allí también se describía un Bagdad en conflicto patente con lo que yo veía cuando me atrevía a salir a la calle, un lugar donde no podías olvidarte de la política ni un instante, ni siquiera durante el tiempo que se tarda en comer, leer un poema o hacer el amor. Pocas cosas funcionaban. Pocas cosas eran bonitas. El orden y la seguridad que en mi casa afianzaban hasta los momentos más desdichados, aquí parecían lujos espléndidos de otro mundo. Bagdad era —usando cinco palabras de *Si esto es un hombre*— la negación de la belleza.

A media mañana del último día que íbamos a pasar entero en Iraq, mi padre, mi tío y yo volvimos de visitar a los nietos de Zaid y nos encontramos con un visitante. Mi abuela hizo café y los seis, incluidos mi madre y Zaid, nos sentamos en el jardín delantero y estuvimos hablando. Como casi todas las conversaciones, aquella tenía pausas y, cada vez que había un momento de calma, el visitante intentaba que se desvaneciera diciendo: Más tarde o más temprano esto se pasará. Era como un tic nervioso que repitió tal vez media docena de veces en nuestra presencia: Más tarde o más temprano esto se pasará. Más tarde o más temprano esto se pasará. En un momento dado, después de decirlo, el hombre me vio la duda en la cara.

Quiero decir, dijo, que no es que las cosas puedan seguir así siempre, ¿verdad?

En aquellas circunstancias, en la Bagdad liberada, esto pasaba por optimismo: la idea un poco macabra de que las cosas no podían seguir siendo tan atroces de manera indefinida. A decir verdad, me resultaba difícil de soportar, y todavía más cuando a aquel abatimiento ubicuo se le sumaba la culpa insidiosa de un estadounidense progresista recalcitrante que contaba los días que faltaban para volver a casa con sus padres. Pero no todos somos unos fatalistas, dijo Zaid para intentar tranquilizarme. Los activistas políticos son más listos y sofisticados que el año pasado. Y el año pasado eran más listos y sofisticados que el año anterior. Ven oportunidades que llevan esperando décadas y avanzan con decisión y rapidez para aprovecharlas. Piensan en el futuro al tiempo que son conscientes de los errores del pasado. Sus adversarios políticos han preferido la violencia a la competencia, lo que significa que, si la gente va a votar, ganarán, redactarán la constitución y entonces se pondrán por delante en el partido, a menos que haya fraude electoral. Una condición ni mucho menos trivial. Si las elecciones son realmente imparciales y libres, a Estados Unidos no le va a gustar el resultado. Suponiendo que no intenten que haya fraude, cuando se redacte la constitución las cosas se van a poner más difíciles.

Debió de parecer que me había convencido o por lo menos que se me podía convencer, porque cuando mis padres y yo cargamos el equipaje en el coche y volvimos por el camino de entrada a casa de mi abuela para despedirnos, Zaid me llevó aparte y me preguntó si me interesaría un trabajo en la Zona Verde. A un amigo suyo le habían nombrado enlace del gobierno con Naciones Unidas para un proyecto económico en ciernes y el enlace quería a alguien en quien pudiera confiar para mantenerse al corriente de los aspectos técnicos de la iniciativa y asesorarse sobre el desarrollo de las negociaciones con las partes involucradas. Le dije con sinceridad a mi tío que me sentía halagado y que por supuesto sería un honor ayudar, pero que no estaba seguro de cuándo podría volver a Iraq, pues para mi bienestar psicológico empezaba a ser de importancia capital que terminase el doctorado. Pero, sí, me apresuré a añadir cuando noté la decepción en sus ojos, lo pensaré. Piénsalo detenidamente, dijo Zaid, y dinos tu decisión en cuanto puedas. Estás en una posición excepcional para ayudarnos a ayudar a este país, Amar. Comprendes tan bien como cualquiera que no vamos a dejar que nos moldeen a imagen de Amrika, y tampoco Amrika debería querer que lo hicieran. Así que vuelve con nosotros. Vuelve pronto con nosotros. Esta última frase la repitió mientras me sacudía suavemente el hombro, como para despertarme de un sueño.

En el verano de 2007 yo ya había concluido el trabajo académico y cumplido con los requisitos pedagógicos y solo me quedaba terminar la tesis, que se había ido retrasando porque crecía a un ritmo moroso de un párrafo diario. Llegué a la conclusión de que el problema era Los Ángeles, así que subarrendé mi apartamento de West Hollywood y me fui a pasar el verano a una cabaña junto al lago Big Bear, a ciento sesenta kilómetros al este, en el bosque de San Bernardino. Tenía una estufa de leña, vistas a la montaña y un grabado de Ansel Adams en la pared, en el lugar en el que se esperaría que hubiese un televisor de pantalla plana. Lo primero que hice después de llegar y tirar una araña por el inodoro fue trasladar la mesa de la cocina al salón, donde me imaginé rodeado de libros de texto y hojas de datos, trabajando con comodidad y mucha inventiva hasta altas horas. Lo segundo que hice fue volver al coche y buscar un cibercafé. Acababa de salir a la carretera cuando sonó el móvil. Mi padre me llamaba para decirme que habían secuestrado a Zaid.

Había sido justo delante de su casa. Su chófer había ido a recogerlo para llevarlo al trabajo y estaba abriendo la puerta del pasajero cuando otro coche se metió en el camino de la entrada y de él bajaron dos hombres que apuntaron a Zaid a la cabeza con unos Kalashnikovs. Tafadhal, ammu, dijo uno de ellos mientras abría la puerta delantera. Háganos los honores, abuelo.

A la mañana siguiente, mi tía Alia recibió una llamada telefónica de alguien que pedía cincuenta mil dólares.

Pero Karim les ha ofrecido la mitad, dijo mi padre.

¿Quién es Karim?, le pregunté.

Nuestro negociador.

Diez días después, unas facciones antichiíes bombardearon al-Askari por segunda vez en dieciséis meses. En Samarra y en Bagdad se impusieron toques de queda, mientras los chiíes incendiaron mezquitas suníes a modo de represalia y Zaid seguía desaparecido. Cuando le contrataron, Karim le preguntó al chófer de mi tío dónde lo habían sentado los secuestradores. En el asiento delantero, dijo el chófer. Bien, replicó Karim. El asiento delantero es buena señal. Si metes al rehén en el maletero, es probable que vayas a matarlo por motivos políticos, pero si lo sientas delante es que no te importa que sea chií o suní; lo único que quieres es el rescate y cuidas de tu rehén para que te paguen. Así que, negociemos. Pero a medida que pasaba el tiempo y solo había contactos parcos y esporádicos con los secuestradores, seguidos de instrucciones más lacónicas e infrecuentes de alguien que se hacía llamar Gran Yazid y se quejaba de que le había comprado a Zaid a sus primeros captores por un precio demasiado alto, más difícil era creer que la teoría de Karim fuese de fiar. Mientras, yo, atrincherado en mi paraíso californiano, mirando una y otra vez el teléfono y escuchando el agua del lago acariciar plácidamente el embarcadero, no adelantaba mucho en mi tarea. Por las tardes daba largos paseos en bicicleta o perdía el tiempo en el cibercafé, donde conocí a una chica llamada Farrah que vivía en Fawnskin y con la que me acosté un par de veces antes de que me invitara a una barbacoa el Cuatro de julio. Resultó ser una fiesta pequeña con menos jaleo universitario del que esperaba y, mientras esperábamos a que se pusiera el sol y a que en el lago empezaran los fuegos artificiales, alguien propuso jugar al Pictionary. Yo estaba en el equipo de Farrah con otras dos mujeres cuyos vestidos veraniegos, cuando ellas se apoyaban en la mesa, se abrían para revelar el ribete de encaje de los sujetadores de color pastel; poco después de que le quitara la chapa a mi primer botellín de cerveza en seis años, alguien sacó un TODOS JUEGAN. Le dieron la vuelta al reloj de arena y todos nos inclinamos sobre el tablero, gritando hipótesis que, como era de esperar, se hicieron más escandalosas y apremiantes a medida que caía la arena: Gente. Gente cogida de la mano. Gente bailando. Persona enfadada. Persona malvada. Persona malvada sosteniendo una carta. Una multa de aparcamiento. Un manifiesto. *Mein Kampf.* Karl Marx. Bolsa. Saco. Dinero. Ladrón. Ladrón de bancos. Atraco. Bandidos. Butch Cassidy. *Bonnie and Clyde. Tarde de perros.* Atraco. Eso ya lo ha dicho alguien. ¡Sin gruñir! Parece que es... Pestañas. Pelo. Bonito. Hermoso. ¡Me parece que es hermoso! Fermoso, dermoso, termoso, quermoso, mermoso...

En un momento dado, Farrah me dirigió una mirada expresiva y exasperada. Luego dibujó un coche.

Luego dibujó dos monigotes cogidos de la mano al lado del coche.

Luego dibujó una flecha entre una de las figuras y el asiento delantero del coche. Luego tachó el maletero con una equis.

Ah, dije. Un secuestro.

Farrah abrió mucho los ojos y asintió y apuñaló con el lápiz lo que parecía una bolsa de papel arrugada con el símbolo del dólar. Dibujaba muy bien.

¡Rescate!, gritó la chica que estaba enfrente de mí.

¡Una nota de rescate!, exclamó uno al otro lado de la mesa. No era de nuestro equipo. En cualquier caso, la arena del pequeño reloj de arena ya se había terminado. Cuando los dibujos pasaron de mano en mano para su inspección, más de un noble purista de las reglas señaló que los símbolos, incluido el del dólar, no estaban permitidos. No recuerdo quién ganó. Lo que uno recuerda con más claridad del preludio de una conmoción tienden a ser cosas lamentables, los detalles que en retrospectiva parecen reflejar la propia estrechez de miras y cierta miopía incurable. Al día siguiente me llamó mi padre para decirme que, aunque Alia había transferido los cuarenta mil dólares acordados para la liberación de su marido, habían dejado el cadáver de Zaid dentro de una bolsa de plástico bajo el porche y con una bala en la cabeza.

Señor Yaafari, ¿puede acercarse, por favor?

Lentamente, me aparté de los datos de contacto del imán Usman y fui junto a la puerta donde estaba Duncan.

Me temo que no voy a darle buenas noticias, dijo levantando con empatía las cejas de color zanahoria. Hoy se le va a negar la entrada al Reino Unido.

Esperé.

Lo siento, mi jefe no está convencido de que no haya venido usted por razones que no nos ha revelado.

¡Estoy aquí haciendo una escala a Estambul!

Y no tenemos ningún motivo para no creer lo que nos dice. Lo lamento. He intentado encontrar algún resquicio legal para usted, de verdad. Pero, por desgracia, la carga de la prueba es incumbencia del pasajero, que debe convencernos de que no va a aprovecharse del sistema...

¿Por qué iba...?

... o a suponer una amenaza.

Cerré la boca.

Lo siento, repitió. Hoy no se le permite entrar. Si en el futuro puede convencer a otro funcionario de inmigración de que reúne las condiciones para entrar otro día, se volverá a examinar su caso. Esto no le excluye automáticamente de volver al Reino Unido más adelante.

¿Y mañana?

¿Qué pasa mañana?

¿Hay alguna posibilidad de que reúna las condiciones mañana?

No.

¿Y ahora qué pasa?

Hemos hablado con British Airways y tienen un vuelo de vuelta a Los Ángeles que sale dentro de una hora, un poquito justo, pero si conseguimos que usted y su equipaje pasen por el control ahora mismo, a lo mejor podría usted tomar ese vuelo.

¿Por qué no puedo quedarme aquí?

Duncan sonrió con suficiencia.

Hablo en serio, dije. Si lo que quiero es ir a Iraq y tengo un billete para un vuelo a Estambul que sale de aquí el domingo por la mañana, ¿existe algún motivo por el que no pueda quedarme aquí en esta sala de espera hasta entonces? ¿Por qué iba a querer volver a Los Ángeles?

Tendría que preguntarlo...

Le agradecería que lo hiciera.

Puede que tenga que dormir aquí.

No importa.

Estuvo ausente durante otra hora. Una hora más sin saber nada. Otra de las veinticuatro secciones de la rotación terrestre. Otros sesenta minutos en los que intenté no pensar en lo que podría estar haciendo y en lo que debería haber hecho. Cuatro años antes, cuando subíamos a Goizha caminando en la tarde del compromiso de su hija y mi hermano, Hasán me contó que, en los buenos tiempos, los varones del partido Baaz se reconocían en secreto entre ellos gracias a que llevaban el bigote más corto de un lado que del otro, como las manecillas de un reloj. En concreto, el lado izquierdo tenía que ser más corto que el derecho, como un reloj a las 8:20, y cuando el que había en la pared que tenía enfrente iba progresando hacia esa misma configuración, me empezó a latir muy rápido el corazón y los dedos se me pusieron azules del frío. ¿Dónde estaba mi hermano en aquel momento? ¿Estaba cómodo? ¿Estaba abrigado? ¿Tenía comida, agua y luz suficiente para ver un reloj? Las ocho y veinticinco. Las ocho y media. En el televisor sin sonido, *EastEnders,* la telenovela inglesa, dio paso a *Qué bello es vivir.* El dunya maqluba... Estados Unidos en

Navidad, efectivamente. La expresión El dunya maqluba también se usa, por cierto, para demostrar desaprobación o incredulidad, en general respecto a lo que se percibe como locura de algún adelanto moderno. ¿Has oído que va a haber un hombre negro en la Casa Blanca? El dunya maqluba! El mundo al revés. La frase tiene una prima inglesa con ese mismo espíritu, El mundo vuelto del revés, que es el título de por lo menos dos canciones de origen anarquista y de un libro del historiador marxista Christopher Hill, que escribió acerca del radicalismo durante la Revolución inglesa. Se dice que la primera canción la publicó un periódico británico en 1643 como una balada escrita en protesta por la declaración del Parlamento de que la Navidad tendría que ser una ocasión estrictamente solemne y que por tanto había que abolir todas las tradiciones alegres asociadas a la fiesta. *Los ángeles trajeron buenas nuevas y los pastores se regocijaron y cantaron. | [...] ¿Por qué no habríamos de estar atados a las leyes buenas? | Conformémonos y lamentemos estos tiempos, el mundo está vuelto del revés.* Evidentemente, para los ingleses que protestaban porque querían conservar la celebración navideña, lo que quería el Parlamento era poner el mundo del revés. Para mi bella prima Rania, era precisamente esta celebración la lo hacía.

Nueve y diez. Nueve y cuarto. Nueve y veinticinco. Mil seiscientos kilómetros en dirección al este, 107.288 para orbitar el sol, 676.000 alrededor del centro de la galaxia y 3.600.000 a través del universo. Viajamos por el espacio a 4.385.000 kilómetros por hora y todos nosotros en sincronía casi perfecta, como una bandada de estorninos que traza dibujos en el cielo. Anclados más o menos al mismo prodigio astronómico cuyos puntos cardinales inventaron hace poco unos seres humanos que llamaron *hogar* a los continentes septentrionales. También la milla y la hora las inventaron al norte del ecuador: la primera los invasores romanos que, al avanzar por Europa, clavaban estacas en el suelo cada mille passuum; la segunda, los antiguos egipcios cuando dividieron en doce segmentos la parte iluminada del día, mientras que en el islam el día empieza con la puesta del sol. En la Rusia imperial una milla equivalía a 24.500 pies. Los australianos miden el volumen líquido por la cantidad de agua del puerto de su ciudad más poblada. La disconformidad no es cosa nueva. La disparidad. El conflicto terminológico. Siempre ha habido disidentes, aquellos para quienes el mundo necesita una revolución y creen que derramar sangre es la única manera. El problema con la idea de que la historia se repite es que cuando no nos hace más sabios, nos vuelve más complacientes. Deberíamos haber aprendido algo de Yugoslavia, Bosnia y Somalia, sí. Por otro lado, los seres humanos matan. Se apoderan de lo que no es suyo y defienden lo que sí lo es, por poco que sea. Emplean la violencia cuando las palabras no sirven, aunque a veces la razón por la que las palabras no sirven es que los que tienen todas las cartas en la mano parece que no escuchan. ¿De quién es la culpa, entonces, de que un hombre bueno, un hombre que trabaja mucho y vive según unos principios generosos y pacíficos no pueda salir de su casa de Solimania a las cinco de la tarde para recoger al niño después de la clase de piano sin que unos hombres incapaces de concebir mejor manera de conseguir cien mil dólares lo secuestren a punta de pistola?

Mucho más que tu hermano, me había advertido Alastair la noche anterior en un correo electrónico que leí mientras hacía cola para subir al avión (y del mismo modo en que me estaría advirtiendo ahora en The Lamb, si a la ejemplar policía de aduanas de su país le hubiera parecido oportuno dejarme pasar), tú serías la mejor presa con la que esa gente podría desear toparse. ¿Un chií de familia politizada afiliada a dos de los partidos que ellos odian y con contactos en la Zona Verde y ciudadano norteamericano con familia en Estados Unidos y ahorros en dólares? ¿Te imaginas? ¡Cuántos pájaros de un solo tiro!

De acuerdo, señor Yaafari, puede quedarse. Pero si vamos a ser responsables de usted durante las próximas treinta y cuatro horas, va a tener que examinarle un médico.

Estados Unidos vuelve a ser Estados Unidos, me dije la noche que salió elegido Obama. No lo dije por error, pero sí sin pensar; sin —como Mandelstam escribió acerca de Dios— haber pensado decirlo. Un mes antes, el 2 de octubre, había sido la fiesta de Eid, la misma noche en que Joe Biden se enfrentó a Sarah Palin en el debate vicepresidencial, la noche en que Palin citó a Ronald Reagan como si hubiese dicho que la libertad siempre está a una generación de la extinción. Que no se transmite a los hijos a través del torrente sanguíneo. Tenemos que luchar por ella y protegerla y luego entregársela para que ellos puedan hacer lo mismo, o nos vamos a pasar nuestros mejores años contándoles a nuestros hijos y nietos que, en el pasado, los hombres y mujeres de Estados Unidos eran libres. Pero Reagan no se refería a la seguridad nacional. Las dijo en 1961 en un discurso pronunciado frente al Cuerpo Auxiliar de Mujeres de la Asociación Médica Estadounidense sobre los peligros de los servicios de salud públicos, en concreto de Medicare.

Pasé a solas la fiesta de Eid en mi apartamento de West Hollywood, rompí el ayuno con unos pastelillos klaicha que me había mandado mi madre y, como tenía que mandarle mi tesis al tutor a la mañana siguiente, estaba forcejeando para ponerle un cartucho de tinta nuevo a la impresora para terminar de imprimir las cuarenta y tres páginas de tablas y notas. Mientras escuchaba a la gobernadora Palin desplegar su arsenal de falsedades, empecé a preguntarme si al final no había retrasado demasiado lo de meterme en política. Si no te gusta cómo son las cosas, cámbialas. De nada sirve quedarse sentado rezongando. Para que triunfe el mal, basta con que los hombres de bien no hagan nada, etcétera. Pero entonces ganó Obama y de repente me gustaba el estado de las cosas, o su futuro estado, siempre que el daño causado por sus predecesores no resultara demasiado persistente o incluso irreparable. La depresión política que sufría desde hacía casi ocho años había desaparecido y hasta me atreví a imaginar que las cualidades aparentemente superiores de nuestro presidente electo nos congraciarían de nuevo con el resto del mundo. ¿O tal vez a quienes nos odian les tiene completamente sin cuidado a quién elegimos para la presidencia? ¿O acaso el hecho de haber votado a un hombre que parece ser inteligente y elocuente, carismático, prudente, con visión de futuro y diplomático, un líder en resumidas cuentas envidiable, va a hacer que nos odien todavía más?

El médico de la seguridad social que me examinó era un hombre agradable, simpático, eficiente y discretamente indiferente a mis delitos, fueran cuales fuesen, pero de todas formas fue una experiencia peculiar que me hicieran un chequeo cuando no lo necesitaba, cuando no tenía ni la más mínima queja aparte de la agonía de mi desamparo, cuando lo que yo quería que me confirmasen era el bienestar físico de mi hermano dos veces desaparecido, no el mío. El doctor Lalwani hablaba un inglés impecable aunque con mucho acento hindú y en la pared de la consulta colgaban no menos de cuatro títulos universitarios, lo que hizo que me preguntara cuánto tendría que triunfar un médico británico para librarse de trabajar un 26 de diciembre por la noche en las entrañas sin ventanas de la terminal número cinco. Altura: 1,75. Peso: 67 kilos. ¿Es lo que suele pesar? ¿Sí? Bien. Diga Ahhhhh. Ahora tóquese con la lengua el paladar. Ahora levante los brazos. Ahora cierre los puños. Ahora empújeme con ellos. Bien. Bien. Tóquese la nariz con el dedo. Tóqueme el dedo. Ahora altérnelos tan rápido como pueda. ¿Problemas de vejiga? ¿Problemas de eyaculación? Bien. Ahora agáchese. Ahora incorpórese, vértebra a vértebra. Ahora camine hacia allí. Ahora vuelva aquí. Bien.

Voy a extraerle sangre. ¿Quiere saber si da positivo en VIH?

Bueno, dije, es sumamente improbable, pero sí, supongo que me gustaría saberlo.

Cogió una lima y la sostuvo entre los dedos como una batuta minúscula. Ahora quiero que cierre los ojos y, cada vez que note que le coloco esto en una mejilla, diga *sí*.

... Sí.

Sí.

Sí.

Sí.

Sí.

Sí

Sí.

Sí.

Bien. Ahora, continúe con los ojos cerrados y dígame: ¿Tiene la sensación de que es afilado o romo?

Afilado.

Romo.

Afilado.

Romo.

Afilado.

Afilado.

Romo.

Romo.

Afilado.

Romo.

Bien. Ahora, con los ojos cerrados, dígame qué es cada uno de los objetos que le pongo en la mano.

Un clip.

Una llave.

Un lápiz.

Una moneda de diez centavos.

Él se rio. Era una moneda de cinco peniques. Pregunta con truco.

Cruzó el cuarto en la silla giratoria para coger un oftalmoscopio de una bandeja de espejo y luego cuando volvió me puso la cara tan cerca que nos podríamos haber besado.

La piel le olía a goma limpia. Mientras escuchaba cómo le silbaba la respiración por la nariz, él anegó mis pupilas de blancura.

Veo las venas latiendo detrás de sus ojos.

¿Ah sí?

Sí. Eso nos gusta.

La última prueba de su lista era un examen radiológico completo del abdomen, para comprobar que no había ningún objeto extraño (supuse que se refería a bolsitas de heroína escondidas en el intestino).

¿A qué se dedica?, me preguntó mientras me vestía.

Soy economista.

¿Ah, sí? ¿De qué clase?

Bueno, contesté, mientras me subía la bragueta, hice la tesis sobre la aversión al riesgo. Ahora estoy buscando trabajo.

Lalwani asintió con amabilidad.

Y entonces, imagino que debido a que me parecía un hombre tolerante, un aliado inteligente y de mentalidad liberal, a quien probablemente nunca volvería a ver, añadí:

También estoy pensando presentarme a un cargo público.

Por un instante, la cara de Lalwani se quedó fija con una expresión como de alegría cautelosa, como si le hubiese mencionado a un conocido común pero no tuviésemos clara la opinión del otro sobre esa persona. Debo reconocer que me sorprendí incluso a mí mismo con el anuncio, aunque lo decía en serio, tan en serio como mi detención parecía ir para largo, y cuando quedó claro, aplaudió y dijo casi gritando: ¡Maravilloso! ¿Dónde?

En California, respondí. En el trigésimo distrito congresual, creo.

Lalwani asintió entonces con un aire asombrado como de deferencia y, mientras me ataba las zapatillas y me ponía recto, él adoptó la mirada entornada y profesoral del recuerdo lejano. 'No poseo el arte de la adivinación', dijo con una pizca de teatralidad. 'Dentro de cuatro o cinco siglos, quién sabe cómo será. Pero esto es muy cierto: los papistas pueden ocupar el puesto, incluso los mahometanos pueden. No veo nada en contra.' Luego, con aspecto de estar satisfecho de sí mismo, se quitó un guante de goma y me tendió la mano. Bien, doctor Yaafari, creo que es buena idea. Congresista Yaafari. Presidente Yaafari. Buena suerte. De una manera o de otra, después de visitar a su hermano, quizá nos saque de este lío.

En el camino de vuelta a la sala de espera me sentía como si me hubiera quitado un peso de encima, más ligero e incluso un poco efervescente, como si en el mismo proceso de confirmar mi buena salud me hubiera desprendido de mi cuerpo y lo hubiese dejado tras de mí en el suelo de la consulta. ¿Siguen latiendo las venas detrás de los ojos de Sami? ¿Siguen detrás de sus ojos? Tres veranos antes, poco después de que a mi madre le diagnosticaran el alzhéimer, mi padre me mandó un correo electrónico con un enlace con una noticia de *The Seattle Times* sobre un niño de dos años llamado Mohamed al que le habían disparado en la cara en la carretera entre Bagdad y Bakuba. Él y unos familiares volvían en coche a casa de visitar a un pariente cuando unos milicianos detuvieron el todoterreno y apuntaron los AK-47 contra cuatro de los cinco ocupantes desarmados. Mataron al tío de Mohamed e hirieron de gravedad a su madre; la única ilesa fue la hermana de cuatro años. La bala que le dispararon a Mohamed le destrozó el ojo derecho y le rozó el izquierdo de tal forma que, después de meses de hospitalización en Iraq y luego en Irán, una organización humanitaria lo trasladó a un centro médico de Seattle para intentar que recuperase la vista con un trasplante de córnea. Lamento darte noticias deprimentes, escribió mi padre, como si toda nuestra correspondencia del mes anterior no hubiera sido deprimente. Pero he pensado que el tío del niño que murió era el mismo que vino a vernos a casa de tu abuela en enero, el que se sentó en el jardín y no dejaba de repetir: «Más tarde o más temprano esto se pasará».

Supongo que tenía razón.

Era casi medianoche, pero en lo alto, los fluorescentes de la sala de espera seguían vibrando con su color anodino, como un pálido sol polar. Y hacía mucho frío, un frío sorprendente en una habitación sin ventanas; me habían dado una manta fina cargada de electricidad estática y una almohada en miniatura con una funda de gasa desechable, ninguna de las cuales servía para simular el calor o la comodidad de una cama. Pero ya no estaba solo. Una mujer coja me barría los pies y el suelo al mismo tiempo, mientras una rubia de veintimuchos estaba sentada en el otro extremo de la sala, llorando en silencio. Estaba en el sitio en el que muchas horas antes había estado sentado el hombre negro, con una almohada y una manta como las mías puestas con cuidado en la silla contigua, las piernas cruzadas y el chaquetón doblado sobre el regazo; la piel negra de la capucha se agitaba un poco cada vez que suspiraba o se sonaba. Mi abrigo estaba en mi maleta, enrollado entre unas botas de senderismo y un ábaco de juguete. Lo único que llevaba encima era la cazadora fina con la que había salido de Los Ángeles veintitrés horas antes, en previsión de un día siguiente muy diferente al de ahora. En West Hollywood hacía trece grados, no muy primaveral que digamos, pero sí lo bastante moderado como para que de camino a casa después de despedirme de mi tutor, decidiera sentarme en la terraza del café de mi calle y pidiera un plato de huevos revueltos. Llevaba un libro, el mismo sobre la teoría de los precios de la escuela poskeynesiana que ahora no estoy leyendo, y después de pedir un desayuno tardío y facturar, abrí el libro y apenas leí un poco con concentración hasta que llegaron mis cinco dólares de zumo de naranja sanguina recién exprimido y me lo bebí de un trago. El zumo era pulposo y dulce y las palabras del libro me parecieron más densas y lejanas después de eso. En lo alto del cielo la luna vespertina reflejaba la luz del sol. Entonces sonó el móvil, en la pantalla apareció PADRES. Luego volvió a sonar y esta vez Maddie me había dejado un mensaje diciendo Feliz Navidad, inshallah. Luego sonó por tercera vez, justo cuando me estaban dejando junto al codo una cesta con pan y mermelada y, mientras mi padre me contaba lo que Zahra le había dicho media hora antes, dejé el cuchillo sobre la mesa y contemplé el tráfico, que pasaba raudo por Beverly Boulevard en dirección oeste. La mayoría eran todoterrenos; todoterrenos y algún cinco puertas o algún sedán viejo y raro. Pasaron también una limusina blanca, una furgoneta pintada para que pareciese un tiburón y un coche de bomberos rojo reluciente sin prisas que llevaba una bandera de Estados Unidos. Han pedido cien mil, me dijo mi padre a través de las lágrimas. Hasán ha ofrecido setenta y cinco. Al acercarse a su propio reflejo en la ventana abierta frente a mi silla, los vehículos parecían ir contra ellos mismos, se desplazaban hacia el este y hacia el oeste al mismo tiempo, los capós, las ruedas y los parabrisas desaparecían en la antimateria, la bandera se devoraba a sí misma.

III

Los discos de la isla desierta de Ezra Blazer

[Grabado en la sede de la BBC en Londres el 14 de febrero de 2011]

ENTREVISTADORA: Mi náufrago de esta semana es un escritor. Fue un muchacho inteligente oriundo del barrio Squirrel Hill de East Pittsburgh, Pensilvania, que después de licenciarse por el Allegheny College, pasó rápidamente a las páginas de *Playboy, The New Yorker* y *The Paris Review,* donde sus cuentos acerca de la clase obrera estadounidense de la posguerra le valieron la reputación de ser un talento no convencional y de una franqueza feroz. A los veintinueve años ya había publicado su primera novela, *La carrera de las nueve millas,* que le valió el primer Premio Nacional del Libro de los tres que ha conseguido. Desde entonces ha publicado veinte libros más y ha recibido decenas de premios, entre ellos el Pen/Faulkner, la Medalla de Oro de Narrativa concedida por la Academia Estadounidense de las Artes y las Letras, dos premios Pulitzer, la Medalla Nacional de las Artes y el pasado diciembre —«por su ingenio exuberante y sus exquisitas capacidades de ventriloquía, las cuales ponen de manifiesto, con ironía y compasión, la extraordinaria heterogeneidad de la vida moderna de Estados Unidos»— el honor más codiciado de la literatura: el Premio Nobel. Muy admirado en Estados Unidos, igual que aquí en Reino Unido y en otros países, ha sido traducido a más de treinta lenguas y, sin embargo, más allá de la literatura, sigue siendo un recluso que prefiere la inviolabilidad de la residencia en la que habita desde hace muchos años en el extremo oriental de Long Island a lo que él llama la «nadería y el delirio mortales» de la vida literaria de Manhattan. «Sé audaz en tu escritura y conservador en tu vida cotidiana», dice. Es Ezra Blazer.

¿Debemos inferir de eso, Ezra Blazer, que unos protagonistas tan poco convencionales como son los de sus novelas son producto total de una imaginación desenfrenada?

EZRA BLAZER: *[Risas.]* Ojalá tuviera una imaginación tan desenfrenada. No, desde luego que no. Y, sin embargo, también sería un error tanto decir que son autobiográficas como que uno se viera atrapado en ese ejercicio inane de intentar separar la «verdad» de la «ficción», como si, para empezar, y cargado de razones, un novelista no se quitara de en medio esas dos categorías.

ENTREVISTADORA: ¿Y cuáles son esas razones?

EZRA BLAZER: Los recuerdos no son más veraces que la imaginación, a fin de cuentas, pero soy el primero en admitir que plantearse qué es «real» contra qué es «imaginado» en una novela es inevitable. Buscar las costuras, tratar de descifrar cómo está hecha. Esta práctica de dar consejos que luego no se siguen existe desde que el mundo es mundo. «Sé audaz en tus jeroglíficos y conservador en tu caza y recolección.»

ENTREVISTADORA: Los críticos no siempre han sido amables con usted. ¿Le importa?

EZRA BLAZER: Hago todo lo posible por no tener contacto con lo que se escribe sobre mi obra. No me hace ningún bien y he llegado a la conclusión de que, tanto si es elogioso como si es negativo, es todo lo mismo. Conozco mi obra mejor que nadie. Conozco mis defectos. Sé lo que no puedo hacer. A estas alturas desde luego conozco lo que sí puedo hacer. Al principio, claro, leía hasta la última palabra que encontraba sobre mí. Pero ¿qué logré con ello? No hay duda de que hay personas inteligentes que han escrito sobre mis libros, pero prefiero leer lo que dicen de otros autores. Puede que los elogios fomenten la confianza en uno mismo, pero esa confianza tiene que existir independientemente de ellos. Una crítica de tu último libro no te sirve de nada cuando ya llevas dieciocho meses volviéndote loco con un libro nuevo. Las críticas literarias son para los lectores, no para los escritores.

ENTREVISTADORA: Hábleme de su infancia.

EZRA BLAZER: Creo que ya se ha dicho bastante de mi infancia.

ENTREVISTADORA: Fue el menor de tres hermanos...

EZRA BLAZER: En serio, prefiero hablar de cómo llegó la música a mi vida. Nunca escuché música clásica de pequeño. De hecho, sentía por ella una especie de desdén propio de un chaval ignorante. Me parecía todo falso, sobre todo la ópera. Pero a mi padre le gustaba escucharla, cosa curiosa, porque no era un hombre culto...

ENTREVISTADORA: Era obrero de la siderurgia.

EZRA BLAZER: Era contable de Edgewater Steel. Pero los fines de semana escuchaba ópera por la radio, creo que los sábados por la tarde y... Milton Cross, así se llamaba el locutor. Tenía una voz profunda, suave, la ópera se retransmitía desde la Metropolitan Opera House y ahí estaba mi padre, en el sofá, con un ejemplar manoseado de *Historia de cien óperas,* escuchando *La Traviata* y *Der Rosenkavalier* por la radio. Y, bueno, me parecía un poco raro. No teníamos fonógrafo ni libros, así que la radio era nuestro centro de entretenimiento y los sábados por la tarde mi padre la monopolizaba durante horas.

ENTREVISTADORA: ¿Tenía aptitudes para la música?

EZRA BLAZER: A veces cantaba en la ducha, arias, pasajes breves de las arias, y mi madre salía de la cocina con una sonrisa evocadora y decía: «Qué voz tan bonita tiene tu padre». Al contrario que mis protagonistas, yo vengo de una familia feliz.

ENTREVISTADORA: ¿Y tenía una voz bonita?

EZRA BLAZER: No tenía mala voz. Pero a mí me subyugaba la música popular. Tenía ocho años cuando empezó la guerra, en 1941, así que escuché todas las canciones de los años de la guerra y luego, cuando llegué a la adolescencia, todo era música romántica.

ENTREVISTADORA: ¿Por ejemplo?

EZRA BLAZER: *[Hace una pausa y se pone a cantar.]* «*A small café, Mam'selle. A rendezvous, Mam'selle. La-da-da-da-da-da-da*». O bien: «*¿How are things in Glocca M-o-o-o-r-r-r-a-a-a-a?*». Y esa canción la recuerdo porque era popular justo antes de que mi hermano mayor se alistase en el ejército. Siempre escuchábamos la radio a la hora de cenar y cuando emitían «How Are Things in Glocca Morra?» mi hermano se ponía a cantar con un acento irlandés bastante bueno que a mí me encantaba. Entonces se incorporó a filas y, cada vez que sonaba la canción, mi madre se ponía a llorar. Ella empezaba a llorar y yo me levantaba de la mesa y le decía: «Venga, mamá, vamos a bailar».

ENTREVISTADORA: ¿Cuántos años tenía?

EZRA BLAZER: ¿En 1947? Trece, catorce. Así que este es mi primer disco. «How Are Things in Glocca Morra?» cantada por Ella Logan, la Ethel Merman irlandesa.

ENTREVISTADORA: Es escocesa, en realidad.

EZRA BLAZER: ¿En serio? ¿Eso lo sabe todo el mundo?

ENTREVISTADORA: Creo que sí.

EZRA BLAZER: ¿Ella Logan es escocesa?

ENTREVISTADORA: Pues sí.

          *   *   *   *   *

               *   *   *   *

          *   *   *   *   *

ENTREVISTADORA: Acaban de escuchar «How Are Things in Glocca Morra?» del musical *Finian's Rainbow*, interpretada por Ella Logan. Pero dígame, Ezra Blazer, evidentemente usted no bailaba solo con su madre. ¿Cómo empezó su vida romántica?

EZRA BLAZER: Bien, tal y como usted misma da a entender, empecé pronto a bailar con chicas. En el baile de fin de curso, en fiestas. Un amigo tenía un sótano que había transformado en sala de estar donde daba fiestas. Los demás no teníamos mucho dinero y vivíamos en pisos, pero sus padres tenían una casa unifamiliar con una sala de estar en el sótano y hacíamos fiestas allí. El cantante que nos volvía locos era Billy Eckstine. Tenía una voz profunda de barítono y su negrura nos encantaba. No era un cantante de jazz, aunque cantaba algunas canciones de jazz. *[Canta.]* «*I left my HAT in HAI-ti! In some forgot...*» Pero no, no es esa la que quiero. Las que más nos gustaban eran las que se podían bailar muy lento con las chicas, abrazándolas todo lo cerca que se podía, porque eso era lo único que teníamos parecido al sexo, allí, en la pista de baile del sótano. Las chicas eran vírgenes y seguirían siendo virginales durante toda la universidad. Pero en la pista de baile apretabas la entrepierna contra tu novia y, si a ella le gustaba, se apretaba contra ti y, si desconfiaba de ti, bailaba echando el culo hacia atrás.

ENTREVISTADORA: Esto es un programa familiar.

EZRA BLAZER: Le pido disculpas. Echando atrás el pandero.

ENTREVISTADORA: ¿Y Eckstine?

EZRA BLAZER: Eckstine llevaba unos trajes llamados *one-button roll:* con las solapas largas y estrechas y con un cierre de un solo botón bajo la cintura. Llevaba la corbata con un nudo Windsor ancho y la camisa con un cuello grande y alto doblado, el «cuello Billy Eckstine». Los miércoles por la noche y los sábados yo trabajaba en el taller de bordado de monogramas de los grandes almacenes Kaufmann y con mi descuento de empleado ahorré lo suficiente para comprarme uno de aquellos trajes de un solo botón, de color gris perla. Mi primer traje. Cuando Billy Eckstine vino a Pittsburgh a cantar en el club de jazz Crawford Grill, un amigo y yo nos colamos vestidos con los trajes y, ay, estar vivo era una bendición, ¡pero ser joven era el paraíso!

ENTREVISTADORA: ¿La segunda grabación?

EZRA BLAZER: «Somehow.»

*   *   *   *   *

*   *   *   *

*   *   *   *   *

ENTREVISTADORA: Acaban de escuchar a Billy Eckstine cantando «Somehow». Después de licenciarse por el Allegheny College, usted también se alistó. ¿Cómo fue?

EZRA BLAZER: Estuve dos años en el ejército. Me movilizaron para la guerra de Corea, pero por suerte no me mandaron a Corea sino a Alemania con unos doscientos cincuenta mil estadounidenses más que se estaban preparando para la Tercera Guerra Mundial. Yo era policía militar. En Mainz. Antes de que la edad y las enfermedades me devastaran y me redujeran a lo que ve ahora, media metro ochenta y siete y pesaba noventa kilos. Era un PM grande, musculoso, con una pistola y una porra. Y mi especialidad era dirigir el tráfico. En la academia militar me enseñaron que la clave para dirigir el tráfico es dejar que fluya a través de tus caderas. ¿Le gustaría verlo?

ENTREVISTADORA: Parece que fuera un baile.

EZRA BLAZER: ¡Parece que fuera un baile, eso es! ¿Conoce el chiste?

ENTREVISTADORA: Creo que no.

EZRA BLAZER: Un joven que se está preparando para ser rabino está a punto de casarse, así que visita al viejo y sabio rabino, que tiene una barba que le llega hasta el suelo, y le dice: «Rabino, me gustaría saber qué es lo que está permitido y qué no. No quiero hacer nada que esté prohibido. ¿Podemos acostarnos juntos, que yo me ponga encima de ella y realicemos el acto sexual?». «¡Correcto!», dice el rabino. «¡Perfectamente correcto!» «¿Y está bien si ella se pone bocabajo y realizamos el acto sexual así?» «¡Correcto! ¡Perfectamente correcto! ¡Perfecto!» «¿Y si nos sentamos en el borde de la cama, ella se sienta encima de mí, frente a frente, y lo hacemos así?» «¡Correcto! ¡Perfectamente correcto!» «¿Y si lo hacemos de pie, frente a frente?» «¡No!», exclamó el rabino. «¡Por supuesto que NO! ¡Eso es como bailar!»

ENTREVISTADORA: Siguiente disco.

EZRA BLAZER: Bueno, suele pasar que cuando los jóvenes están en el ejército, conocen a alguien que se convierte en su maestro, alguien que conoce mundos que para ellos son desconocidos. En Alemania, estaba destinado con un tío que había ido a Yale y por la noche —él tenía un fonógrafo allí en la barraca— ponía música de Dvořák. ¡Dvořak! Yo no sabía cómo se pronunciaba y no digamos ya cómo se escribía. Era un ignorante en lo que se refiere a música clásica. Ignorante y hostil como un niño, un palurdo. Bueno, una noche puso algo que me dejó asombrado. Era el concierto de chelo, naturalmente. Creo que tocaba Casals. Tiempo después escuché la interpretación de Jacqueline du Pré, espléndida, desde luego, pero la que escuché primero fue la de Casals, así que pongamos esa. Lo que me gustó fue su electricidad, el drama, que era como un voltaje metiéndosete en la venas...

         *   *   *   *   *
            *   *   *   *
         *   *   *   *   *

ENTREVISTADORA: Acaban de escuchar a Pablo Casals interpretando el concierto de violoncelo en si menor de Dvořák con la Orquesta Filarmónica Checa, dirigida por George Szell. ¿Y cómo era, Ezra Blazer, ser soldado en Alemania?

EZRA BLAZER: No era del todo agradable. Me gustaba dirigir el tráfico. Me gustaba vestir de uniforme y ser policía militar, un tipo duro, pero era 1954. La guerra había terminado hacia solo nueve años. Hasta la posguerra no se reveló en todo su horror la aniquilación total de los judíos europeos por parte de los nazis. Así que no sentía ningún aprecio por los alemanes. ¡Qué idioma! Y entonces, ay, qué iba a pasar si no que conocí a una chica. Una alemana guapa, rubia, de ojos azules, mandíbula ancha, cien por cien aria. Estudiaba en la universidad, la vi por la ciudad con unos libros encima y le pregunté qué leía. Era preciosa y sabía un poco de inglés, no mucho, pero la forma en que lo hablaba me parecía encantadora. Su padre había estado en la guerra y eso no me parecía tan encantador. Me daba vergüenza imaginarme lo que pensaría mi familia de que me hubiese enamorado de la hija de un nazi. Así que fue una aventura muy tensa, intenté usarla como tema de mi primer libro. No lo conseguí, evidentemente. Pero sí, el primer libro que quise escribir fue sobre aquel amor con una chica alemana cuando fui soldado y la guerra había terminado hacía solo nueve años. No era siquiera capaz de ir a su casa a recogerla porque no quería conocer a su familia y eso para ella era desolador. Nunca nos peleábamos, pero ella lloraba. Y yo lloraba. Éramos jóvenes y estábamos enamorados y llorábamos. El primer gran disgusto de mi vida. Se llamaba Katja. No sé qué fue de ella ni dónde está ahora. Me pregunto si leerá mis libros en alemán en algún lugar de Alemania.

ENTREVISTADORA: ¿Y los esfuerzos que dedicó a ese primer libro? ¿Dónde están? ¿Guardados en un cajón?

EZRA BLAZER: Desaparecieron. Desaparecieron hace mucho. Escribí cincuenta páginas terribles llenas de rabia. Tenía veintiún años. Ella tenía diecinueve. Una chica preciosa. Esa es la historia.

ENTREVISTADORA: Cuarto disco.

EZRA BLAZER: Bueno, quería conocer más lugares de Europa después del servicio militar, así que me licencié y me quedé. Tenía un morral, el macuto y el abrigo militar y la paga de licenciamiento, que eran unos trescientos dólares. Me fui en tren a París y me alojé en un destartalado hotelito del sexto distrito, uno de esos en los que te levantas para ir al baño en plena noche, sales al pasillo, no encuentras el interruptor de la luz o, si lo encuentras a tientas, lo enciendes, pero das seis pasos y la luz se vuelve a apagar. Y si consigues encontrar el baño, peor aún, porque el papel higiénico en aquellos años de la posguerra... ¿Puedo hablar del papel higiénico en un programa familiar?

ENTREVISTADORA: Sí puede.

EZRA BLAZER: El papel higiénico era como una lima. No como papel de lija, no, como una lima.

ENTREVISTADORA: Así que vivió en París un año...

EZRA BLAZER: Un año y medio.

ENTREVISTADORA: ... después del servicio militar.

EZRA BLAZER: Sí. Vivía cerca de la estación de metro del Odéon y solía ir al Café Odéon y, por supuesto, conocí a otra chica, Geneviève. Y Geneviève tenía un ciclomotor negro que petardeaba (en París por aquel entonces estaban por todas partes) y de noche venía en moto al Odéon y quedábamos y, no sé cómo, aquella chica que no era... Bueno, era guapa, claro, pero parecía una vagabunda y, sin embargo, tenía mucho gusto musical, como mi compañero del ejército, y fue ella la que me dio a conocer la música de cámara de Fauré. También entonces descubrí la belleza del chelo, y en mi novela *La broma recurrente* hago que Marina Makovski lo toque. Durante meses, el único instrumento que quería escuchar era el violonchelo. Su sonido me emocionaba. Fauré tiene pasajes de piano muy bellos, pero el chelo, ese maravilloso *[gruñe como un violonchelo]*. Esos sonidos a cuya profundidad puede llegar solo el violonchelo. Me fascinaron. Tiene esa cadencia, esa frescura, es magnífico. Nunca había escuchado música así antes, tan distinta de «Mam'selle», aunque estaba en la ciudad apropiada para ello. Qué locura la forma en que te llegan las cosas. Todo es un accidente. La vida es un gran accidente. Por cierto, a esta chica no la quería tanto como a la chica alemana, a lo mejor porque no había tanto *Sturm und Drang*.

ENTREVISTADORA: Acaban de escuchar la sonata para violonchelo número 1 en re menor, interpretada por Thomas Igloi con Clifford Benson al piano. Ahora dígame, Ezra Blazer, ¿no empezó a publicarse *The Paris Review* en aquella época?

EZRA BLAZER: Sí, creo que aquellos tipos llegaron en el cincuenta y tres o el cincuenta y cuatro, esto fue un año o dos años después. Y, claro, los conocí a todos. George. Peter. Tom. Blair. Bill. Doc. Tipos estupendos. Encantadores, aventureros, se tomaban en serio la literatura y, por suerte, no eran nada académicos. París todavía conservaba el aura aventurera del expatriado norteamericano: Fitzgerald, Hemingway, Malcolm Cowley, *Transition,* la Shakespeare & Company, Sylvia Beach, Joyce. Y el equipo de la *Paris Review* consideraba romántico lo que estaba haciendo. ¿Conoce ese poema de E. E. Cummings? *«Iniciemos una revista | al diablo con la literatura [...] | algo audazmente obsceno...»* Eran románticos, pero también implacables, y estaban haciendo algo que no se había hecho antes, aunque al final, como yo, estaban en París porque era divertido. Y lo cierto es que era divertido.

ENTREVISTADORA: ¿Escribía usted por entonces?

EZRA BLAZER: Lo intentaba. Escribía unos cuentitos poéticos que eran encantadores, muy sensibles, sobre..., vaya, qué sé yo. La paz mundial. La luz rosada sobre el Sena. Ese era uno de los problemas, el sentimentalismo descontrolado de la juventud. Otro era que trataba de meter con calzador unos personajes en las vidas de otros, los ponía juntos en una esquina de la calle o en cafeterías, para que *hablasen,* para que se *explicasen* cosas los unos a los otros desde el otro lado de la gran brecha humana. Pero era todo muy forzado. Forzado e indiscreto, en serio, porque a veces hay que dejar que los personajes se pongan en marcha, es decir, que coexistan. Si sus caminos se cruzan y se pueden enseñar algo, estupendo. Y si no..., bueno, eso también es interesante. O, si no es interesante, a lo mejor hay que empezar de nuevo. Pero por lo menos no traicionas la realidad de las cosas. Cuando tenía veinte años siempre estaba luchando contra eso, intentaba forzar convergencias significativas con mi prosa deslumbrante. El resultado eran esos cuentecitos a los cuales les faltaba el aire, quizá intachables en cuanto a las frases, pero que carecían de relevancia, razón de ser y espontaneidad. No pasaba nada. Una vez le enseñé uno a George y me envió una nota que empezaba así: «Está claro que tienes dotes, querido Ez, pero necesitas un tema. Esto parece *Babar* escrito por E. M. Forster».

ENTREVISTADORA: Siguiente disco.

EZRA BLAZER: En uno de los clubes a los que íbamos, oí tocar a Chet Baker, creo que con Bobby Jaspar y Maurice Vander, un pianista magnífico, que también andaba mucho por allí. Una noche los escuché tocar «How About You?» y me abrumó el sitio en el que estaba y lo que me quedaba por delante. ¡Me quedaba todo! Cuando eres joven, no puedes esperar a que empiece el acontecimiento principal. Entonces no era capaz de quedarme esperando. Nada de pensar, solo atacaba... ¡Siempre me lanzaba al ataque! ¿Recuerda aquella sensación?

*   *   *   *   *
     *   *   *   *
*   *   *   *   *

ENTREVISTADORA: Acaban de escuchar «How About You?» interpretada por Chet Baker, Bobby Jaspar, Maurice Vander, Benoît Quersin y Jean-Louis Viale. Ezra Blazer, ¿puede decirnos por qué se marchó de París?

EZRA BLAZER: Por qué me fui… Una parte de mí siempre se lo ha seguido preguntando. Una parte de mí, la audaz, siempre le ha preguntado a la parte racional: ¿Por qué no te quedaste? Aunque fuese solo por las mujeres. Porque la vida erótica de París no tenía nada que ver con la que yo había conocido en Allegheny. Pero cuando llevaba allí año y medio, necesitaba de verdad volver a mi casa. Mi escritura, si puede llamarse así… Bueno, no sabía lo que estaba haciendo. Como ya he dicho, todo era una mierda lírica y sentimental sobre nada. Así que volví a casa, a Pittsburgh. Mis padres estaban allí y mi hermana estaba allí, ya casada y con hijos, y después de París, claro, aquello no era para mí. Siempre me ha gustado Pittsburgh, sobre todo cuanto tenía un peor aspecto. He escrito sobre eso, evidentemente: Pittsburgh antes de que la adecentaran. Ahora es una ciudad inmaculada, toda llena de finanzas y tecnología, pero entonces te podías morir solo por haber respirado hondo en la calle. El aire estaba negro y lleno de esmog, «el infierno pero sin la tapa», como se solía decir, y se oía el estrépito de los trenes y de las grandes fábricas, era un lugar muy teatral y, si me hubiera quedado y hubiese tenido suerte, podría haber sido el Balzac de Pittsburgh. Pero tenía que huir de mi familia, tenía que ir a Nueva York.

ENTREVISTADORA: Donde descubrió el ballet.

EZRA BLAZER: El ballet y las *ballerinas*. Era la gran época de Balanchine. Creaciones espectaculares. Todo nuevo. Descubrí a Stravinski, a Bartók, a Shostakóvich. Eso lo cambió todo.

ENTREVISTADORA: Su primera mujer era bailarina.

EZRA BLAZER: Mis *dos* primeras mujeres fueron bailarinas. No se gustaban la una a la otra, como podrá usted imaginar. Pero eso era otra educación. Me casé con Erika…

ENTREVISTADORA: Erika Seidl.

EZRA BLAZER: Sí, Erika Seidl. Luego se hizo famosa, pero cuando nos casamos todavía estaba en el cuerpo de baile y yo estaba encantado. Todo era nuevo. Todo. Y se abría ante mí. Y la novedad, la emoción del descubrimiento, se encarnó para mí en aquella joven de belleza exquisita. Nacida en Viena. Formada en la escuela de ballet de la Ópera Estatal de Viena. Su familia vivió allí hasta que ella tenía catorce años y entonces sus padres se divorciaron y su madre, que era de Estados Unidos, la trajo a Nueva York, y se entregó al cuerpo de baile de Balanchine. Un año después de casarnos protagonizó *Los siete pecados capitales* y eso fue todo, ya no volví a verla. Era como estar casado con un boxeador. Siempre estaba entrenando. Cuando iba a verla entre bastidores después de una representación, apestaba como un boxeador. Todas las chicas apestaban. Parecía el gimnasio Stillman de la Octava Avenida. Tenía cara de monita, pero en el escenario no. En el escenario era una gran calavera, toda ojos y orejas, pero entre bastidores parecía haber librado quince asaltos contra Mohamed Alí. En cualquier caso, no la veía nunca. Me había encontrado con lo que pocos hombres se encontraban en aquella época, una mujer del todo absorbida por lo que hacía, casada con ello. Así que nos separamos y me fui con otra bailarina. Algo no muy inteligente por mi parte. Dana.

ENTREVISTADORA: Dana Pollock.

EZRA BLAZER: Dana nunca fue tan buena bailarina como Erika, pero era increíble. No sé por qué lo volví a hacer. Hice otra vez lo mismo y obtuve el mismo resultado. Así que luego me casé con una camarera, que tampoco estaba por las noches.

ENTREVISTADORA: ¿No ha tenido hijos?

EZRA BLAZER: A posteriori, pienso en mis novias como hijas mías.

ENTREVISTADORA: ¿Se arrepiente de no haber tenido hijos?

EZRA BLAZER: No, me encantan los hijos de mis amigos. Pienso en ellos, los llamo y voy a sus fiestas de cumpleaños, pero tenía cosas más importantes que hacer. Y la monogamia, en tanto que propicia una buena paternidad... Bueno, nunca he tenido una afición excesiva por la monogamia. Pero el ballet y la música de ballet fueron mi siguiente formación. Y luego vino todo lo demás: Mozart, Bach, Beethoven, Schubert, las piezas para piano de Schubert, que me encantan, los cuartetos de Beethoven, las grandes sonatas de Bach, las partitas, las variaciones Goldberg, Casals tocando esas piezas para violonchelo. A todo el mundo le gustan. Ahora son un poco como «Mam'selle».

ENTREVISTADORA: Háblenos entonces de su sexto disco.

EZRA BLAZER: Hace poco un amigo me dio un ejemplar del diario de Nijinsky, la primera edición, la que compiló su viuda Romola, que se dice que suprimió lo que no le gustaba. Lo que tenía que ver con Diáguilev, supongo, porque estaba celosa de Diáguilev y del poder que tenía sobre Nijinsky y a él lo culpaba de su enfermedad. El caso es que ha aparecido una nueva edición en la que han recuperado las partes eliminadas, pero yo leo la de la viuda y, sea lo que sea lo que le hayan hecho, el libro sigue siendo una maravilla. Todo esto me hizo pensar en «La siesta de un fauno», otro de mis primeros amores. *[Risas.]* Pero ahora sí escucho la rebelión que contiene, la perversidad, la esclavitud, las potencias imaginarias. Es una pena que no exista material cinematográfico de Nijinsky bailando el Fauno, así que tendremos que conformarnos con lo que tenemos, que es Debussy.

* * * * *
* * * *
* * * * *

ENTREVISTADORA: Acaban de escuchar «Prélude à l'après-midi d'un faune» de Debussy, interpretado por Emmanuel Pahud y la Filarmónica de Berlín dirigida por Claudio Abbado. Ezra Blazer, usted ha escrito que la depresión es «el derrumbe inevitable después de una felicidad insostenible». ¿Cuántas veces ha sido este su caso?

EZRA BLAZER: Bueno, cada vez que he sufrido una depresión, cosa que por suerte solo me ha pasado en dos o tres ocasiones. La primera, cuando me abandonó una mujer a la que adoraba. La segunda, cuando me abandonó una mujer a la que adoraba. La tercera, cuando murió mi hermano y yo era el único Blazer que quedaba. Vale, digamos que cuatro veces. Pero, en cualquier caso, se puede decir lo mismo de cualquier tipo de depresión, sentimental, económica: pasa después de haber volado muy alto, sostenidos por ideas engañosas de poder, seguridad y control y luego, cuando todo se nos cae encima, la caída es más profunda por la altura desde la que caemos. Por el desnivel, pero también por la humillación que se siente al no haberse dado cuenta de que se acercaba el desplome. Como he dicho, el motivo a veces es personal, otras económico, otras incluso una especie de depresión política. Arrullados por años de paz y prosperidad relativas, nos amoldamos a microgestionar nuestra vida con tecnologías sofisticadas, tipos de interés personalizados y once clases distintas de leche, y esto lleva a cierta introspección, a un estrechamiento de la perspectiva sobre el que no tenemos control, a la vaga esperanza de que las comodidades esenciales de la vida, aunque no nos las ganemos ni las alimentemos, perdurarán por siempre tal y como son ahora. Confiamos en que haya otra persona encargándose del puesto de los derechos civiles para no tener que hacerlo nosotros. Nuestro poder militar es inigualable y, de todas formas, la locura está teniendo lugar a por lo menos un océano de distancia. Y entonces, de repente, terminamos de comprar papel de cocina por internet y nos encontramos con que estamos entregados a la locura. Y nos preguntamos: ¿Cómo ha pasado esto? ¿Qué estaba haciendo yo cuando se estaba preparando esto? ¿Es demasiado tarde para pensarlo? En cualquier caso, ¿de qué sirve que mi imaginación se expanda insistentemente y de manera tardía? Una joven amiga mía ha escrito una novelita bastante sorprendente sobre este tema, a su modo. Sobre hasta qué punto somos capaces de atravesar el espejo e imaginar una vida —una conciencia, de hecho— que contribuya a reducir los ángulos muertos de la nuestra. Es una novela que aparentemente no tiene nada que ver con su autora, pero de hecho es una especie de retrato velado de alguien decidido a ir más allá de su procedencia, sus privilegios, su ingenuidad. *[Se ríe.]* Dicho sea de paso, esta amiga ha sido una de las... Bueno, no. No voy a contar eso. No diré su nombre. No importa. Ahí está. ¿Cómo es el dicho? La guerra es la manera que tiene Dios de enseñar geografía a los estadounidenses.

ENTREVISTADORA: Usted no cree eso.

EZRA BLAZER: Creo que muchísimos de nosotros no sabríamos señalar Mosul en un mapa, pero también creo que Dios está demasiado ocupado preparando los cuadrangulares de David Ortiz como para tomarse la molestia de enseñarnos geografía.

ENTREVISTADORA: Más música.

EZRA BLAZER: ¿Cuántos me quedan?

ENTREVISTADORA: Dos.

EZRA BLAZER: Dos. Y solo hemos llegado hasta cuando era un treintañero. Voy a estar aquí eternamente. Mi siguiente disco es de Strauss, las *Cuatro últimas canciones*. No las escuché en Alemania. Tampoco podía escuchar a Wagner. No entré en razón hasta más tarde. Me encantan las *Cuatro últimas canciones* interpretadas por Kiri Te Kanawa. ¿A quién no?

   *   *   *   *   *
    *   *   *   *
  *   *   *   *   *

ENTREVISTADORA: Acaban de escuchar a la dama del Imperio Británico Kiri Te Kanawa cantando «Im Abendrot» con la Orquesta Sinfónica de Londres dirigida por

Andrew Davis. Ezra Blazer, ha dicho usted antes que no se arrepiente de no haber tenido hijos, pero corren rumores de que, en realidad, tuvo un hijo en Europa. ¿Son ciertos esos rumores?

 EZRA BLAZER: He sido padre de dos hijos.

ENTREVISTADORA: ¿En serio?

EZRA BLAZER: Mellizos. Ya que me lo ha preguntado; de una manera impertinente, he de decir. ¿Le he hablado de mi amiga? ¿La del ciclomotor negro que me enseñó a Fauré? Bueno, pues se quedó embarazada, justo cuando yo estaba a punto de irme de París y en aquel momento no lo sabía y volví a Estados Unidos. Tenía que volver. No me quedaba dinero para vivir.

ENTREVISTADORA: ¿No siguieron en contacto?

EZRA BLAZER: Nos escribimos un tiempo, pero después ella desapareció. Era 1956. En 1977 estaba pasando una semana en París para promocionar la publicación en francés de uno de mis libros. Me alojaba en el hotel Montalembert, cerca de la editorial, y estaba en el bar hablando con mi editor, cuando se me acercó una chica joven, muy guapa, y me dijo en francés: Perdone, señor, pero creo que es usted mi padre. Muy bien, pensé, si es así como quiere jugar, juguemos. Así que dije: Siéntese, *mademoiselle*. Y me dijo su nombre y reconocí el apellido. Mi amante francesa, Geneviève, tenía la misma edad que aquella chica cuando la conocí. Así que le dije: ¿Eres hija de Geneviève tal y tal? Y ella me dijo: *Oui. Je suis la fille de Geneviève et je suis votre fille*. Y dije: ¿Cómo es posible? ¿Cuántos años tienes? Me lo dijo. Yo dije: ¿Cómo puedes estar segura de que yo soy tu padre? Me lo dijo mi madre. ¿Me estabas esperando aquí?, dije. *Oui*. ¿Sabías que estaba en París? *Oui*. Entonces me dijo: Mi hermano está de camino. ¿Cómo?, dije yo. ¿Cuántos años tiene? Los mismos que yo. Así es, tienes una hija y un hijo. Y en ese momento mi editor se levantó y dijo: «Ya hablaremos de la traducción en otro momento».

ENTREVISTADORA: Cuenta la historia con mucha calma, pero debió de ser un *shock*.

EZRA BLAZER: Un *shock* enorme y un placer enorme. Verá, no había tenido que criarlos. Los conocí de adultos, y la noche siguiente cenamos con su madre y lo pasamos muy bien. Ahora ellos tienen hijos, mis nietos, y yo estoy loco por ellos. Me gustan mis hijos, pero por mis nietecitos franceses estoy loco.

ENTREVISTADORA: ¿Ve a esa familia secreta?

EZRA BLAZER: Viajo a París una vez al año. Los veo en Francia, pero casi nunca en Estados Unidos, para mantener el chismorreo a raya. Quizá ahora los vea en Estados Unidos. Les ayudo económicamente. Los quiero. No sabía que corrían rumores. ¿Cómo se ha enterado? ¿Cómo lo sabe?

ENTREVISTADORA: Me lo ha dicho un pajarito.

EZRA BLAZER: Se lo ha dicho un pajarito. Eso dicho con acento inglés es delicioso, ¿sabe?

ENTREVISTADORA: Acento escocés.

EZRA BLAZER: *Usted* es escocesa. Todo el mundo es escocés. Solo falta que me digan que Obama es escocés.

ENTREVISTADORA: En cualquier caso, Ezra Blazer, pensé que apreciaría la oportunidad de aclarar las cosas personalmente.

EZRA BLAZER: Bueno, desde luego, este programa radiofónico de entrevistas es más valioso de lo que me esperaba. He salido del armario como padre. Ahí lo tiene. Es maravilloso lo que me ha pasado. Un milagro. Como le he dicho antes, la vida está hecha de accidentes. Hasta lo que no parece ser un accidente lo es. Empezando por la concepción, claro. Eso marca la pauta.

ENTREVISTADORA: ¿Ha afectado a su obra este accidente en concreto?

EZRA BLAZER: Lo habría hecho si hubiera tenido que criarlos. Pero no los crie. Y no, nunca he escrito sobre ellos, no de una manera obvia. Me asombra estar hablando de ellos ahora mismo. No sé por qué no le he mentido. Me ha cogido por sorpresa. Y es usted una mujer tan encantadora. Y yo soy un viejo decrépito. Ya no me importa qué hechos biográficos se añaden o sustraen de mi vida.

ENTREVISTADORA: No está decrépito.

EZRA BLAZER: Soy el alma de la decrepitud.

ENTREVISTADORA: Último disco. ¿Qué vamos a escuchar?

EZRA BLAZER: Algo de la *Iberia* de Albéniz, que compuso en los últimos años de su vida... Murió a los cuarenta y muchos, de una enfermedad renal, creo. Tenga presente mientras lo escucha que surgió de una mente, de una sensibilidad que poco después se extinguiría, dejando tras de sí este arrebato magnífico, este destello humeante... Si de mí dependiera, nos quedaríamos aquí sentados escuchando la hora y media entera que dura, porque cada una de las piezas se levanta sobre la anterior, son discretas y, sin embargo, escucharlas seguidas las enriquece. La intensidad creciente lastima. La viveza. La inocencia. La concentración. Me gusta la versión de Barenboim, en parte por su colaboración con Edward Said, que antes de morir, claro, escribió un ensayo sobre el estilo tardío; la idea de que al estilo del artista le afecta ser consciente de que su vida y por tanto su contribución artística llegan a su fin, ya sea dotándolo de resolución y serenidad o de intransigencia, dificultad y contradicción. ¿Pero se lo puede llamar «estilo tardío» si el artista murió con solo cuarenta y ocho años? ¿Cómo compuso una obra maestra tan maravillosa, fastuosa y triunfante mientras se enfrentaba al dolor atroz de las piedras en el riñón? Como ya he dicho, me gustaría escuchar la obra entera con usted pero como me está haciendo señas para que vaya terminando, vamos con la segunda pieza, titulada «El Puerto». El término técnico, creo, es *zapateado*, que supongo que es la equivalencia mexicana del claqué.

ENTREVISTADORA: «El Puerto», de *Iberia*, de Isaac Albéniz, interpretado al piano por Daniel Barenboim. Ahora dígame, Ezra Blazer. ¿Por qué *no* la monogamia?

EZRA BLAZER: Por qué no la monogamia. Buena pregunta. Porque la monogamia va en contra de la naturaleza.

ENTREVISTADORA: Escribir novelas también.

EZRA BLAZER: Estoy de acuerdo.

ENTREVISTADORA: Pero alguna ventaja o placer habrá experimentado de la monogamia.

EZRA BLAZER: Cuando he sido monógamo, sí, pero ahora soy célibe, lo soy hace unos años. Y, para mi asombro, el celibato es el mayor de los placeres. ¿No fue Sócrates o alguien de ese jaez quien dijo que el celibato en la vejez es como si por fin te desatasen de la grupa de un caballo salvaje?

ENTREVISTADORA: No cabe duda de que el celibato va en contra de la naturaleza.

EZRA BLAZER: No para los viejos. A la naturaleza le gusta el celibato de los viejos. En cualquier caso, he aportado unos gemelos a la longevidad de la especie. Ellos han aportado sus hijos. He cumplido con mi parte.

ENTREVISTADORA: Sin querer.

EZRA BLAZER: Que quizá sea la mejor manera. Me gusta haber sido un instrumento de la evolución. Lo normal es que la evolución, cuando eres joven, joven y agresivo, te diga: «Te quiero a TI».

ENTREVISTADORA: Como el Tío Sam.

EZRA BLAZER: Sí, como el Tío Sam. No está mal para ser escocesa. La evolución se coloca una chistera, se tira de la perilla, te apunta con el dedo y dice: «TE QUIERO A TI». El sexo vuelve loca a la gente y, de forma involuntaria, presta un servicio a la evolución.

ENTREVISTADORA: Lo que supongo que le convierte a usted en un soldado con muchas condecoraciones.

EZRA BLAZER: He visto unas cuantas batallas. Tengo un Corazón Púrpura. Participé en los desembarcos. Mucho antes de que empezara la revolución sexual en los sesenta, fui miembro de la generación que participó en los desembarcos de los cincuenta y avanzó desde la orilla luchando contra el fuego. Con valor nos abrimos paso playa arriba contra una gran resistencia y luego los niños de las flores pudieron darse un paseo por encima de nuestros cadáveres ensangrentados e ir teniendo orgasmos múltiples por todo el camino. Me ha preguntado por la decrepitud. Qué se siente al ser tan viejo. La respuesta corta es que mientras te ocupas de tus cosas te recuerdas a ti mismo que hay que mirarlo todo como si fuera la última vez, cosa que es lo más probable.

ENTREVISTADORA: ¿Le preocupa el final?

EZRA BLAZER: Soy consciente del final. A lo mejor me queden tres, cinco, siete años, como mucho nueve o diez. Después de eso, ya estás más allá de la decrepitud. *[Se ríe.]* A menos que seas Casals. Casals, que también tocaba el piano, por cierto, le dijo a un periodista cuando ya era nonagenario que llevaba tocando al piano la misma pieza de Bach todos los días durante ochenta y cinco años. Cuando el periodista le preguntó si no le aburría, Casals dijo que no, que al contrario, que cada vez era una experiencia nueva, un descubrimiento nuevo. Así que quizá Casals nunca se volvió decrépito. A lo mejor exhaló su último suspiro mientras tocaba una *bourrée.* Pero yo no soy Casals. No me tocó en suerte la dieta mediterránea. ¿Que qué pienso del final? No pienso en él. Pienso en el total, en mi vida entera.

ENTREVISTADORA: ¿Está satisfecho con lo que ha logrado?

EZRA BLAZER: Estoy satisfecho porque no podría haberlo hecho mejor. Siempre he cumplido el deber que tenía con mi trabajo. He trabajado mucho. Lo he hecho lo mejor que he podido. Nunca he dejado que nada viera la luz si, a mi juicio, no lo había llevado todo lo lejos que podía. ¿Me arrepiento de que se hayan publicado ciertos libros menores? La verdad es que no. Al tercer libro solo se puede llegar si has escrito el primero y el segundo. Creer que se escribe un solo libro largo es una forma de verlo demasiado poética. Es una trayectoria única, eso sí, y, a posteriori, cada pieza es necesaria para seguir adelante.

ENTREVISTADORA: ¿Está trabajando ahora en algo?

EZRA BLAZER: Acabo de empezar una trilogía gigantesca. De hecho, hoy he escrito la primera página.

ENTREVISTADORA: ¿Ah, sí?

EZRA BLAZER: Sí. Cada volumen tendrá 352 páginas. No voy a entrar en la importancia del número. Estoy escribiendo primero el final, así que irá final, principio y mitad. Los dos primeros libros serán mitad, principio, fin. El último será solo principios. Es un esquema que creo que le demostrará al mundo que no sé lo que estoy haciendo y nunca lo he sabido.

ENTREVISTADORA: ¿Cuánto tiempo cree que le llevará?

EZRA BLAZER: Pues uno o dos meses.

ENTREVISTADORA: Y dígame, Ezra Blazer, si las olas rompieran en la orilla amenazando con llevarse todos los discos de su isla desierta, ¿cuál de ellos salvaría?

EZRA BLAZER: Dios mío, ¿solo uno? ¿Dónde está esa isla?

ENTREVISTADORA: Muy, muy lejos.

EZRA BLAZER: Muy, muy lejos. ¿Y no hay nadie más?

ENTREVISTADORA: No.

EZRA BLAZER: Yo solo en una isla desierta.

ENTREVISTADORA: Eso es.

EZRA BLAZER: ¿Qué más puedo llevarme?

ENTREVISTADORA: La Biblia. O la Torá, si lo prefiere. O el Corán.

EZRA BLAZER: Esos son los últimos libros que me llevaría. Si no vuelvo a ver esos libros nunca más, sería muy feliz.

ENTREVISTADORA: Las obras completas de Shakespeare.

EZRA BLAZER: Muy bien.

ENTREVISTADORA: Y un libro más que usted elija.

EZRA BLAZER: Ya volveremos a eso. ¿Qué más?

ENTREVISTADORA: Un lujo.

EZRA BLAZER: Comida.

ENTREVISTADORA: Nosotros nos ocupamos de la comida. No se preocupe por ella.

EZRA BLAZER: Entonces me llevaré a una mujer.

ENTREVISTADORA: Lo siento, debería habérselo dicho. No puede llevarse a nadie.

EZRA BLAZER: ¿Ni siquiera a usted?

ENTREVISTADORA: No.

EZRA BLAZER: Entonces me llevaré una muñeca. Una muñeca hinchable. A mi elección. Del color que yo quiera.

ENTREVISTADORA: Se la daremos. ¿Y el disco?

EZRA BLAZER: Bueno, he elegido solo los que de verdad amo, así que es difícil decir qué es lo que me gustaría escuchar una y otra vez. Unos días estás con cuerpo de *Finian's Rainbow* y otros con ánimo para Debussy. Creo que debería ser uno de los grandes clásicos y como siempre sería capaz de apreciar el vértigo de las *Cuatro últimas canciones* de Strauss, ¿puedo llevarme las cuatro?

ENTREVISTADORA: Lo siento...

EZRA BLAZER: Qué difícil es negociar con usted.

ENTREVISTADORA: Yo no he hecho las reglas.

EZRA BLAZER: ¿Quién ha sido?

ENTREVISTADORA: Roy Plomley.

EZRA BLAZER: ¿Es escocés?

ENTREVISTADORA: Me temo que se nos está acabando el tiempo.

EZRA BLAZER: Bien. «Im Abendrot.» Eso creo que me dará ánimo suficiente para soportar los días en la isla, a mi mujer hinchable y a mí. Puede que hasta tengamos una vida estupenda vida juntos. Muy tranquila.

ENTREVISTADORA: ¿Y el libro?

EZRA BLAZER: Desde luego, ninguno de los míos. Supongo que me llevaría el *Ulises,* que he leído dos veces en mi vida. Por ahora. Siempre es exuberante y siempre es incomprensible. Por muchas veces que lo leas, te enfrentas a nuevos enigmas, aunque solo revela sus placeres ante una concentración constante. Y como por supuesto tendría muchísimo tiempo, pues sí, el *Ulises* de Joyce, la edición anotada. Y le diré por qué son necesarias las notas. El genio de Joyce, su espléndido genio cómico, es divertido, la erudición es fascinante y luego Dublín, el paisaje del libro, *es* el libro, no es la ciudad. Ojalá pudiera haber hecho yo eso con Pittsburgh. Pero para haberlo hecho tendría que haberme quedado en Pittsburgh con mi hermana y mi madre y mi padre y mis tías y mis tíos y mis sobrinos y mis sobrinas. No es que Joyce lo hiciera, ojo, porque en cuanto pudo largarse de Dublín huyó. A Trieste, a Zúrich y, con el tiempo, a París. No creo que volviese nunca a Dublín, aunque estuvo toda la vida obsesionado con la ciudad y con sus millones de detalles. Su obsesión era captarlos de una manera del todo nueva para la narrativa. La erudición, el ingenio, la exuberancia, la gran novedad que había en todo... ¡Por Dios, es magnífico! Pero sin las notas estaría perdido. La analogía homérica no me interesa mucho, por cierto. De hecho, no me interesa en absoluto, pero supongo que en una isla desierta empezaría a interesarme, porque ¿qué otra cosa me iba a interesar? Con una mujer hinchable, por perfecta que sea, solo puedes pasar una cantidad de tiempo reducida. Así que sí, me quedaría con Joyce.

ENTREVISTADORA: Gracias, Ezra Blazer, por invitarnos a escuchar sus...

EZRA BLAZER: Pero lo que más me gusta de la mujer hinchable —y no lo digo en el sentido físico, sino en el sentimental— es que no hay fricción. Por mucho que adorara a mis queridas bailarinas, la fricción era constante. Porque pertenecían al señor Balanchine, no a mí.

ENTREVISTADORA: ¿Utiliza siempre el lenguaje de la posesión para hablar del amor?

EZRA BLAZER: ¡Es imposible no hacerlo! El amor es volátil, recalcitrante, irreprimible. Intentamos domarlo, nombrarlo y planearlo y tal vez hasta contenerlo entre las seis y las doce o, si eres de París, entre las cinco y las siete, pero, como la mayoría de las cosas adorables e irresistibles de este mundo, termina por liberarse y, sí, a veces sales trasquilado. Es propio de la naturaleza humana procurar imponer un orden y dar forma a todo, hasta al desafío que supone el componente más caótico y amorfo de la vida. Algunos redactan leyes o pintan líneas en la calzada o construyen presas en los ríos o aíslan isótopos o fabrican mejores sostenes. Algunos declaran guerras. Otros escribimos libros. Los más delirantes escribimos libros. Una de las pocas opciones que tenemos es pasarnos las horas de vigilia tratando de organizar y encontrarle sentido a este eterno pandemónium, crear falsas pautas y proporciones donde en realidad no existen. Y ese mismo impulso, esa manía de domar y poseer, esa locura sin sentido es la que despierta y sostiene al amor.

ENTREVISTADORA: ¿Pero no cree que en el amor es importante cultivar la libertad? ¿La libertad y la confianza? ¿Un aprecio sin expectativas?

EZRA BLAZER: Siguiente disco.

ENTREVISTADORA: Ahora que sabemos que sí tiene hijos, Ezra Blazer... ¿Se arrepiente de algo?

EZRA BLAZER: De no haberla conocido antes. ¿Es esto a lo que se dedica?

ENTREVISTADORA: Sí.

EZRA BLAZER: ¿Le gusta?

ENTREVISTADORA: Por supuesto.

EZRA BLAZER: Por supuesto. Mire, conozco a una poeta que vive en España, una estupenda poeta española ya sexagenaria, pero cuando tenía treinta y tantos era muy aventurera y recorría todos los bares de Madrid tratando de encontrar al hombre más viejo para llevárselo a su casa. Esa era su misión: acostarse con el hombre más viejo de Madrid. ¿Ha hecho usted alguna vez una cosa así?

ENTREVISTADORA: No.

EZRA BLAZER: ¿Le gustaría empezar ahora?

ENTREVISTADORA: ¿Con usted?

EZRA BLAZER: Conmigo, claro. ¿Está casada?

ENTREVISTADORA: Sí.

EZRA BLAZER: Casada. Bien. Eso no fue un impedimento para Anna Karenina.

ENTREVISTADORA: No.

EZRA BLAZER: Ni para Emma Bovary.

ENTREVISTADORA: No.

EZRA BLAZER: ¿Sería un impedimento para usted?

ENTREVISTADORA: Anna y Emma no acabaron bien.

EZRA BLAZER: ¿Hijos?

ENTREVISTADORA: Dos.

EZRA BLAZER: Dos hijos y un marido.

ENTREVISTADORA: Correcto.

EZRA BLAZER: Bien *[se ríe]*, olvidémonos de él. Es usted una mujer muy atractiva y he disfrutado muchísimo. Mañana por la noche voy a un concierto y tengo dos entradas. Iba a acompañarme un amigo, pero estoy seguro de que no le importará ir en otra ocasión. Pollini, el maravilloso Maurizio Pollini, está aquí y va a tocar las tres últimas sonatas para piano de Beethoven. Así que, ¿mi última pregunta para usted? ¿Aquí, en *Los discos de la isla desierta*? Mañana por la noche, Maurizio Pollini, en el Royal Festival Hall, solo puedo llevar a una mujer y me gustaría que esa mujer fuese usted. Bueno. ¿Qué me dice, señorita? ¿Se atreve?

Agradecimientos

Los dos pasajes que lee Alice en las páginas 29 y 30 proceden de la edición de *Adventures of Huckleberry Finn,* de Mark Twain, publicada por Modern Library en 2001 [extracto en castellano de *Las aventuras de Huckleberry Finn,* Barcelona, Penguin Clásicos, 2016, trad. Nieves Nueno Cobas].

El primer pasaje de la página 31 es de la edición de *The Thief's Journal,* de Jean Genet, publicada por Grove Press en 1994 [extracto en castellano de *Diario del ladrón,* Barcelona, Seix Barral, 1988, trad. M.ª Teresa Gallego e Isabel Reverte].

El segundo procede de la edición de *The First Man,* de Albert Camus, publicada por First Vintage en 1996 [extracto en castellano de *El primer hombre,* Barcelona, Tusquets, 1994, trad. Aurora Bernárdez].

El tercero es de la edición de *Tropic of Cancer*, de Henry Miller, publicada por Grove Press en 1994 [extracto en castellano de *Trópico de Cáncer,* Madrid, Edhasa, 2003, trad. Carlos Manzano].

El pasaje de las páginas 32 y 33 es una adaptación del texto de un folleto informativo proporcionado por Parkmed Physicians de Nueva York.

El pasaje leído en voz alta por Ezra en la página 49 procede de una carta escrita por James Joyce a su esposa Nora el 8 de diciembre de 1909. La cita procede de *Selected Letters of James Joyce,* publicado por Faber & Faber en 1975 y reimpresa en 1992.

Como señala Alice, los fragmentos de letras que Ezra canta en las páginas 51 y 52 proceden de las canciones

El pasaje subrayado por Alice en la página 60 también procede de la misma edición de *The Last Man*, de Albert Camus.

Como señala Ezra, el pasaje del «gabarrero» que lee en voz alta en la página 61 es de *David Copperfield*, de Charles Dickens, publicada por Bradbury & Evans en 1850 [extracto en castellano de *David Copperfield*, Madrid, Alianza, 2012, trad. Miguel Ángel Pérez Pérez].

El pasaje que lee Alice en las páginas 71 y 72 procede de *Into that Darkness: An Examination of Conscience*, de Gitta Sereny, concretamente de la edición de First Vintage Books de 1983 [extracto en castellano de *Desde aquella oscuridad. Conversaciones con el verdugo: Franz Stangl, co-mandante de Treblinka,* Madrid, Edhasa, 2009, trad. Miquel Izquierdo].

El pasaje de la página 73 procede de *Eichmann in Jeru-salem: A Report on the Banality of Evil,* de Hannah Arendt, publicado por Penguin Classics en 1994 [extracto en castellano de *Eichmann en Jerusalén,* Barcelona, Lumen, 1999, trad. Carlos Ribalta].

El pasaje de las páginas 74 y 75 también procede de *Into that Darkness,* de Gitta Sereny.

El pasaje de las páginas 77 y 78 procede de *Survival in Auschwitz: The Nazi Assault on Humanity,* de Primo Levi, publicado por Collier Books/Macmillan Company en 1993 [extracto en castellano de *Si esto es un hombre,* Madrid, Muchnik Editores, 2002, trad. Pilar Gómez Bedate].

La letra que Alice canta en la página 80 procede de «Nonsense Song», que Charlie Chaplin interpreta en *Tiempos modernos,* con música compuesta por Leo Dasniderff y letra de Charles Chaplin.

El pasaje sobre Jordy el Sastre de la página 91 procede de un número de la revista *Lickety Split* publicado en 1978.

La voz en *off* citada en las páginas 128 y 129 procede de la película titulada *Su turno,* para la orientación de las funciones del jurado, escrita y producida por Ted Steeg.

Como observa Amar, la letra citada en la página 201 procede de la canción «They All Laughed», interpretada por Chet Baker con pequeñas modificaciones. Música y letra de George Gershwin e Ira Gershwin. © 1936 (renovado) NOKAWI MUSIC, FRANKIE G. SONGS, IRA GERSHWIN MUSIC. © 1936 (renovado) IRA GERSHWIN MUSIC y GEORGE GERSHWIN MUSIC. Todos los derechos de NOKAWI MUSIC gestionados por IMAGEM SOUNDS. Todos los derechos de FRANKIE G. SONGS gestionados por SONGS MUSIC PUBLISHING. Todos los derechos de IRA GERSHWIN MUSIC gestionados por WB MUSIC CORP. Todos los derechos reservados.

El episodio de *Desert Island Discs [Los discos de la isla desierta]* resumido y citado en las páginas 214 y 216 forma parte de la entrevista efectuada por Sue Lawley a Joseph Rotblat y emitida el 8 de noviembre de 1998 en BBC Radio 4.

El poema al que se refiere Alastair en la página 246 y que carece de título es de Osip Mandelstam.

Como recuerda Ezra, el poema que parafrasea en la página 292 es de E. E. Cummings, concretamente el número 24 del libro *No Thanks,* publicado originalmente por el propio Cummings en 1935.

Índice

Este libro se terminó
de imprimir en
Barcelona, España,
en el mes de
septiembre de 2018